RIBBY PASLAPTIS

Cathy McGough

Stratford Living Publishing

KĄ SAKO SKAITYTOJAI

„Tai visiška psichopatiška moterų siaubo istorija, papasakota su sausu humoru.“

IŠ JUNGTINĖS KARALYSTĖS:

„Ribbis slepia tiek daug paslapčių. Graži, bet liūdna istorija.“

„Ribbio paslaptis“ - ir įdomi, ir maloni, ir daugeliu aspektų nerimą kelianti knyga, kurią verta perskaityti.“

„Puikiai parašyta, su įtikinamais veikėjais ir intriguojančia kelione.“

Turinys

Įsivaizduojamiems draugams ir tiems, kuriems jų reikia

"Mano paslaptys šaukiasi garsiai.

Man nereikia liežuvio.

Mano širdis atvira,

mano durys plačiai atvertos."

Theodore Roethke

EILĖRAŠTIS:

PAVIRŠIUJE

Veidrodis,
Jūs atspindite mane su pertekliumi
ant manęs užrašyta
yra kūno spalvos netikrumas.
Veidrodis,
Tu tyčiojiesi iš tobulumo
su šiuo susilaikančiu atspindžiu
Ir rezultatas visada tas pats
tavo rėmuose: Aš lieku nepakitęs.
Parašyta tarp eilučių
Poetiškai užmaskuotas
Neišvengiami bruožai
teka neharmoningai.
Veidrodis: Aš laikausi to, ką matau
Nes aš esu tu, per visą savo esybę
Bet kartais atspindys
Norėčiau būti panašus į tave.

PROLOGAS

Kai jis puolė į ją, jos laikytas raktas pataikė tiesiai į akies vyzdį. Jis sušuko, o paskui išsižiojo, kai jo kirkšnis atsitrenkė į jos kelį. Ji susigūžė, kai ištraukė raktą iš jo akies. Kraujas tekėjo jam per veidą, jis verkė ir sukniubo laikydamasis už kirkšnies srities. Ji įsmeigė raktą į jo kaklo šoną, susijungdama su arterija. Kraujas išsiliejo kaip vanduo iš gaisrininko žarnos.

Ji žengė kelis žingsnius nuo kūno ir įmerkė kojų pirštus į vandenį. Kartkartėmis žvilgtelėdavo į jį. Kol jis nustojo judėti. Ji grįžo atgal ir įsiklausė, ar jis negyvas: buvo. Galiausiai. Ji ritino jį, kaip bulvių maišą, vis giliau ir giliau į vandenį. Su kiekvienu stūmimu lavonas atrodė vis lengvesnis ir lengvesnis.

Archimedas buvo teisus.

Kai jis atsidūrė taip toli, kaip ji sugebėjo, ji nuplaukė atgal į krantą, susirinko drabužius ir persirengė.

Jo daiktus paliko ten, kur jis juos numetė.

Kai naujos dienos saulė dangų nuspalvino ugniniu raudoniu, ji grįžo į vandenį.

Ji apžiūrėjo pakrantę ir nepamatė jokių jo pėdsakų. Ji įmerkė raktą į vandenį, kad nuplautų kraują, ir išskubėjo namo. Po ilgo dušo ji miegojo kaip kūdikis.

SKYRIUS 1

Tai pasakojimas apie moterį, kuri buvo pernelyg maloni, kad būtų gera jai pačiai: kol nebuvo.

Ribby Balustrados diena visada prasidėdavo taip pat: mama grasindavo, kad jei ji nesuskubs, pusryčiais pamaitins jų vilkšunį Skampą.

Ribby, kurios garderobas apsiribojo mamos rankų darbo drabužiais, užsitraukė ant galvos gėlėtą muliažą, įsispyrė į Jėzaus sandalus ir susišukavo plaukus, o tai neužtruko ilgai. Vis dėlto ji retai kada spėdavo nusileisti laiku.

Marta Balustradė nebuvo iš tų motinų, kurios laikosi konkretaus grafiko. Pusryčiai būdavo paruošti. Kas ir kada, nuspręsdavo tą dieną.

Šios nesibaigiančios virtuvės nesėkmės nugalėtojas buvo Skampas.

„Viskas gerai, aš ir taip nevalgau, - melavo Ribby, patapšnojo šuniui per kaktą ir išėjo iš namų.

Ribby nesureikšmino šių, jai pačiai būdingų Groundhog Day įvykių. Vietoj to ji skubėjo per parką į pagrindinę gatvę.

Autobusų stotelė dvelkė šlapimu ir kava. Tokią dieną kaip šiandien ji džiaugėsi, kad praleido pusryčius, nes net ir dabar nuo tos smarvės ją pykino. Ji negalėjo sulaukti, kada galės pradėti darbą bibliotekoje.

Atvažiavus autobusui, ji mirktelėjo savo „Presto" kortele ir nuėjo į savo įprastą vietą gale. Jos skrandis gurgėjo, nes autobusas riedėjo, kartkartėmis sustodamas priimti naujų keleivių. Atvykusi į Toronto centrą, ji išlipo iš autobuso ir nuskubėjo į parduotuvę už kampo nusipirkti šokoladinio batonėlio, o tada - į biblioteką.

Ribbis didžiavosi, kad niekada nevėluoja. Dirbant bibliotekoje vėluoti paprasčiausiai negalima. Jei pavėluotum, prie įėjimo užsikimštų būriai nekantrių lankytojų. Taip ir buvo, kai ji įėjo į vidų ir pamatė itin ilgą eilę, kurioje pirmavo ponas Filčardas.

„Labas rytas, pone Filčardai. Kuo galiu jums padėti?"

„Labas rytas, mielasis Ribbi. O, ką aš be tavęs daryčiau? Visi kiti visada tokie užsiėmę, užsiėmę, užsiėmę, bet jūs, jūs, mano brangioji, visada randate laiko padėti senam žmogui."

„Tiesiog dirbu savo darbą", - atsakė Ribbis. „Ko šiandien ieškote?"

„Gal galėtumėte prieiti arčiau? Tai gana nemandagi knyga: *Vėžio atogrąža*. Ar žinote ją?"

„Taip, pone Filčardai. Tai klasika."

„Ar tikrai? Girdėjau, kad ji turi, o, nesvarbu; jei tai klasika, tada man nebereikia šnekėti, ar ne?"

„Ne, yra kur kas prieštaringesnių knygų, - šyptelėjo ji, prisiminusi šurmulį dėl „Penkiasdešimt nesąmonių atspalvių".

„Problema ta, brangioji, kad neturiu supratimo, kas ją parašė. Pažįsti mane, esu iš tamsiųjų amžių ir nemoku naudotis tais prakeiktais kompiuteriniais dalykėliais." Jis nusijuokė. „Ar būtum meili ir surastum tai už mane?"

„Ją parašė Henris Mileris", - pasakė ji, spragtelėjusi duomenų bazėje. „Taip, ją galima rasti tik viršuje, grožinės literatūros skyriuje."

„Pirmiausia pažiūrėsiu. Sakote, Henris Mileris. Niekada apie jį negirdėjau!"

„Tiesą sakant, man nepadarė didelio įspūdžio, kai jį skaičiau. Kritikai ir apžvalgininkai manė, kad savo laiku jis buvo genialus. Ten yra nemandagių gabaliukų."

„Ačiū, Ribby. Geros dienos."

„Nėra už ką", - pasakė ji, kai jis nuėjo.

Ji viena pati tvarkė kitus laukiančius klientus. Baigusi padėti paskutiniam, ji sutvarkė prekystalį.

Dabar, kai viskas buvo ramu, Ribby pasidarė sau puodelį kavos ir grįžo prie stalo. Grįždama ji akimirkai stabtelėjo, kad įsidėmėtų vandens garsą. Bibliotekos architektas, panaudojęs fontaną išoriniams garsams paslėpti, buvo įžūlus. Kai kuriuose miestuose bibliotekos buvo uždaromos, bet Toronte buvo kitaip. Pats pastatas buvo išlikęs. Netgi plėšikavimai po 1812 m. karo nepalaužė jo dvasios.

Ji gurkštelėjo kavos ir akimirką pastovėjo, žvilgtelėjusi į laiptus. Jie atrodė šauniai, kai žmonės eina aukštyn ir leidžiasi žemyn, bet liftas tikrai praversdavo, kai jo prireikdavo.

Viršuje esančioje laiptinėje ji pastebėjo žemyn besileidžiantį poną Filčardą. Beveik apačioje jis viena ranka laikė knygą, o kita - bibliotekos kortelę. Ji sustojo ir palaukė jo. Jis buvo šiek tiek atsikvėpęs.

„Kitą kartą būtinai važiuosiu liftu, - pasakė ponas Filčardas.

Jie nuėjo prie pagalbos langelio, kur Ribbis antspaudavo savo kortelę.

„Nešvarus senis!" Amanda, bendradarbė, sušnabždėjo jam išeinant iš pastato. „Jis man tikrai kelia šiurpą."

Ribbis nekreipė dėmesio į jos pastabas. Ji paėmė glėbį knygų, sudėjo jas į vežimėlį, įstūmė į liftą ir pakilo į trečią aukštą. Ji judėjo nuo lentynos prie lentynos ir pildė dokumentus. Kai vėl pildė knygą prie lango, jos akį patraukė blyksnis iš kitos gatvės pusės. Dvidešimtmetis jaunuolis, nuo galvos iki kojų apsirengęs džinsais, ėjo jos link. Saulės šviesa blizgėjo ant jo nosies žiedų ir prie ausų pritvirtintų grandinėlių.

Ribbis toliau stebėjo, kaip jis eina laiptais aukštyn. Susidomėjusi ji nuskubėjo į pagrindinį aukštą.

Vien nuo minties, kad jam patarnaus, jai ėmė plakti širdis. Ji dar niekada nebuvo taip arti vaikino, kurio galvoje buvo tiek daug skylių. Ribbis buvo įsitikinęs, kad ir kiti turėjo užmaskuotų skylių — giliai viduje paslėptų emocinių žaizdų. Kaip Vincentas Van Gogas, kuris savo skausmą naudojo emocijoms išreikšti. Idėja naudoti savo kūną kaip meną ją ir gąsdino, ir intrigavo.

Ji grįžo prie stalo ir stebėjo jį. Jis stovėjo prieangyje kaip pasiklydęs berniukas. *Koks jo balsas*, svarstė ji?

Ji įsitaisė už Įsigijimo skyriaus, kur tvarkėsi. Jis nebuvo pajudėjęs nė per centimetrą. Ji atsikvėpė, tada atsistojo po pagalbos / informacijos ženklu. Jų akys susitiko.

„Ar galiu padėti?" Ribbis paklausė paraudusiais skruostais ir prakaituotais delnais.

„Uh, taip, na, tikiuosi, kad taip", - tarė jis skardžiu balsu.

„Prašom kalbėti tyliau", - tarė ji.

„O, gerai, atsiprašau. Ieškau knygos, bet nežinau jos pavadinimo".

„Ar žinote, kas ją parašė?"

„Ne."

„Ar galite pasakyti, apie ką ta knyga?"

„Taip, taip, taip, tai žinau, tai tikrai žinau. Ji apie ateitį. Na, kai vaikinas ją parašė, tai buvo *jo* ateitis. Mums - tai mūsų praeitis. Joje yra *Didysis brolis*. Ne televizijos šou, o kitokio pobūdžio *„Didysis brolis"*. Jis nusijuokė iš to, kaip gudriai susiejo ir praeitį, ir dabartį. Ribbis taip pat nusijuokė.

„O, tu turi omenyje *1984 m.* Džordžo Orvelo knygą?"

„Taip, skamba teisingai. Orvelas. Puikiai. Ar jis yra?"

„Prašom akimirką", - pasakė Ribby, kai įvedė jį į kompiuterį. Jis buvo įvestas, ir Ribbis nuėjo jo ieškoti. Jaunuolis sekė jai iš paskos.

Kai ji jau laikė knygą rankose, jie grįžo prie registratūros. Ribby patvirtino, kad jis turi reikiamą tapatybę patvirtinantį dokumentą, ir išdavė bibliotekos kortelę.

Atlikęs operaciją, jis įsidėjo kortelę į savo suglamžytą piniginę. Jis padėkojo Ribbiui ir nužingsniavo išėjimo link. Jo suplyšę mėlyni džinsai nusmuko, kaip ir Ribby savijauta.

Pagaliau pasibaigus pamainai, Ribbis išbėgo iš pastato. Kiekvieną pirmadienį Ribbis dirbo savanoriu vaikų ligoninėje. Ji šoko ir dainavo. Ji darė viską, kad pakeltų jų nuotaiką. Ji dievino vaikus, ir atrodė, kad jie jai atsako tuo pačiu. Kiekvieną savaitę ji išsirinkdavo vieną vaiką, kuris būdavo dėmesio centre. Šiandien buvo Mikey Landerso eilė, ir ji negalėjo pavėluoti.

Kairėje rankoje Ribby nešėsi savo stebuklingąjį maišelį. Vaikai visada džiaugdavosi, kai ji leisdavo jiems panardinti ranką. Viduje buvo šie daiktai: kostiumai, muzikos instrumentai, veido dažai, balionai, smulkmenos ir makiažas.

Pagaliau atvykusi į vaikų skyrių, ji nužingsniavo į Mikio kambarį. Jo tėvai sėdėjo, po vieną iš abiejų lovos pusių, suspaudę sūnaus rankas į krūvą pirštų ir delnų. Laisvomis rankomis jie šluostėsi ašaras. Mikis miegojo, todėl ji tyliai išėjo.

Ribbis stengėsi negalvoti apie liūdesį, kuris tvyrojo ore Mikio kambaryje. Maikiui ir jo šeimai teko tiek daug išgyventi.

Ji nustūmė tai šalin, į savo minčių užribį. Ribbio vaidmuo buvo pralinksminti vaikus ir jų šeimas. Jie būtų jos laukę. Ji nutaisė savo laimingiausią veidą.

Bilis ir Džeinė Frimanai išleido šūksnius, kai pastebėjo koridoriumi ateinančią Ribbį. „Ji čia! Ji čia!" - šaukė jie. Koridorių užliejo džiaugsmo banga. Bendrajame kambaryje vaikai ir jų šeimos sudarė aplink ją ratą.

Ribby dainavo pačios sukurtą numerį „ *Šok kaip karibukas* " ir tinkamomis akimirkomis grojo kazu:

JUMP JUMP JUMP JUMP

KAIP KARIBU!

Ribby paleido traukinuką, o vaikai, kurie galėjo vaikščioti, įsitraukė jai iš paskos.

JUMP JUMP JUMP JUMP

KAIP KARIBU

Senasis traukinukas baigėsi, ir Ribby sudarė eilę iš vaikų, kurie sėdėjo vežimėliuose arba vaikščiojo su ramentais. Vaikai dainavo, mojavo arba trypė kojomis. Bet kokie veiksmai, kurie jiems padėjo įsitraukti į dainą ir sukelti triukšmą.

JUMP JUMP JUMP JUMP

KAIP KARIBU!

Kai daina baigėsi, jie šaukė: „Dar kartą! Vėl!"

Dainelė vaikams buvo pažįstama, nes Ribby dažnai ją dainuodavo pasitelkdama skirtingus gyvūnus, pavyzdžiui, kengūrą, kakadu, kokardą, ir netgi turėjo versiją, kurioje buvo įtrauktas apsilankymas zoologijos sode.

Ribbis pasilenkė ir iškart perėjo prie kitos melodijos. Jai patiko viską maišyti. Norėdama priversti juos spėlioti. Kai energija kambaryje atslūgo, ji pakeitė kryptį ir paprašė balionų formos prašymų. Ji dainavo traukdama ir sukdama balionus į gyvūnų formas. Populiariausias prašymas buvo motina karibu ir jos veršelis, todėl ji turėjo daug darbo, nes tai buvo sudėtinga užduotis.

Vaikai, kurie norėjo balionų, juos gavo, ir atėjo laikas Ribbiui eiti. Ji ėmė pakuotis daiktus, kaip tik tuo metu, kai į vidų įžengė Mikey Landersas, brazdindamas savo kėdės ratus. Jo mama vilkosi iš paskos, sunkiai gaudydama jį. Mikis buvo susikrimtęs, ji tai iškart pamatė. Ji priėjo prie jo ir ištiesta ranka pasiūlė gyvūno balioną.

„Aš, aš vos tavęs nepraleidau, Ribi! Turėjai mane pažadinti. Šią savaitę žadėjai vaidinti iš mano kambario! Buvo mano eilė!" Per skruostus riedėjo ašaros, kai jis sukryžiavo rankas ir atsisakė jos taikos pasiūlymo.

Nuleidusi ranką, ji atsiklaupė, kad būtų jo lygyje, ir tarė: - Atsiprašau, sportininke. Aš taip džiaugiuosi matydama tave atsikėlusį, - ji pažvelgė į jo tėvus, - bet tu snaudei, kai užėjau, vaikeli. Žinau, kaip tau reikia miego! Kitą savaitę tu esi sąrašo viršuje, gerai?"

„Pažadėjai?" Jis išskėtė rankas.

„Sukryžiuok širdį ir tikiuosi, kad mirsiu." Ribi norėjo, kad galėtų atsiimti tuos žodžius atgal ir juos nuryti. Jei būtų buvę įmanoma iškeisti savo gyvybę į jo, ji būtų tai padariusi čia ir tada, nedvejodama.

Mikis nepastebėjo faux-pas, galiausiai ištiesė ranką ir priėmė jos dovaną.

Jai įteikus jam ją, Ribbis atsisveikino. Išeidama iš kambario ji pasakė: „Iki pasimatymo kitą savaitę, Rugiuose!“

Ribbis sulaikė ašaras, kol ji išėjo iš pastato. Neturėdama servetėlių, ji pasinaudojo savo rankove. Kol pasiekė autobusų stotelę, jai pavyko nusiraminti.

Kiekvieną savaitę ji pasižadėdavo sau, kad neverks. Vaikai turėtų žaisti lauke, linksmintis. Jiems nereikėtų jaudintis dėl to, kad jie serga ar miršta. Jei ji galėtų atimti tą skausmą... Net ir trumpam, tada būtų verta pasivažinėti emociniais kalneliais.

utobusas atvažiuos tik po penkiolikos minučių. Ji nuskubėjo į parduotuvę už kampo, nes skrandis gurgia. *Sūrus ar saldus*? pagalvojo ji. Už prekystalio ji pastebėjo daugybę cigarečių. Susidomėjusi paprašė pakelio.

„Kokios rūšies, ponia?"

Ji žvilgtelėjo į jų pavadinimus. „Cools", - pasakė ji.

„Ar jau turite žiebtuvėlį?" - paklausė pardavėjas. Nelaukdamas atsakymo, jis padėjo degtukų pakelį ant „Cools". „Degtukai už namą", - pasakė jis, kai Ribbis padavė pinigus. Jis grąžino grąžą.

Staigi pardavėjo šypsena, primenanti grimasą, ją sutrikdė. Ji skubiai pasišalino iš ten. Autobusų stotelėje ji atplėšė cigarečių pakelį ir užsidegė vieną. Giliai įkvėpė kaip aktorė, vaidinanti vaidmenį. Filmuose tai atrodė taip paprasta. Tikrovėje buvo sunku neišvemti. Iš pradžių įtraukusi cigaretę, ji išpūtė dūmus ir ją užplūdo atsipalaidavimas.

Kai atvažiavo autobusas, ji įsidėjo pakelį į rankinę ir atsisėdo į įprastą vietą gale. Ji pagalvojo, kaip nepadoru būtų surūkyti cigaretę *Stano Žmogaus* autobuse.

Stenas Žmogus buvo šiek tiek nacis ir garsus chuliganas. Ji pati tai matė. Rėkdavo ant vaikų, kad šie kojas deda ant sėdynių. Išmesdavo juos iš autobuso šaltyje, tarsi jie būtų įvykdę žmogžudystę ar panašiai.

Kartą maža sena moteriškė savo krepšiais užėmė šalia jos esančią sėdynę. Jis pareikalavo, kad ji juos nuimtų, nors ta vieta niekam nebuvo reikalinga. Kai ji nepakluso, jis išmetė ją iš autobuso.

Ribbis vis dar prisiminė jos į slyvą panašų veidą, žiūrintį aukštyn, kai autobusas pradėjo tolti. Moteris buvo iškėlusi vidurinį pirštą taip aukštai, kaip tik galėjo jos mažas kūnas, ir sušuko: „Eikit jūs!".

Ribbį šis įvykis taip sukrėtė, kad nuo tos dienos ji visada sėdėjo autobuso gale. Ten ji galėjo būti nematoma. Ji galėjo stebėti kaip musė ant sienos, neatkreipdama į save dėmesio. Ji nenorėjo padaryti nieko, kas supykdytų *Steną Žmogų.*

Bet ir vėl, Stenas ne viską galėjo matyti. Pavyzdžiui, kaip tas vyras, kuris krapštosi nosį ir šluostosi ją į sėdynę. Ji tai matė, bet Stenas ne. Ribbis nusijuokė. Stenas Žmogus žvilgtelėjo į ją per galinio vaizdo veidrodėlį. Ji nustojo juoktis. Kiek saugus buvo Stano gebėjimas vairuoti? Apsėstas keleivių, stebuklas, kad jis neįsivėlė į avariją.

Ribby pasirausė savo rankinėje. Svarstė galimybę išsitraukti cigaretę. *Ar Stanas pastebėtų? Ar jis išmestų ją iš autobuso?* Buvo tamsu, o iki namų per toli, kad eitų pėsčiomis. Ji uždarė rankinę. Ji sutelkė dėmesį į žvaigždes už lango.

Namuose ji pravėrė duris ir iš virtuvės tuoj pat pasigirdo juokas. Jos motina dažnai pasikviesdavo džentelmenus. Šis vakaras nebuvo kitoks.

Tomas Mičelas sėdėjo priešais jos motinos stalą. Ribbis linktelėjo Tomui galva. Ji pajuto, kaip Tomo akys ją nurengia. Jis visada taip į ją žiūrėdavo. Jos motina, regis, neprieštaravo.

„Labas, Ribbi, - tarė Tomas. „Malonu vėl tave matyti.“

Ribbis užsuko čiaupą, giliai įkvėpė ir atsistojo veidu į stalą.

Jos motina laukė atsakymo.

Kaip ir Tomas.

„Na, tada, - tarė Tomas atsistodamas. „Man geriau eiti, Marta. Buvo labai malonu tave matyti, kaip visada.“ Jis pastūmė savo kėdę atgal ir kilstelėjo beisbolo kepuraitę į jos pusę.

Tomas žengė žingsnį link Ribbio. „Ir tu, Ribbis, - nors manai, kad esi per aukštas ir galingas, kad pasisveikintum su savo mamos gražuoliu, man vis tiek patinki.“

Ribby mama nusijuokė, garsiai ir žemai nusijuokė pilvu. „Ak, Tomai, mūsų Ribbis bijo savo šešėlio. Nesvarbu. Esu tikra, kad tu jai irgi patinki“. Ji atsisuko į dukrą. „Argi ne taip, Ribby? Tau visada patinka mano gražuolės“.

Ribbis gurkštelėjo stiklinę vandens. Ji įkišo rankinę ir palietė cigarečių pakelį. Paslapties žinojimas suteikė jai galios jausmą. Ji nuėjo į svetainę.

Tomas ir Marta šnabždėjosi prieškambaryje, o ji vartydavo žurnalą. Netrukus ji pavargo nuo skandalingų antraščių, todėl paėmė televizoriaus nuotolinio valdymo pultelį ir spustelėjo kanalus. Įėjimo durys trinktelėjo.

„Norėčiau, kad būtum malonesnis mano draugams, - pasakė Marta, įsitaisiusi ant sofos. „Juk šiame gyvenime mums reikia draugų, o Tomas visada buvo mums geras".

„Kas vakarienei, mama?"

„Visą popietę turėjau svečių. Neturiu laiko gaminti vakarienės, dukrele, o aš esu alkana." Marta apsilaižė lūpas. „Absoliučiai, visiškai, visiškai ir velniškai išalkęs."

„Tada užsisakykime", - tarė Ribbis. „Galime gauti ypatingų keptų ryžių, kiaušinių suktinukų ir citrininės vištienos."

„Taip, man tai būtų gerai", - pasakė Marta ir išplėšė iš Ribbio rankų televizoriaus mirksnį. Ji greitai ir įnirtingai rodė ir spragsėjo.

„Aš nueisiu pas ponią Engle ir paskambinsiu".

„Tu taip ir daryk, dukra, tu taip ir daryk", - pasakė Marta, įsipildama sau stiklinę viskio. Į ją įpylė truputį sodos. Pasiekė mini šaldytuvą ir ištraukė ledo kubelių padėklą. Įdėjo du kubelius, gurkštelėjo ir atsiduso.

Grįžusi Ribbi Marta pasakė. „Dažniausiai esi gera dukra". Marta išgėrė dar vieną ilgesnį gurkšnį. „Be tavo atlyginimo, iš kurio būtų galima sumokėti hipoteką ir padėti maistą ant stalo, mes būtume benamiai". Marta pirštu pamaišė gėrimą. Ledo kubeliai trinktelėjo į stiklinę.

Ribbis šiek tiek susiraukė. Dėl šio pokalbio ji visada jausdavosi nejaukiai.

Prasidėjus reklamai Marta paklausė: - Ar jau yra kokių nors maisto ženklų? Man viskis graužia pilvą.“

„Jis sakė, kad po trisdešimties minučių, mama.“

„Trisdešimt minučių, na, Dieve mano, trisdešimt minučių yra per daug, kad lauktum truputį ryžių!“ Marta trenkė kairiuoju kumščiu į kėdės porankį. Dešinioji ranka liko pakelta, kad išsaugotų viskio taurės neliečiamybę.

„Negaliu dabar atšaukti. Sėdėk ramiai ir žiūrėk savo programą, ir ji bus čia, kol dar nespėjai susivokti“.

Marta užsiėmė prie baro, pridėdama dar viskio ir ledo. Grįžusi ant sofos ji susitaikė su vakarienės laukimu.

Bent jau jai nereikėjo dėl jos dainuoti, pagalvojo Ribbis kreivai šypsodamasis.

M arta perjungė kanalus. Ribbis laukė siuntų pristatymo darbuotojo prie įėjimo.

Ji įkišo rankinę ir išsitraukė cigaretę. Įsidėjo ją neuždegtą tarp lūpų ir pažvelgė į savo atspindį veidrodyje. Jei jos plaukai nebūtų tokie neutralūs, o veido oda tokia išbalusi, ji galėjo atrodyti rafinuotai. Galbūt.

Nustebusi, kai suskambo durų skambutis, ji vos nenumetė cigaretės.

Marta sušuko: „Imk, Ribby!"

Ji įsidėjo cigaretę į rankinę.

Vėl bing-bong.

„Dukra? Dukra! Ar esi ten?"

„Taip, mama, einu pasiimti pinigų." Ji atidarė duris.

„Labas vakaras", - tarė siuntinys.

Jis jos nepažinojo, bet ji jį pažinojo. Vaikinas iš bibliotekos su auskarais ir tatuiruotėmis.

„Tai bus 32,50 dolerio", - pasakė jis.

Ribbis padavė 35,00 dolerio. Stovėdamas jos verandoje jis atrodė kitoks. „Pasilikite grąžą", - pasakė ji uždarydama duris ir vis dar galvodama apie jį.

„Turbūt jau šalta, Ribi!" Marta ištraukė jai iš rankų maišelį ir nuėjo į virtuvę.

Ribby padėjo rankinę atgal ant kabliuko, mintyse pasižymėdama, kad eidama miegoti pasiimtų ją į viršų. Nebūtų gerai, kad Marta rastų cigaretes.

Grįžę į kambarį jie valgė vakarienę ant televizoriaus padėklų. Prasidėjo mėgstamas žaidimų šou „ *Jeopardy!*".

Ribbis ir Marta rungtyniavo, kai tik žiūrėdavo. Kas pirmas sužinodavo atsakymą, tas jį šaukdavo.

„Kas yra Niujorkas", - sušuko Ribbis.

„Kas yra Los Andželas!" Martha šaukė. Ji klydo.

„Aš tau sakiau, - pasakė Ribbis. „Visi žino *tą* motiną".

Marta ištiesė ranką per stalą ir trenkė dukrai per veidą. Smūgis buvo toks stiprus, kad televizoriaus padėklas ir jo turinys išskriejo. Ribbio kėdė pasviro atgal, o jos galva su trenksmu atsitrenkė į staliuką . Tada su *trenksmu* trenkėsi į grindis.

„Tai tave pamokys, - pasakė Marta, - už nepagarbą. Tai mano namai. Kas tu tokia, kad man aiškintum, ar aš neteisi, ar teisi!"

„Bet mama, - sušnabždėjo Ribbis. „Jis sakė..."

„Man nė motais, ką jis sakė. Dabar einu miegoti. Padaryk man puodelį arbatos, kaip įprasta, ir atnešk į viršų."

„Gerai, mama, - tarė Ribbis.

Ribbis nuėjo į baro zoną. Ji paėmė butelį, nuėjo į virtuvę ir užvirė virdulį. Į puodelį įmetė arbatos maišelį ir įpylė ketvirtadalį karšto vandens. Arbatai užvirus, ji įpylė pusę puodelio burbono, po to - du šaukštelius cukraus.

Eidama laiptais aukštyn, ji nusprendė padaryti kai ką visai nebūdingo Ribbiui.

Ji pajudino liežuvį burnoje, surinkdama seiles ir leisdama joms purslų į skruostus. Kai jos užteko, ji spjaudė į mamos puodelį.

Stebėjo, kaip jis atsiduria paviršiuje, tada pamaišė ir padėjo ant naktinio stalelio. Ji šyptelėjo, kai nuleido viršutinę paklodę, paskui antklodes, kaip darydavo kiekvieną vakarą.

Marta išėjo iš vonios kambario. „Kai kada esi gera dukra".

Ribbis nieko nesakė. Ji padėjo motinai išsirengti ir apsivilkti naktinius marškinius. Motinos kojos buvo šaltos. Ribby jas pamasažavo aliejumi, prieš užmaudama šlepetes ant jos pasenusio kūno.

Išeidama Ribby žvilgtelėjo atgal per petį. Marta išgėrė gurkšnį doktrininės arbatos, paskui atsiduso.

Ribbis sulaikė juoką, kol atsidūrė savo kambaryje.

Tada ji juokėsi taip stipriai, kad garsą teko slopinti pagalve.

SKYRIUS 2

K ai pabudo, Ribbis atsisėdo ir susimąstė apie praėjusią naktį. Ji nusijuokė, klausydamasi, kaip motina toliau tupi, kaip jai įprasta.

„Pusryčiai bus paruošti po dešimties minučių, - sušuko Marta.

Ribbiui pavyko užblokuoti didžiąją dalį. Tie patys seni. Tas pats.

„Aš nevalgau, mama, - sušuko Ribbis, šukuodamasis plaukus. „Be to, šiandien turiu anksti eiti į darbą".

Ribbis klausėsi, kaip mama ją keikė. Ji perbraukė šepečiu per plaukus ir staiga sustojo, kai apačioje pasigirdo kūkčiojimas. Šis juokas kėlė nerimą. Marta rytais juokdavosi retai, nebent ateidavo kuris nors iš jos gražuolių.

„Iki pasimatymo, mama!" Ribby ištarė, kai apėjo virtuvę ir pasuko tiesiai prie durų. Išėjusi į lauką ji pastebėjo sėdintį ir laukiantį mikroautobusą, kuriame sėdėjo vyras. Ant sunkvežimio šono buvo užrašytas įmonės pavadinimas: Ant krovininio automobilio užrašas: *„Attics-R-Us"*.

Žodis palėpė sukėlė prisiminimą apie paskutinį kartą, kai ji ten buvo nuvykusi. Vien nuo minties apie tai ji drebėjo ir virpėjo. Ji neutralizavo šį prisiminimą, užrakindama jį raktu savo vaizduotės bibliotekoje.

Ji nusitaikė į autobusų stotelę. Ji ten nuvažiavo pačiu laiku. Ji įlipo į autobusą ir žiūrėjo pro langą, o pasaulis pralėkė pro šalį. Jos skrandis gurgtelėjo. Ji darėsi vis labiau alkana. Ji nekreipė dėmesio į tai, norėdama sutaupyti kiekvieną centą kelionei į prekybos centrą. Šiandien buvo ta diena, kai ji ketino pasimėgauti savimi.

Ji atsidarė rankinę. Vos užuodusi tabako kvapą, numalšino pilvo gurguliavimą.

Darbe ji pasikabino paltą ir užsidėjo rankinę.

Nors jos bendradarbiai buvo savo darbo vietose, niekas nepadėjo eilėje laukiantiems lankytojams.

Ribby buvo vyriausioji bibliotekininkės padėjėja, tačiau ji neturėjo jokių įgaliojimų.

Ribby vėl viena pati rūpinosi laukiančiais lankytojais. Vyriausioji bibliotekininkė P. Vilkinson, regis, to nepastebėjo.

Per pietų pertrauką Ribby paklausė savo bendradarbių, kur jie perka drabužius. Dauguma rekomendavo prekybos centro universalinę parduotuvę, kurioje galima rasti kokybiškų prekės ženklų drabužių už prieinamą kainą.

Dabar, kai jau žinojo, kur apsipirks, Ribby vis labiau džiaugėsi. Ji negalėjo sulaukti, kada galės padaryti tai, ko dar niekada nedarė.

Ribby Balustrada ketino nusipirkti sau naują suknelę.

✱✱✱

Prie universalinės parduotuvės Ribbis akimirką pastovėjo lauke ir žvilgtelėjo į langus. Aplink pastatus aidėjo automobilių, autobusų ir tramvajų garsai. Netoli įėjimo į parduotuvę stovėjęs autobusiukas ėmė braukyti ir dainuoti. Ėmė būriuotis minia, kuri stumdėsi, kai kurie nešėsi karštus gėrimus ir rūkė cigaretes. Buvo taip triukšminga ir taip daug žmonių, kad ji norėjo tik patekti į vidų. Į vidų, į tylą.

Ji įžengė pro besisukančias duris ir sekundę buvo tylu. Paskui jos skyrius susiraukė, ir ji išėjo į kitokį chaosą. Pirkėjai su krepšiais, ateinantys ir išeinantys. Jis buvo didelis, daug aukštų. Daugybė žmonių užpildė eskalatorius, važiuojančius aukštyn ir žemyn. Kepto maisto, popkornų ir keksiukų kvapai saldino orą, sukeldami pojūčių perkrovą.

„Ar galiu jums padėti?" - pasiteiravo moteris prie informacijos langelio.

„Taip, moteriški drabužiai, prašom."

„Trečias aukštas", - pasakė ji.

Eskalatoriuje buvo tylu. Keliautojai žiūrėjo į savo telefonus. Ji laikėsi įsikibusi į turėklą.

Užlipusi į trečią aukštą, ji pastebėjo ją - savo svajonių suknelę. Maža juoda suknelė, kaip ją vadindavo bibliotekos žurnalai, puikiai tinkanti vakariniams kokteilių vakarėliams ir ypatingiems renginiams. Ji žiūrėjo į ją, galvodama apie žodžius iš filmo apie beisbolą. Ji nusišypsojo, pakeisdama žodžius į: „Jei ją nusipirksi, progų ją dėvėti tikrai atsiras."

„Ar galiu jums padėti?" - paklausė elegantišku kostiumėliu vilkinti moteris.

„Taip, taip, galite. Aš noriu save palepinti. Pagalvojau, kad tiktų juoda suknelė, kažkas, ką lengva dėvėti ir prižiūrėti. Man labai patinka ta, kuri kabo ant manekeno ten viršuje. Jei turite mano dydžio, norėčiau ją pasimatuoti".

„Puikus pasirinkimas, - pasakė moteris. „O dabar leiskite pažiūrėti, koks jūsų dydis? Dvyliktas? Keturiolikos?"

„Aš, aš nežinau."

„Jūs esate dvyliktokas. Paprastai man gana gerai sekasi atspėti, bet tam atvejui paimkite dešimtuką, dvyliktuką ir keturioliktuką", - pasiūlė tarnautojas. „O ir jums reikės poros juodų batų, kad užbaigtumėte įvaizdį. Ar jūsų dydis yra septyni?"

Nustebęs Ribbis atsakė: „Šie batai yra septinto dydžio."

„Puikiai tinka. Nebijokite išeiti, kai būsite pasiruošęs. Žinau, kaip gali būti sunku, kai apsipirkinėji vienas."

„Aš, aš, aš eisiu, ačiū", - pasakė Ribby uždarydama persirengimo kambario duris.

Apsupta veidrodžių, Ribby pirmą kartą pamatė save iš visų pusių, kai nušiurusi Martos rankinė nukrito ant grindų.

Ribby pasimatavo dvylikto dydžio suknelę. Suknelė su iškirpte ir klostėmis ties klubais ir liemeniu iš tiesų pabrėžė jos figūrą. Ji jau žinojo, kad nori ją nusipirkti, vis dėlto norėjo sužinoti antrą nuomonę. Ji išėjo iš persirengimo kambario.

„Oho!" - sušuko pardavėja. „Jūs atrodote nuostabiai! Bet štai, leiskite man padaryti vieną dalyką."

Pardavėja dingo už kampo, bet po kelių sekundžių grįžo. „Leiskite man įsisegti jums tai į plaukus, o ant kaklo - šiuos dirbtinius perlus. Prisiekiu, atrodysite kaip milijonas dolerių!"

„Aš atrodau taip prabangiai!" Ribbis vos atpažino save.

„Tu atrodai sensacingai!"

„Norėčiau pasimatuoti dar porą drabužių." Ji priėjo prie lentynos, išsirinko dviejų dalių raudoną kostiumėlį, palaidinę ir kelnes. Ji grįžo į persirengimo kabiną. Kostiumėlis atrodė nuostabiai, su švariai kirptu švarkeliu ir derančiu sijonu, o bateliai, kuriuos ji pasimatavo prie suknelės, puikiai derėjo prie jos. Palaidinė atrodė geriau be drabužių nei su jais, o kelnės pernelyg atkreipė dėmesį į jos užpakaliuką.

„Aš pasiimsiu kostiumėlį, suknelę, batelius ir perlus, - pasakė Ribbis. „Kiek tai kainuoja? Pamiršau pažiūrėti."

Pardavėja viską suskaičiavo. „Bendra kaina prieš mokesčius yra 760,00 dolerių. Ar tai bus grynieji pinigai, ar kreditas?“

„O, tai daugiau, nei tikėjausi“, - prisipažino Ribbis.

„Nesijaudinkite, kodėl gi jums nepasiėmus suknelės šiandien, o batų ir aksesuarų ateiti vėliau. Arba galite kreiptis dėl kredito parduotuvėje. Patikrinsiu, ar atitinkate reikalavimus, ir tada galėsite gauti greitąjį kreditą“.

„Ar galėčiau?“ Ribbis paklausė. „Būtų naudinga!“

Pardavėja uždavė Ribby kelis klausimus ir ji atitiko kredito kortelės reikalavimus. Ji nusipirko partiją. Pareigūnas viską supakavo į maišelį.

„Labai ačiū. Buvote nuostabi!“

„Nėra už ką.“

Ribbis pasivaišino puodeliu kavos ir, kadangi jau temo, nuėjo į autobusų stotelę. Pakeliui ji surūkė cigaretę.

Kai ji pasuko už kampo, prie jos namų vis dar stovėjo „ *Attics-R-Us* “ mikroautobusas.

Įėjusi į vidų, Ribby nuėjo į virtuvę. Už uždarytų durų jos ausis pasiekė pažįstami mylėjimosi garsai. Tai buvo ne pirmas kartas, kai grįžusi namo ji rasdavo motiną su vienu iš savo gražuolių. Attiktukų-R-Us vaikinas čia visą dieną? Fuuuuu. Ribbis pasitraukė į viršų.

Savo kambaryje Ribbė suskaičiavo apačioje įvykusį incidentą. Ji neleido jam sugadinti jos dienos.

Ji apsivilko naują suknelę, apsiavė batelius ir užsidėjo perlų vėrinį. Pasiėmusi rankinę, ji išsitraukė cigaretę. Su ja rankoje ji atrodė dar rafinuotesnė. Ji žaidė su plaukais. Išbandė, kaip jie atrodo pakelti, o paskui nuleisti.

Lauke atsidarė ir užsidarė automobilio durelės. Ribbis žvilgtelėjo pro langą ir stebėjo, kaip „Attics-R-Us" furgonas nuvažiuoja.

Po akimirkos pasigirdo motinos žingsniai, o kitame kambaryje įsijungė dušas.

Ribbis vėl persirengė senais drabužiais. Nusirengdama ji išstūmė iš galvos mintis apie motiną ir jos gražuolius. Kai buvo pasiruošusi, tyliai tipeno žemyn, išėjo pro duris ir vėl sugrįžo. Šis veiksmas sustiprino jos susiskaidymą šiam incidentui ir padės jai ateityje, kai įvyks panašus incidentas. Turint omenyje daugybę Martos džentelmenų skambintojų, šis veiksmas buvo savisaugos taktika.

Ji įsipylė sau puodelį karštos arbatos ir pamaišė troškinį puode, prieš eidama į kambarį pažiūrėti šiek tiek televizijos.

Netrukus Marta nusileido į apačią ir jos pavalgė vakarienę. Kai motina užmigo ant sofos, Ribbis nuėjo į savo kambarį.

Kurį laiką paskaičiusi, Ribby užmerkė akis ir leido savo vaizduotei veikti. Ji įsivaizdavo savo namus ant jūros kranto. Ji įsivaizdavo svetainę su patogia meilės kėde ir prie jos priderintais traškančiais krėslais. Ant sienos už jų - Van Gogo ir Monė atspaudai. Gėlės vazose. Ji įsivaizdavo, kaip grįžta namo po darbo ir pakelia kojas. Valdo televizorių.

Burbulas sprogo ir į vidų įsiskverbė realybė.

Marta niekada nebūtų to leidusi.

Tačiau tai, ko ji nežinojo, negalėjo jai pakenkti.

Be naujai įsigytos kreditinės kortelės, Ribby dalyvavo Provincijos bibliotekos darbuotojų taupymo programoje, todėl turėjo slaptų santaupų, bet iki šiandien jų nebuvo palietusi.

Ribby pagalvojo apie straipsnį, kurį perskaitė laikraštyje. Tai buvo tikra istorija apie vyrą, kuris gyveno du skirtingus gyvenimus su dviem skirtingomis žmonomis. Ji pagalvojo, ar galėtų pasinaudoti šia idėja ir paversti ją savąja. Ar ji galėtų susikurti naują gyvenimą?

Miegas atėjo, bet Ribbis nemiegojo. Vietoj to ji nusprendė.

Rytoj ji pagimdys naują savo versiją. Įsivaizduojamą draugą. Alter ego.

Dalį savęs, kuri darytų tai, ko ji bijojo.

Draugė gražiu vardu - *Andžela*.

SKYRIUS 3

Šeštadienio rytas. Ribbis iššoko iš lovos ir džiaugėsi būsima diena. Ji sulankstė juodą suknelę, kelias pėdkelnes ir įsidėjo jas į rankinę. Jos kulniukai netilpo. Reikės avėti sandalus.

Marta sėdėjo prie virtuvės stalo susiėmusi galvą į rankas. Kaco režimas. Už jos šnypštė ir šnypštė kavos perkolatorius. Pamačiusi Ribbį, ji krūptelėjo. Ribbis jau ne kartą buvo matęs motinos per didelio viskio kiekio požymius. Ji įsipylė sau puodelį kavos ir pripildė motinos puodelį. Martai gurkštelėjus gurkšnį rankos sudrebėjo.

Ribby toliau ėjo koridoriumi ir išėjo į verandą, kur pasiėmė laikraštį. Grįžusi į virtuvę, skaitinėdama gurkšnojo dabar jau atvėsusią kavą. Laikraštis pasirodė esąs ne kliūtis Martos šleikštuliui, persipynusiam su dejonėmis.

Ribbis atsivertė rubriką „Butų nuoma“. Ji perbraukė pirštu per sąrašą ir pamatė, kad pakrantės rajone, kuriame ji tikėjosi gyventi, yra iš ko rinktis. Ji užvertė laikraštį ir išskalaudama puodelį.

„Turiu bėgti, mama. Pasimatysime vėliau.“

Marta trenkė kumščiais į stalą. „Tuomet negrįžk, jei nesugebi sužadinti nė trupučio užuojautos savo vargšei senajai mamai."

„Išgerk porą tilenolių ir viskas bus gerai", - pasakė Ribby, atidarydama priekines duris ir jas užtrenkdama už savęs. Eidama ji pastebėjo, kad mama užtraukė priekines žaliuzes. Šiandien jokių džentelmenų skambučių.

Ribby pagavo autobusą ir atvykusi į geriausią nuomos rajoną nusipirko dar vieną laikraštį. Apibrėžė kelias galimybes ir nusprendė dalyvauti keliose atvirų durų dienos peržiūrose. Viena iš jų buvo nuostabiame rajone netoli paplūdimio ir jos prioritetų sąraše užėmė pirmąją vietą.

Prieš apžiūrėdama nekilnojamąjį turtą, ji turėjo persirengti tinkama apranga. Tam pakako viešojo tualeto. Apsirengusi naujais drabužiais, ji apžiūrėjo vietovę, neskubėdama apžiūrėti Ontarijo ežero. Ji klausėsi, kaip švelnios bangos skalauja krantus. Virš jos plaukiojo dėmesio reikalaujančios bangelės. Už jos stovėjo automobiliai, kurių keleiviai laukė, kol persirikiuos žibintai. Pasigirdo AC-DC garsas su stipriais žemais dažniais, ir ji atsisukusi pamatė, kad kaltininkas - juodas automobilis nuleistu stogu. Ji tęsė kelionę promenada. Jos burna susiraukė, kai priėjo karštų dešrainių kioską, prie kurio šone kepė svogūnai. Ji patikrino laiką parduotuvės vitrinoje ir suprato, kad turi paskubėti apžiūrėti pirmąjį namą.

Iš išorės pastatas atrodė viliojančiai. Tai nebuvo dangoraižis, kaip kai kurie kiti. Jis buvo vidutinio dydžio su privačiais balkonais. Balkonus puošė asmeniniai daiktai, pavyzdžiui, dviračiai ir augalai. Balkonai, kuriuose nuomininkai kūrė savo rojaus kampelį. Kur jie didžiavosi savo nuosavybe.

Virš jos pastebėjo užrašą „ *Nuomojama*". Kaip buvo žadėta skelbime, iš jo matėsi vaizdas į vandenį. Ji negalėjo sulaukti, kada galės ten pakilti ir apžiūrėti iš arčiau.

Įėjusi į vidų, ji apėjo vestibiulį ir apžiūrėjo patalpas. Pašto skyriuje ji perskaitė dėžutes puošiančius vardus, tarsi tikėdamasi ką nors atpažinti. Ji to nepadarė. Ji paspaudė lifto mygtuką ir pakilo į viršų.

Butą buvo lengva rasti, nes kelią rodė nuorodos. Durys buvo atidarytos. Ji vis tiek pasibeldė ir įėjo į vidų. Aplink sukinėjosi kiti. Iš pirmo įspūdžio ji žinojo, kad turi gauti butą. Jis buvo skirtas jai.

Agentas virtuvėje kalbėjosi su jauna pora. Jai jis pasakė: „Aš tuoj būsiu su jumis. Nedvejodama apsižvalgykite".

Interjeras buvo neryškaus magnolijos atspalvio. Virtuvė buvo gerai įrengta, joje buvo nerūdijančio plieno prietaisai, įskaitant indaplovę. Pagrindinė gyvenamoji erdvė buvo atviro plano. Puikus. Ji įsivaizdavo, kaip ten sėdi ir žiūri į nuostabų bangų vaizdą. Klausosi bangų. Ji pravėrė balkono duris ir išėjo į lauką. Netoliese žaidė vaikai. Ji grįžo į vidų ir apžiūrėjo miegamąjį. Jis buvo didesnis nei jos kambarys namuose, turėjo vonios kambarį ir daugiau nei erdvią drabužinę. Jai būtų tekę nusipirkti daug naujų batų ir drabužių, kad užpildytų tą erdvę. Tai buvo nuostabu. Viskas. Ji taip to norėjo, kad galėjo pajusti skonį.

„Vaizdas užgniaužia kvapą, - pasakė Ribbis, kai agentė buvo laisva. „Tai yra būtent tai, ko ieškau".

„Tai paklausi vieta. Jei nori, - pasakė agentas. „Šiandien jums reikės užpildyti paraišką. Ar esate kada nors anksčiau nuomojęsis?"

„Ne, iki šiol gyvenau namuose".

Jis maigė kažkokius popierius. „Ar gyvensite vienas? Ar dirbate visą darbo dieną?"

„Taip, ir taip. Dirbu bibliotekoje. Esu bibliotekininko padėjėja ir dirbu ten jau septynerius metus".

„Savininkas pageidauja išnuomoti vienišam asmeniui arba jaunai porai... jei viskas sutampa su dokumentais."

Ribbio akys nušvito, kai ji priėmė paraišką. Agentė pasiūlė jai rašiklį. Kol ji ją pildė, jis šnekučiavosi.

„Kai jūsų paraiška bus priimta, mums reikės čekio pirmojo ir paskutiniojo mėnesio nuomai padengti."

„Jokių problemų." Ji užbaigė formą pasirašydama. „Kada sužinosiu, ar mano paraiška patenkinta?"

„Aš jums paskambinsiu. Turėtume sužinoti iki antradienio".

„Aš, mes neturime telefono. Jei duosite man savo vizitinę kortelę, aš jums paskambinsiu. Ar antradienio rytą, gerai?"

„Puikiai, - jis žvilgtelėjo į paraišką. „Ech, ponia Balustrada, pasikalbėsime tada, ir sėkmės", - pasakė agentas, nuimdamas atvirų durų dienos iškabą. Jis palydėjo ją iki lifto ir išvedė iš pastato. Kai jie pasiekė gatvę, jis paklausė: „Ar galiu jus kur nors nuvežti?"

„Ne, ačiū, ketinu pasivaikščioti pakrante, paskui važiuosiu namo autobusu."

Ribbis nubėgo į paplūdimį. Ji nusiavė sandalus ir leido smėliui išbyrėti tarp kojų pirštų. Tada panardino juos į vandenį. Ji surinko keletą kriauklių, atsisėdo ir klausėsi miesto ir Ontarijo ežero garsų.

Netoliese nusileido jūrinė antis. Paskui dar viena.

„Ką manote?" - paklausė ji paukščių. „Ar tai tinkama vieta mums su Andžela?"

Čiurkos pažvelgė į ją, bet vienintelis jų atsakymas buvo klyksmas.

D ar buvo anksti - per anksti eiti namo. Ribbis nusprendė nueiti apžiūrėti baldų. Salone buvo geras pasirinkimas. Tačiau viskas buvo labai brangu, nes jai reikėjo visko.

Balsas jos galvoje pasakė: „ *Second hand*“. *Elegancija. Rafinuotumas. Nusidėvėjusi elegancija.*

Ribbis apsidairė aplinkui. Ar kas nors ją kalbino? Ji buvo viena. Ji perbraukė pirštais per sofos atlošą ir pagalvojo: Shabby chic, a? Puiku.

Balsas pasakė: *Nepamiršk, kad naujam butui reikia naujos spintos.*

Ribbis padarė pauzę. Ar ji išprotėjo? Ji kalbėjosi pati su savimi, bet balsas buvo kitoks. Balsas buvo Andželos. Andžela buvo gimusi.

Negalima tikėtis, kad aš gimčiau šiame gyvenime vilkėdama senus Martos skudurus.

Ribbis nusišypsojo. Sutiko. Vis dėlto pirmiausia reikia padaryti pirmuosius dalykus. Butas. Baldai. Tau reikia gražių daiktų. Mums reikia gražių daiktų. Turime pasirūpinti, kad mama niekada nesužinotų. Jai būtų karvė.

Ji yra karvė.

Ribbis juokėsi, kol vos nesušlapino kelnių.

Kaip aš be tavęs išsiverčiau?

Mes niekada nesužinosime. Ei, ar kada nors užsidegsi cigaretę? Mano plaučiai šaukte šaukiasi!

Ribbis pasirausė rankinėje ir išsitraukė cigaretę. Įsidėjo ją tarp lūpų, užsidegė ir užsirūkė.

Ahhhhhh, - atsiduso Andžela, - *man to reikėjo. Ribby, dabar mums reikia plano.*

Aš žinau. Jei gausime šį butą, kaip jį paslėpsime nuo motinos? Kaip toliau jai mokėsiu ir sumokėsiu už naują būstą, be to, gausiu visa kita? Žinau, paprašysiu pakelti atlyginimą.

Neprašyk pakelti atlyginimo, reikalauk. Ir liepk senam maišeliui sumažinti nuomą!

Aš jau pavėlavau gauti padidinimą. Tu teisus dėl to. Bet, kalbant apie mamą, ji niekada nesutiks, nors be manęs netektų namų.

Tai jos, o ne tavo problema Ribe. Ji juk suaugusi moteris, ir jei tavęs nebus šalia, ji galės išsinuomoti tavo kambarį, tiesa?

Ribi jautėsi keistai, kad bent kartą kažkas yra jos pusėje.

Neketinu likti bute visą laiką. Taip niekada nepadaryčiau. Ji rastų būdą viską sugadinti. Ne, per savaitę gyvensiu namuose, o savaitgaliais - bute.

Tačiau ji peržvelgs tavo banko knygelę, vėl Rib ir pamatys, kad likutis mažėja, mažėja, ir jai trenks per stogą. Žinai, kokia ji yra.

Ribbis padarė dvigubą dūrį. Iš kur Andžela apie tai sužinojo?

Tu teisi; turėsiu atsargiau žiūrėti, kur palieku piniginę. Su joje esančiais cigarais ją nešiausi tiesiai į savo kambarį. Taip darysiu ir toliau, ir ji nieko nesužinos.

O jei ji paprašys pinigų, ką darysi?

Pasakysiu jai „ne".

Prisimeni, kaip siūlėsi atiduoti kiekvieną uždirbtą centą? Viskas, ką ji turėjo padaryti, tai nustoti priimti džentelmenus skambintojus?

Ir iš kur ji apie tai žino? Ji tarsi visą laiką buvo su manimi.

Taip, kaip galėjau pamiršti? Motina taip juokėsi, kad maniau, jog užspringo. Bandžiau jai padėti įkvėpti oro, trenkdamas jai į nugarą, o ji mainais taip stipriai trenkė man, kad iškrito dantis.

Sena karvė tavęs pasiilgs, Ribby, bet tu nusipelnei gyvenimo, o aš esu čia, kad tau padėčiau. Pasirūpinti, kad jį gautum. O dabar geriau grįžkime, kol senoji kiaulė nepasiuntė kavalerijos!

Laimė buvo ranka pasiekiama, bet kartais reikėjo ištiesti ranką ir ją paimti.

SKYRIUS 4

Pirmadienio rytą Ribbis labai anksti atsikėlė ir išėjo pro duris. Ji nenorėjo matyti Martos. Į darbą ji dėvėjo Martos-muumuu specialybę, kurioje jos krūtys kovojo su priekiniais skeltukais. Tokia apranga atitiko bibliotekos garderobo politiką. Ji nuskubėjo į autobusą ir atvyko anksčiau nei įprastai.

„Labas rytas, Ribby, - tarė ponia Pigeon, nuolatinė bibliotekos lankytoja. „Jei ieškote ko nors puikaus paskaityti, rekomenduoju šią knygą". Ji ištiesė knygą ir Ribbis ją paėmė.

„*Mano gyvenimas lėkštėje*", - skaitė Ribbis. „Ar ji apie maistą?"

„Ne, jokiu būdu ne!" Ponia Balandėlė nusijuokė. „Tai knyga apie gyvenimą, juoką ir ašaras". Ji padarė pauzę. „Nustok tai daryti, Bili! Džeisonai, grįžk čia". Vaikai grįžo prie prekystalio. „Atsiprašau, kad knyga vėluoja grįžti".

„Tu mane ja pardavei. Ačiū, ponia Pigeon." Ji nusišypsojo uždėdama antspaudą ant grąžintos knygos.

„Nėra už ką, brangioji. Kitą kartą, kai užsuksiu, galėsi man papasakoti, ką manai apie Klarą Huttą. Dabar atsisveikinkite su Ribbiu, berniukai. Džeisonas nustokite spjaudyti ant savo brolio. Kai grįšite namo, turėsite daug bėdų!" Ponia Pigeon šypsojosi vesdama Jasoną už ausies, o Bilį - už rankos. Trijulė išėjo pro besisukančias duris.

Ribbis buvo per daug susijaudinęs, kad galėtų skaityti. Be to, vėl buvo pirmadienis ir jai reikėjo vykti į ligoninę.

17.00 val. vakaro Ribby pasiėmė daiktus iš spintelės ir sėdo į autobusą. Pakeliui ji pajuto pagundą užsirūkyti, bet nenorėjo, kad vaikai pajustų nuo jos cigarečių kvapą.

Ji nuėjo į suvenyrų parduotuvę, kur paprašė helio pripildytų balionų kiekvienam palatos vaikui. Mintis buvo nuostabi, kitas dalykas - juos nešti.

Kaip ir žadėjo, Ribbis pradėjo nuo Mikio Landerso kambario. Jo ten nebuvo. Ji ėjo koridoriumi, pakeliui užsukdama į kambarius. Iš paskos jai sekė kiti, sudarydami dainuojantį paradą. Neįgaliųjų vežimėliai, ramentai, visi buvo laukiami. Net vyriausioji slaugytoja Alisa prisijungė.

Ribbis žvilgtelėjo jos link ir jų akys susitiko. Kažkas buvo negerai, bet tai galėjo palaukti. Ji tęsė pasirodymą.

Ribbis įžengė į centrą. Ji užmezgė akių kontaktą su vaikais. Liusijai Mėjai Monro reikėjo kaspino plaukams, kurį Ribbė išsitraukė iš savo stebuklingo maišelio. Tai buvo violetinis kaspinas - mėgstamiausia

Lucy May spalva. Vaikas iš džiaugsmo sušvokštė. Liusės mama apvyniojo jį aplink jos smailią mažą kuodelį.

Praėjusio apsilankymo metu Benjaminas Žuviukas pageidavo drakono dūdelės, kurią Ribbis dabar slėpė savo stebuklingame maišelyje. Ji leido Benjaminui jį pasiekti, ir jis jį ištraukė. Jis pasidėjo jį ant kelių — ieškojo tėvų, bet jų nebuvo šalia. Nenorėdamas jo atidaryti be jų, jis priglaudė dovaną ant savo ratuoto kelių.

Laukė dar keli vaikai. Ribbis vieną po kito pildė jų norus. Ji vėl dainavo. Šį kartą ji šoko ir atliko Eltono Džono „*Crocodile Rock"*. Ji išdalijo likusius balionus. Liko tik Mikio Landerso balionas.

Ribby atsisveikino su vaikais. Ji nešė Mikey raudoną balioną ir ėjo koridoriumi. Slaugytoja Alisa jau laukė.

„Ribby, palauk, turiu tau kai ką pasakyti."

Ribbis nenorėjo girdėti naujienų. Ji ėjo toliau. Jei ji nežinotų, vadinasi, tai būtų netiesa.

Slaugytoja Alisa sugavo Ribbio ranką. „Ribbi, Mikis kentė didelius skausmus, o dabar jis ramus".

Ribbiui norėjosi rėkti. Ji toliau ėjo ir išėjo iš pastato. Išėjusi į lauką ji paleido balioną, tada žiūrėjo, kol nebegalėjo jo nei daugiau matyti.

Ji nerėkė.

SKYRIUS 5

Ribby labai apsidžiaugė, kai iš taksofono paskambino nekilnojamojo turto agentui ir sužinojo, kad butas priklauso jai. Po kiek daugiau nei savaitės ji turėjo į jį įsikelti. Daug laiko nusipirkti būtiniausių daiktų ir sugalvoti, kaip ji laikysis atokiau nuo Martos.

Kodėl nepasinaudojus manimi? Juk mes juk draugai, ar ne?

Ką tu turi omenyje?

Kartais esi storas kaip plyta. Pasakyk senam koviniam kirviui, kad važiuoji pas draugę, kuri gyvena mieste, o jos vardas Andžela.

O jei ji norės su tavimi susitikti? Be to, negaliu meluoti, mano veido spalva mane išduotų.

Tu nemeluoji. Tu praleisi laiką su manimi. Tu turi puikų alibi— MES!

Tą vakarą per vakarienę Ribbis palietė šią temą. „Penktadienio vakarą norėčiau išeiti į pasimatymą su savo drauge Andžela".

„Pasakoti?!" Marta ištarė su nuostaba balse. „Tu turi draugę?"

„Mes skaitome tas pačias knygas ir gerai sutariame".

„Dukra, būk atsargi su šia nauja drauge. Žiūrėk, kad ji tavimi nepasinaudotų, nes tu labai naiviai žiūri į žemiškus dalykus".

„Man viskas bus gerai, mama. Pažiūrėsime filmą ir išgersime puodelį kavos".

Dienos bėgo greičiau, dabar, kai jos gyvenimas iškrito iš įprastos rutinos, ir netrukus buvo penktadienis.

„Geriau jau eisiu. Susitinkame prie kino teatro."

„Prieš eidamas gal galėtum savo vargšei senajai mamai duoti kelis dolerius, kad pakeistų „Jack Daniels" butelį?"

Ribbis suabejojo. Jei neduos mamai pinigų, ji gali neišeiti iš namų. Ji turėjo perduoti pinigus, todėl taip ir padarė.

„Vėluosiu, mama, nėra prasmės manęs laukti".

„Gerai praleisk laiką", - pasakė Marta, kišdama pinigus į liemenėlę.

Eidamas taku Ribbis kelis kartus giliai įkvėpė. Ji negalėjo tuo patikėti. Penktadienio vakaras, o ji eina į miestą, į kiną.

Nepamiršk apie mane.

Kaip aš galėjau? Be tavęs vis dar stovėčiau ten, prieškambaryje!

Gerai pasielgei, Ribby, šįvakar duodamas jai pinigų. Bet ne daugiau. Mums prireiks kiekvieno loonie!

Filmo metu Andžela vis kikeno iš meilės intrigų.

Tai taip nuobodu! Kalbėkime apie nerealumą. Eime iš čia.

Tai romantiška. Suteikite jam šansą.

Ribbis įsidėjo į burną šokolado gabalėlį.

Norėčiau, kad čia galėtume rūkyti.

Šššš.

Po filmo Ribbis pasijuto per daug susinervinęs, kad išsivirtų kavos, ir iškeliavo namo.

Ką pasakysi, kai grįšime, jei tu-žinai-kas atsikels?

Ji nebus atsikėlusi. Po „Jack Daniels" ji bus išėjusi į užtarnautą poilsį.

Tada ryte galėsi jai pasakyti, kad šeštadienio vakarą nakvosi pas savo naująją draugę Angelą. Grįši sekmadienio vakarą. Supratai?

Ji suprastų, kad meluoju. Ji visada žino.

Gal ir žinos, bet tai buvo prieš tau įsigyjant nuosavą būstą. Dvigubas gyvenimas. Prieš tai, kai turėjai mane. Be to, tai techninis dalykas. Tu TIKRAI gyveni mano namuose, o aš esu tavo draugas. Taigi... tu tikrai sakai tiesą.

Kai taip pasakoji, tai skamba gana gerai.

Taip, o dabar užsidek cigaretę ir keliaukime atgal.

SKYRIUS 6

Buvo persikraustymo diena ir Ribbis buvo pasiruošęs keliauti. Ji tipeno laiptais žemyn, tikėdamasi nepastebėta pasprukti. Tai truko neilgai, nes Marta laukė jos virtuvėje.

„Puodelis kavos?"

„Ačiū, mama", - pasakė Ribby, atsisėdo ir pažvelgė į laikrodį.

Girdėjosi tik Martos gurkšnojimas ir šaldytuvo burzgimas.

„Praėjusį penktadienio vakarą su Andžela neįtikėtinai gerai praleidome laiką, mama, ir ji paprašė manęs pasilikti pas ją savaitgalį. Norėčiau važiuoti."

Marta įkišo nosį į savo puodelį. Viena ranka ji pirštais braukė staltiesę, o kita glostė Skampą po stalu.

Motinos tyla neramino. Ji retai kada būdavo tokia tyli. Ribby jautėsi kalta, o jai gurkšnojant gėrimą drebėjo rankos. Jai kilo klausimas, ar motina žino.

Ribby galvojo ką nors pasakyti, ta tyla buvo siaubinga, bet ji bijojo. Ji baigė gerti kavą, atsistojo ir išplaukė puodelį. Padėjo jį į stovą, kad išdžiūtų.

„Džiaugiuosi, kad turi draugą, ir tikiuosi, kad tau patiks".

„Ačiū, mama, - tarė Ribby, užbėgusi į viršų pasiimti rankinės ir išėjusi. Ji spėjo į autobusą ir spėjo nuvažiuoti per visą miestą anksčiau nei kurjeriai.

„Ateikite į viršų!" - pasakė ji, kalbėdama į domofoną. Vyrai vežė kuklius baldus ir kitus daiktus, kuriuos ji buvo sukaupusi per pietus. Jiems išvažiavus, ji įsitaisė kaip namie, iš balkono klausydamasi bangų ošimo.

Vidurdienį Ribbis pasivaikščiojo pakrante. Pakeliui ji pastebėjo kelis barus ir naktinius klubus. Anksčiau ji niekada nebuvo nė viename iš jų apsilankiusi, nes eiti vienai neatrodė įdomu, bet dabar buvo kitaip. Ji grįš vėliau.

Su Andžela pasaulyje ji nesijautė tokia vieniša.

Véliau tą vakarą Ribbis laukė ant šaligatvio priešais naktinį klubą.

Nustok žingsniuoti, Ribbis. Suskaičiuosiu iki dešimties ir tada eisime į vidų. Gerai, einame! Pasiruošę ar ne, mes einame!

Aš išsigandau.

Gabalėlis pyrago, Ribby, gabalėlis pyrago! Sekite paskui mane.

Tarsi turėčiau kokį nors pasirinkimą.

Laiptai buvo siauri ir menkai apšviesti. Žengdama žemyn, Ribby kulkšnys virpėjo naujuose aukštakulniuose batuose. Kai ji pasuko už kampo į baro zoną, stroboskopinės šviesos mirgėjo ir pulsavo pagal muziką.

Liaukis jaudintis dėl batų. Rojus laukia! Čia. Pasodinsiu save ant šios taburetės, kad galėčiau stebėti veiksmą. Jau nekalbant apie tai, kad jie gali apžiūrėti mus!

Aš nežinau. Ar neatrodysime beviltiškai?

Ne desperatiškai, o prieinamai. Pažvelk į šią vietą, Žebriukas. Čia pilna juoko, muzikos; mes fantastiškai praleisime laiką. O dabar, gal nupirksite mums išgerti?

Ko turėčiau paprašyti? Niekada anksčiau nesu užsisakęs gėrimo.

Pažiūrėkime, - Andžela peržvelgė gėrimų meniu. *Vienas iš šių būtų geras. Taip, užsisakyk degtinės su toniku, kad būtų didelis!*

Žebriukas pravėrė gerklę, tikėdamasis atkreipti barmeno dėmesį. Jis kalbėjosi su vyru kitame juostos gale. Ji atsikrenkštė, bet dėl garsios muzikos ir mirgančių šviesų nemanė, kad kada nors bus pastebėta.

*Ar aš turiu **viską** daryti ?* Andžela dejavo. "Excuse me Mr. barmenas; ar galėčiau čia gauti didelį V&T, kai turėsite sekundę, prašau?"

Barmenas pažvelgė į Žebriuką ir nusišypsojo. „Žinoma."

Jis ėjo palei barą ir maišydamas gėrimą žvilgtelėjo į Ribbio pusę. „Neatrodote pažįstamas. Ar esate iš čia?"

„Persikėliau šį savaitgalį. Pagalvojau, kad noriu apžiūrėti, kaip čia viskas vyksta, - pasakė Andžela.

„Sveiki atvykę į kaimynystę. Ir tai yra ant namo. Aš esu pasveikinimo komitetas, - mirktelėjo barmenas.

Andžela atmerkė Ribbio akių vokus. Ji pasilenkė, tarsi norėdama kažką sušnabždėti jam į ausį. Jos krūtinė suknelėje krisdama į priekį nusileido į priekį, todėl barmenas galėjo matyti visą Ribbio iškirptę. „Labai ačiū, - tarė Andžela. „Visada norėjau susipažinti su sveikintojų komitetu".

„Dabar jau susipažinote. Mano vardas Džeikas, o jūsų?"

„Aš Angela, malonu susipažinti."

„Jei dar ko nors prireiks, tiesiog švilptelėkite. Tu juk moki švilpauti, ar ne?"

„Kaip kadaise sakė puiki aktorė Lauren Bacall, tiesiog sučiaupkite lūpas ir pūskite." Džeikas nusijuokė, o Andžela paleido silpną švilpuką.

Šis komentaras nustebino Ribbį, nes ji niekada nebuvo įvaldžiusi švilpimo meno. Jau nekalbant apie tai, kad ji niekada nebuvo mačiusi nė vieno Lauren Bacall filmo.

Džeikas pajudėjo palei barą ir aptarnavo kitą klientą, kuris stebėjo apsikeitimą nuomonėmis.

„Džeikai, seneli, - pasakė vyras, priėjęs arčiau. „Gal alaus čia?"

„Nigel. Žmogus. Nemačiau tavęs jau kelias savaites. Kaip tu, po velnių, jautiesi? Maniau, kad išsikraustei?"

„Aš? Persikraustyti? Kur dar galėtum persikelti po to, kai didžiąją gyvenimo dalį gyvenai netoli paplūdimio? Niekur kitur nėra nieko panašaus! Mane turėtų išvežti medinėje dėžėje, - pasakė Naidželas ir nusijuokė, kol Džeikas pilstė alų.

„Ką veikei?"

„Darbas, darbas, darbas, darbas, užteks kalbėti", - pasakė Nigelas. Pasikvietęs Džeiką arčiau, jis sušnabždėjo: „Kas ta mažylė? Ar tu su ja eini į pasimatymą, ar aš galiu nueiti?"

„Ji nauja. Persikraustė čia šiandien. Vardas Angela. Puikios putlutės ir neblogas humoro jausmas."

Matote, mes jam patinkame!

Jis mūsų net nepažįsta.

Bet jis nori pažinti.

„Atsiprašau, Džeikai, - tarė Andžela. „Norėčiau užsisakyti didelį Martini, suplakti, nemaišyti. Padaryk dvigubą.“

„Dvigubas Martini, tuoj pat“, - pasakė Džeikas.

„Taigi, jūs esate Džeimso Bondo gerbėjas, ar ne?“ paklausė Džeikas, statydamas Martini priešais ją.

Andžela žaidė su alyvuogėmis, sukdama jas stiklinėje, o paskui viską atkimšo.

Ribbis krūptelėjo. Kaip ir anksčiau, ji nebuvo mačiusi nė vieno filmo apie Džeimsą Bondą ir nebuvo skaičiusi nė vieno Iano Flemingo romano. Ji stebėjosi, kaip Andžela gali žinoti dalykus, kurių ji nežino.

Andžela kalbėjo. „Šonas Koneris buvo mano mėgstamiausias Bondas. Jam pasitraukus reikėjo nustoti kurti filmus.“ Ji pastūmė savo stiklinę per barą: „Dar vieną dvigubą martinį, Džeikai, prašau.“

„Oho, tai gana stiprus gėrimas“, - Džeikas padarė pauzę. „Ar esi tikra, kad gali taip greitai išgerti dar vieną dvigubą?“

„Aš esu klientė, ar ne, o jūs - svetingasis komitetas, tad leiskite man jaustis laukiama. Pažadu, kad būsiu gera, - pasakė Andžela.

Džeikas pažvelgė į bare sėdintį Nigelą. Dešimt vaikinų nusileido laiptais žemyn, žvalgydamiesi į Ribbį. „Norėčiau jus supažindinti su savo draugu. Nigelas, tai Andžela. Jai galbūt būtų malonu šiek tiek kompanijos. Nigelas gerai pažįsta šią vietovę ir yra geras vaikinas. Galiu už jį laiduoti.“

„Labai malonu susipažinti, - tarė Nigelas ir ištiesė ranką.

„Man irgi malonu susipažinti, - pasakė Andžela, judėdama, kad išvengtų nutirpusio užpakalio. Ji pasukiojo aplink alyvuogę šviežiame „Martini" ir įbėrė ją į burną. Įsidėjo ją į burną ir įpylė antrąjį gėrimą į gurkšnį.

„Girdėjau, kad esi naujokė šiame rajone?" pasakė Nigelas, stebėdamas, kaip iš Andželos burnos kampučio sunkiasi mažytis martinio gabalėlis.

Žebriukas paėmė servetėlę ir nušluostė skystį. Jo skonis vis dar buvo siaubingas. Toks, kokį ji įsivaizdavo, kad skonį turėtų nagų lako valiklis. Kaip Andžela galėjo mėgautis tuo, kas jai pačiai nepatiko?

„Taip, mes išsinuomojome butą. Čia gražu, - pasakė Andžela.

„Mes?"

Ribbis susiraukė.

Andžela nusijuokė. „Mes kaip karališkąja prasme. Aš gyvenu viena."

„Ar norėtum pašokti?" Nigelas paklausė.

Ribby niekada gyvenime nebuvo šokusi.

Andžela pabandė nulipti nuo taburetės. Ji prarado pusiausvyrą ir suklupo.

Nigelas sugriebė ją už rankos. „Oho, ar tau viskas gerai?"

„Man viskas gerai, - atsakė Andžela. „Arba būsiu, kai nueisiu į mergaitės kambarį. Ar žinai, kur jis yra?"

„Jis yra ten, baro gale."

„Okie dokie", - pasakė Andžela. Ji sugriebė Nigelą už apykaklės ir pažvelgė į jo gilias mėlynas akis.

„Nejudėk. Po kelių sekundžių grįšiu ir pasinaudosiu tavo pasiūlymu pašokti".

Ribbis giliai įkvėpė, kai Naidželas linktelėjo galva ir atsitraukė.

Andžela pasitrynė suknelę.

Įėjusi į kabiną, Ribby atsiremdama į metalines duris, kurios jai vėsino nugarą. Prieš atsisėsdama ji nuplėšė pluoštus tualetinio popieriaus ir uždengė sėdynę.

Kambarys virpėjo.

Pagalvojo, kad man bus bloga.

Ne, mes nesiruošiame sirgti, Ribi. Pasėdėsime čia dar sekundę ar dvi. Tada nueisime prie kriauklės ir šliūkštelsime vandens ant veido. Mums viskas bus gerai. Pažadu.

Po kelių akimirkų Andžela nusekė iki Naidželo. Jis atrodė susirūpinęs. Jis nebuvo išvaizdus, bet ir ne bjaurus. Jis buvo tarsi normalios išvaizdos. Vilkėjo juodus džinsus, šviesiai mėlynus marškinėlius ir avėjo juodus batus. Jai patiko jo maža barzdelė.

„Nagi, eime,- pasakė Andžela, paėmė Naidželą už rankos ir nusivedė jį į šokių aikštelę.

Tai buvo lėta daina.

Ribbis net nemokėjo būti prilaikomas. Jos delnai lašėjo nuo prakaito.

Nigelas laikė ją per ištiestos rankos atstumą.

„Arčiau, - sušnabždėjo Andžela ir prisitraukė jį, apglėbdama sėdmenis.

Krisui de Burghui dainuojant „ *Lady in Red*", Andžela padėjo galvą ant Naidželo peties ir atsipalaidavo.

Ribbis taip pat atsipalaidavo. Ji jautė, kaip jo širdis plaka prie jos. Ji jautė jo kvėpavimą ant savo kaklo.

Andžela norėjo jį parsivežti namo.

Ribbis nenorėjo.

Po šokio Andžela sugriebė Naidželą už rankos ir patraukė jį atgal prie baro. Jie atsisėdo ant kėdžių, kelius susilietę. Nigelas mirktelėjo dviem pirštais barmenui ir pasakė: „Tekila".

Andžela užsikišo plaukus už ausies ir pasilenkė arčiau: „Ar bandai mane išblaivinti?"

„Ne. Tai ne mano stilius."

Angela palietė jo kelį, kai gėrimai atkeliavo.

Nigelas atsuko šlakelį. „Ech, taigi, ką tu veiki? Turiu omenyje, iš ko gyveni. Turiu omenyje, kad, manau, mes čia šiek tiek greitai judame į priekį".

Sutinku!

Ššš. Grįžk atgal miegoti. Tada Nigelui, „Šiek tiek to ir šiek tiek ano". Ji metė atgal šlakelį tekilos ir įsidėjo laimą tarp dantų.

„Ak, paslaptinga moteris, a?" Jis nusijuokė. „Na, aš dirbu viešųjų ryšių srityje."

„Kaip įdomu! Ar visada dirbote toje pačioje įmonėje?"

„Taip. Viena iš dešimties didžiausių įmonių mane įdarbino tiesiai iš universiteto. Kai pradedi dirbti pas geriausius, vienintelis kelias žemyn yra žemyn.“

„Aš tave girdžiu. Taigi, ką mėgstate daryti? Tai yra, be ryšių su visuomene ir pasilinksminimų baruose.“

„Paprastai nesilankau baruose.“

„Žinoma, žinoma, - tarė Andžela.

„Tiesą sakant, - pasakė Nigelas ir ranka palietė jos kelį.

Ribbis pasijuto neramus. Jis darėsi pernelyg pažįstamas. Ji norėjo išeiti.

Angelai tai patiko.

Nigelas tęsė: - Aš pažįstu Džeiką. Esame pažįstami jau daug metų, todėl retkarčiais ateinu čia, į „Katės akį“, kad ištrūkti. Negali visą laiką sėdėti savo bute ir žiūrėti „Netflix“ ar žaisti „Xbox“ žaidimus. Geriau išeiti į lauką. Susitikti su žmonėmis, o šis rajonas yra tokia judri vieta!“

„Taip ir yra, bet dabar aš užmuščiau puodelį kavos. Gal norėtum nueiti kur nors kitur, kur mažiau triukšmo, ir nupirkti merginai puodelį? Pakviesčiau tave pas save, bet čia visiška netvarka, nes tik šiandien atsikrausčiau, - pasakė Ribbis.

Sakiau, kad paliktum tai man. Užpakalis lauk.

„Ne per toliausiai yra maža kavinukė, o paskui palydėsiu tave namo. Jei tau tai tinka, Andžela?“

Vienas puodelis kavos, man tai tinka.

Išgerk atvėsimo piliulę.

Ribbis ir Naidželas, susikibę už rankų, nuėjo į kavinę „Naktinė pelėda“, kur užsisakė kapučino. Jie neformaliai šnekučiavosi iki pirmos valandos nakties, kai Ribbis pasakė, kad nori eiti namo.

„Tu toks džentelmenas, kad prašai palydėti mane namo. Džiaugiuosi, kad Džeikas mus supažindino“.

Kai jie atvyko pas Ribbį, Nigelas paklausė: „Ar galiu gauti tavo telefono numerį? Norėčiau dar kartą su tavimi pasimatyti“.

„Kol kas telefono neturiu, - pasakė Andžela, rausdamasi rankinėje ir ieškodama raktų. Kai ji atsigręžė, Nigelas puolė ją bučiuoti. Kai jo lūpos susitiko su Andželos lūpomis, ji pabučiavo jį atgal. Jos rankos perbraukė per jo pečius ir krūtinę. Jos savo ruožtu tyrinėjo.

Kai Ribbio keliai ėmė linkti, ji perėmė vadovavimą. Per daug nekvėpavusi, kad galėtų kalbėti, ji atsitraukė. „Geriau eisiu į vidų.“ Ji palietė lūpas. Jos vis dar dilgčiojo.

„Tikiuosi, kad nebuvau per daug įžūli. Atrodė, kad tau tai patiko.“

„Patiko“, - pasakė Andžela.

„Man reikia eiti, - pasakė Ribbis. „Tai buvo ilga diena, nes reikėjo persikraustyti ir visa kita.“ Ji atidarė duris ir įėjo į vidų.

Nigelas nusekė paskui ją prie atviro lifto. „Kada vėl tave pamatysiu?“

Liftui pradėjus užsidaryti, Andžela perėmė žodžius. „Kitą šeštadienį, tuo pačiu šikšnosparnių laiku, tuo pačiu šikšnosparnių kanalu.“

Kai durys užsidarė, Ribbis vėl palietė jos lūpas. Tai buvo pirmasis jos bučinys ir jai labai patiko.

Andžela norėjo daugiau. Nuo jo bučinio jai pasidarė karšta, karščiuojanti.

Ji pravėrė balkono duris. Nigelas stovėjo apačioje ir žiūrėjo į viršų. Jis mojavo ranka.

„Labos nakties, Nigeli, - tarė Ribbis.

„Labos nakties, Andžela", - tarė Naidželas.

Galėjome jį pakviesti į viršų, žinai.

Aš tik ką su juo susipažinau ir nieko apie jį nežinau. Be to, mano galva ir skrandis jaučiasi keistai.

Jis visiškai nepavojingas.

Jei tai tiesa, tada jis grįš.

Ribbis grįžo į vidų. Ji uždarė ir užrakino balkono duris. Ji nuėjo į savo vonios kambarį ir kurį laiką žiūrėjo į save veidrodyje, tikėdamasi ten išvysti Angelą. Ji nerado jokių jos pėdsakų.

Nusipraususi po karštu dušu, Ribby atsigulė į lovą. Ji uždarė savo miegamojo duris, kaip namuose. Tuomet jai dingtelėjo, kad jai to daryti nebereikia. Ji atsistojo, plačiai jas atidarė ir vėl griuvo į lovą. Apsivilko flanelinius naktinius marškinius, nes naktinis oras ją vėsino. Jai atsigulus ant pagalvės, kambarys ėmė virpėti. Lubos buvo grindys, o grindys - lubos. Kai ji užmerkė akis, skrandis pakilo link gerklės. Ji laikėsi už lovos kraštų tarsi dreifuodama gelbėjimosi valtyje, kol nebegalėjo ištverti sukimosi. Ji nubėgo į vonios kambarį ir vėmė. Ribbis susidraugavo su tuo porceliano gabalėliu, priklaupė prie jo tarsi prie dievo.

Kai skrandis ištuštėjo, ji suklupo atgal į lovą ir pabandė užmigti. Kambarys nebesisuko. Ji nesijautė patogiai dėl balso savo galvoje. Atrodė, kad Andžela viską žino. Kad yra patyrusi dalykų. Kitų, nei ji pati buvo patyrusi. Kaip tai buvo įmanoma? Kodėl ji užsisakė visus tuos martinius?

Nuo minties, kad geria Martinį ir tekilą, Ribiui suskaudo skrandį. Šįkart tai buvo sausas pilvo pūtimas; ji nebeturėjo ką pasiūlyti porcelianiniam dievui.

Ji miegojo prie dievo kojų, prispaudusi kaktą prie vėsaus porceliano.

SKYRIUS 7

Ribbis atmerkė akis. Ji buvo vonios kambaryje, ant grindų. Ji pakilo, naudodamasi klozetu kaip inkaru. Netikėtai nuleido dangtį ir atsisėdo ant jo. Ji užsuko šalia esančios kriauklės čiaupą, kelias sekundes leido vandeniui bėgti, tada pripildė stiklinę ir gurkštelėjo. Jos rankos drebėjo, nes vanduo sruvo į skrandį.

Kai Ribby galėjo atsistoti, ji laikėsi už kriauklės, pažvelgė į savo atspindį veidrodyje ir prisiekė daugiau niekada negerti alkoholio.

Kokia lengvabūdė.

Ribbis nusiprausė, apsirengė ir išėjo pasivaikščioti, kad išsivalytų galvą. Ji sustojo kavinėje ir užsisakė stiprios kavos. Sėdėdama ir gurkšnodama nusprendė, kad yra pasiruošusi grįžti namo, todėl nuėjo ir sėdo į autobusą.

Tai yra, į Martos namus.

Ar vakar iš tikrųjų įvyko? Tai buvo tarsi sapnas.

Išgertuvės labiau priminė košmarą!

Nigelo bučinys buvo svajingas.

Mano pirmasis bučinys buvo geresnis už blynus su sviestu ir sirupu.

Shh, you're making me hungry.

Ribbis išlipo iš autobuso ir patraukė namo Kai pasuko už kampo, ten sėdėjo Marta, apsivilkusi naktinius marškinius ketvirtą valandą popiet ir gurkšnodama iš butelio alaus.

„Kaip mano dukra?" Marta paklausė.

„Mes puikiai praleidome laiką, mama. Andžela labai linksma. Ji pakvietė mane vėl pasilikti kitą savaitgalį".

„Gerai. Visi sako, kad esi pernelyg rimtas. Tau reikia tavo amžiaus draugo, su kuriuo galėtum pasilinksminti."

„Kas visi, mama?"

Marta atsistojo. Ji šiek tiek suklupo, nes Ribbis atsitraukė. Alaus dvelksmas kartu su neplautu kūnu paskatino ją negiliai kvėpuoti.

„Nesvarbu. Manau, kad tau irgi reikia vyriškos kompanijos".

„Vakar vakare sutikau vieną, vardu Naidželas. Jis palydėjo mane iki Andželos namų ir..."

„Vieną vakarą tavęs nėra namie, ir tu susirandi vyrą, kuris tave palydi namo! Panašu, kad esi labiau mano mergaitė, nei maniau!"

„Nieko neatsitiko."

„Šį kartą ne, dukrele, bet tomis tavo gyslomis teka mano kraujas, ir laikas įrodys, kad tai, ką sakau, yra tiesa. Kai tik gausi į rankas vyrą, kai jis pradės tave liesti tose vietose, oi, tose vietose, tada tu atgysi. Jis nuves tave ten, kur niekada neįsivaizdavai, kad tavo kūnas gali nueiti. Tai gali padaryti bet kuris vyras, dukra, nesvarbu, ar tu jį myli, ar ne. Bet kuris vyras gali. Bet kuris vyras, kuris žino, gali tave išmokyti.“

„Nenoriu to girdėti, - pasakė Ribbis ir nuskubėjo laiptais į savo kambarį. Ji užtrenkė duris ir jas užrakino. Ji įleido vonią, prileido daug burbulų ir nuo staliuko išsirinko knygą. Ji mirko kelias valandas, stengdamasi negalvoti apie tai, ko Nigelas galėtų ją išmokyti.

SKYRIUS 8

Pirmadienio rytą grįžtu į darbą. Įprasta klientų eilė. Ribbis juos aptarnauja, vyriausioji bibliotekininkė nekreipia dėmesio. Vėliau Ribbis antrame aukšte grąžino knygas į lentynas. Ji žvilgtelėjo pro langą, norėdama įsitikinti, ar vyksta kas nors įdomaus, bet nieko įdomaus nebuvo. Iki tol, kol tai įvyko. Kitoje gatvės pusėje važiavo limuzinas. Iš jo išlipo vairuotojas su kepure ir atidarė dureles. Ribbis stebėjo, kaip iš jo išlipo pora ilgų kojų nepaprastai aukštais aukštakulniais, prigludusių prie šviesiaplaukės moters. Šoferis uždarė duris, o moteris nuėjo priešinga bibliotekos kryptimi.

Norėčiau atrodyti kitaip.

Aš taip pat. Ką turėjote omenyje?

Mūsų plaukai, galėtume juos pakeisti. Nudažyti juos. Blondinėms smagiau.

Galbūt vietoj jų peruką? Mažiau ilgalaikis.

Skamba kaip planas. Aš negaliu laukti!

Kai knygos grįžo į savo vietas, Ribbis grįžo prie savo stalo. Ji ieškojo netoliese esančios perukų parduotuvės. „Wigs-R-Us" buvo už kelių kvartalų. Ji žvilgtelėjo į laikrodį - jau buvo beveik pietų metas. Ji nesunkiai galėtų nueiti ten ir atgal. Prie parduotuvės ji apžiūrėjo vitrinoje eksponuojamus perukus.

Man patinka šis. Ir šitas.

Tikrai? Norėtum būti tokia trumpa?

Taip, tikrai trumpiau.

Jai įžengus į parduotuvę suskambo skambutis. Joje buvo pastebimai tylu, tyliau nei bibliotekoje.

„Sveiki?" Ribbis ištarė.

Iš už prekystalio iššoko moteris su ištiesta ranka: - Sveiki atvykę į mano parduotuvę. Kuo šiandien galiu jums padėti?" Net ir stovėdama ji buvo gerokai žemesnė už Ribbį.

Ribbis pravėrė burną norėdamas prabilti, bet jai dar nespėjus nieko pasakyti, moteris vėl prabilo.

„Jei norėtumėte prisėsti čia, galiu atnešti perukus. Tiesiog parodykite, kuriuos norėtumėte pasimatuoti. Aš jums pritaikysiu peruką, tada voila, galėsite pažvelgti į naująją save veidrodyje".

Moteris uždėjo ranką Ribbiui ant nugaros ir nuvedė ją prie kėdės. Ribbis atsisėdo, o moteris vis žemiau ir žemiau kilstelėjo kėdę. Ribbis dar labiau nusileido, kad prisitaikytų.

„Ką darai?" - paklausė moteris, braukdama pirštais per Ribbio plaukus. „Turiu omenyje, kaip jūs pragyvenate? Jūs tikrai norite peruko, kuris atitiktų jūsų gyvenimo būdą. Beje, jūsų plaukai nuostabūs".

„Ech, ačiū. Aš dirbu bibliotekoje. Norėčiau šviesaus peruko. Trumpo, tokio, koks yra lange. Štai."

„Oho, įdomus pasirinkimas. Tai populiariausias mūsų šviesiaplaukis perukas. Juk žinai posakį, kad blondinėms linksmiau".

Moteris už prekystalio turėjo dėžę, pripildytą perukų, lygiai tokių pat kaip tas lange. Ji atnešė ją ir ėmė rišti tikruosius Ribbio plaukus.

„Persigalvojau, - pasakė Andžela. Ji parodė į viršų: „Norėčiau pasimatuoti šitą".

Ką? Ką tu darai?

Tas kitas yra įprastas. Noriu ko nors ypatingo.

Pakankamai sąžininga.

Perukas buvo su kirpčiukais, permestais per kaktą ir užlenktais gale. Jis buvo ilgas iki pečių ir atrodė gana standus.

Tikrai ne.

Sutinku.

O kaip dėl šio?

Jis buvo pastebimai trumpas, su peruku kairėje pusėje, bet jis buvo sušukuotas. Kirpčiukai buvo plunksnuoti, šukuosena sluoksniuota per visą ilgį, o plaukai baigėsi tiesiai po ausų speneliais. Vos tik moteris ją užsidėjo, tiek Ribiui, tiek Andželai ji patiko. Tai buvo visiška priešingybė kasdienei Ribbio išvaizdai.

Negaliu patikėti, atrodau gražiai.

Žinoma, kad taip, Andžela.

„Puikiai! Įvyniok jį!" pasakė Ribbis. „Turiu grįžti į darbą."

Dabar mums reikia tik naujų drabužių!

Visą popietę Ribbis praleido dirbdamas kompiuteriu. Ji elektroniniu paštu išsiuntė laiškus pirmiesiems pažeidėjams, kurie vėlavo grąžinti knygas. Pasikartojantiems pažeidėjams reikėjo paskambinti telefonu.

Po darbo jie nuėjo į prekybos centrą ir nusipirko keletą daiktų. Buvo vėlu, todėl Ribby turėjo pagauti „Uber", kad laiku nuvyktų į ligoninę.

Ji metėsi pramogauti su vaikais. Maikio nebuvimas vis dar tvyrojo ore, tačiau vaikai sugebėjo šypsotis ir net šiek tiek juoktis.

Važiuojant namo autobusu, vėjas pagavo Ribbės striukę ir ją pastūmė.

Kodėl mes nevažiuojame į savo tikruosius namus?

Juk dar tik pirmadienis, nenorime, kad mamai kiltų įtarimų.

Gerai, aš pritarsiu šiai šaradai.

Šššš.

Ribbis pasuko rankeną ir atidarė Martos namų duris.

Vyriškas balsas pratrūko juoku.

Ribbis kelias akimirkas klausėsi ir išgirdo į lėkštes spragsinčius stalo įrankius. Jos skrandis gurgtelėjo. Visą dieną ji nieko nevalgė.

Virtuvėje Džonas Makgrasas merkė duoną į pusiau tuščią dubenį. Marta šaukštu įpylė troškinio į Skampo dubenėlį, ir jis jį nurijo.

Įėjęs į virtuvę Ribbis pažvelgė į besišypsančią Martą. Kai Džonas būdavo šalia, Marta kartais atrodydavo tarsi kitas žmogus. Iš visų gražuolių, kuriuos mama parsivesdavo namo, Džonas buvo pats padoriausias.

Jis išryškino geriausius dalykus jos mamoje, kuri, regis, norėjo, kad jis manytų, jog jie yra artimi.

„Labas, mama. Sveikas ir tu, Džonai.“

„Prisijunk prie mūsų, - sušnabždėjo Marta, paglostydama arčiausiai jos esančios kėdės sėdynę. Ribbiui nespėjus atsisėsti, Marta pašoko. „Palauk! Pirmiausia turiu tau kai ką parodyti. Tai Džono dovana.“

„Tai gali palaukti iki vakarienės“, - pasakė Džonas, tvirtu balsu ragindamas juos abu atsisėsti.

„Tai tikrai skaniai kvepia“, - pasakė Ribbis, kai Marta paėmė ją už rankos ir ištempė iš virtuvės.

„Ta-dah!“ Marta ištarė. Tai buvo naujas nešiojamasis telefonas su labai ilgu ilgintuvu.

„Oho, tai nuostabu.“

„Tikrai taip, o dabar grįžkime į virtuvę. Nenorime priversti Džono laukti.“

„Tavo mama puikiai gamina“, - pasakė Džonas, kai tik jie atsisėdo.

„Ačiū už telefoną.“

„Nesijaudink, pats laikas tau jį čia turėti. Man lengviau susisiekti, - pasakė Džonas.

Marta įpylė dar šiek tiek troškinio į Džono dubenį. „Nesu tikra, ar anksčiau tau apie tai minėjau, Džonai. Ribby pirmadienio vakarus praleidžia linksmindama ligoninėje sergančius vaikus“. Ji įpylė šiek tiek į Ribbio dubenėlį. „Kaip šiandien sekėsi Maikiui?“ Nelaukdama atsakymo, atsakė: „Mikis yra Ribbio mėgstamiausias, jis...“

Ribbis apsipylė ašaromis. Ji dar niekada nebuvo verkusi dėl Mikio. Dabar ji negalėjo sustoti. Ašaros vis tekėjo, lašėjo skruostais į dubenį su troškiniu.

„Atsipeikėk, mergaite, - pakeltu balsu tarė Marta. Ji pažvelgė į Džoną, norėdama įsitikinti, ar jis pastebėjo. Įsitikinusi, kad jis to nepastebėjo, ji paglostė Ribbio ranką ir krūptelėjo. „Kas nutiko? Mes su kompanija ir visa kita, o tu čia klyki kaip kūdikis. Susitvarkyk pats." Ji įspaudė nagą į Ribbio rankos nugarėlę ir sušnabždėjo: „Tu gėdini Džoną."

„Au", - pasakė Ribbis, atitraukė jos ranką ir toliau verkė.

„Nesijaudink dėl manęs, - pasakė Džonas. „Geras verksmas dar niekam nepakenkė. Tai tavo namai, Ribbi, ir gali verkti, jei nori."

Ribbis ėmė juoktis. Ne juoktis, o juoktis. Jos galvoje skambėjo melodija: *Tai mano namai ir aš galiu verkti, jei noriu, verkti, jei noriu, verkti, jei noriu, verkti, jei noriu.* „Mikis mirė."

SKYRIUS 9

„Andžela pakvietė mane visam savaitgaliui", - kitą rytą per pusryčius pasakė Ribbis.

„Geras laikas, Ribbis, geras laikas. Mes su Džonu praleisime savaitgalį kartu. Turime planų."

Ribbis su palengvėjimu atsiduso.

„Puikiai praleisk laiką ir..." Ji sugriebė Ribbį už riešo. „Noriu pasakyti, kaip mums su Džonu praėjusią naktį buvo gaila išgirsti apie mažąjį Mikį. Nenoriu, kad vėl pradėtum migdyti akis, bet didžiuojuosi tavimi. Tikiuosi, kad šį savaitgalį gerai praleisi laiką. Tu to nusipelnei."

Ribbis, nustebinta mamos gerų žodžių, apsivijo ją aplink kaklą.

„Na ką gi, - tarė ji glostydama dukrai nugarą.

Jos išsiskyrė ir Ribby nuėjo į autobusų stotelę. Jos diena darėsi vis mažiau panaši į Grįžulo dieną.

Kokia nesąmonė. Kaip galėjai ją apkabinti po visko, ką ji tau pasakė ir padarė? Kaip galėjai? Man pašiurpo oda.

Ji buvo nuoširdi.

Tu toks naivus!

Užsidėjusi naują peruką ir tamsius akinius nuo saulės Andžela ryžosi apsipirkti.

Bet mes negalime sau to leisti.

Tam ir yra kreditas.

Aš vis tiek turiu jį grąžinti.

Atsipalaiduok, viskas bus gerai.

Andžela matavosi pačius nekasdieniškiausius drabužius, maksimaliai išnaudodama savo kredito kortelę.

Sąžiningai, daugiau nebesišvaistyk.

Gerai, gerai, bet argi mes neatrodome nuostabiai?!

Ribbis prisipažino, kad nebegali savęs atpažinti.

Tu esi ten. Tu esi langas, o aš - rėmas.

Jai einant promenada sukosi galvos. Pasigirdo šūksniai ir švilpimas.

Ji užsuko į kitą naktinį klubą arčiau krantinės. Išmušėjas patikrino Ribbio tapatybę. Jis dukart pažvelgė į nuotrauką.

„Ar tikrai tai jūs?" - paklausė jis.

„Žinoma, kad taip, - atsakė Ribbis. „Tai perukas."

„Atsiprašau, nenorėjau įžeisti. Štai kuponas nemokamam gėrimui“.

„Ačiū.“

Man nepatiko, kaip tas vaikinas į mus žiūrėjo.

Taip, atrodė, lyg jis turėtų rentgeno spindulių regėjimą ir matytų tiesiai pro suknelę.

Kokia šlykštynė.

Tiesiog pasiimkime nemokamą gėrimą, o tada keliaukime į „Katės akį“.

Kiek vėliau ji atvyko į „Katės akį" ir pastebėjo atskirai sėdintį Nigelą.

Nemanau, kad jis mus atpažino.

Kodėl jis turėtų? Mes dėvime tamsius akinius ir šviesų peruką.

Andžela užsisakė martinio.

Vien nuo minties apie alkoholį Ribbio skrandį ėmė pykinti.

Nigelas žvilgtelėjo į Angelą. Ji patvirtino jam žvilgsniu, tada atsuko Martini. Ji užsisakė dar vieną.

„Ar norėtum pašokti?

Nigelas apglėbė rankomis Andželą per liemenį ir prispaudė ją prie savęs. Jis pažvelgė į tamsius Andželos akinius nuo saulės.

Andžela uždėjo ranką ant dešiniojo Naidželo sėdmens. Ji kilstelėjo jį pirmyn ir atgal prie savęs. Jiedu tamsoje žygiavo pagal pulsuojantį diskotekos garsą. Dainai dar nesibaigus jiedu bučiavosi. Jie pamiršo, kad yra viešoje vietoje. Nigelas paėmė ją už rankos ir išvedė iš klubo.

Nebuvo jokių žodžių, nes aistra tarp jų buvo per didelė. Jie žengė kelis žingsnius, tada Andžela prispaudė jį prie akmeninės sienos ir dar kartą pabučiavo.

Jie ėjo toliau, praeidami pro 7-11 parduotuvę. Prisiglaudę vienas prie kito, bučiavosi, Angelos lūpų dažai buvo ant jo apykaklės ir per visą veido šoną. Abu atrodė tarsi po mūšio.

Kai jie priėjo prie Ribbio namų, Nigelas suprato, kas yra Andžela. Ji paėmė jį už rankos ir nusivedė į viršų.

„Ech, palauk, - tarė Nigelas. „Ar tai koks nors žaidimas?"

„Žinoma, kad ne, - pasakė Andžela, atsisegdama marškinių sagas ir bučiuodama jį į krūtinę. „Eime."

„Nežinau, kas su tavimi darosi, - pasakė Nigelas. „I..."

„O, užsičiaupk! O jie sako, kad moterys per daug kalba!" - pasakė ji, kai jie nuplėšė vienas nuo kito drabužius ir krito ant lovos.

Po to Nigelas pasiėmė drabužius ir išslinko, kol Andžela nepabudo.

Ribbis neprisiminė, kad būtų išėjęs iš naktinio klubo.

Andžela prisiminė kiekvieną detalę.

SKYRIUS 10

R ibbio Balustrados vaikystė nebuvo laiminga. Ji buvo vienišas vienturtis vaikas, kuriam būtų buvę naudinga, jei šeimoje būtų gyvenę du tėvai. Kadangi ji niekada nepažinojo savo tėvo, jai teko jį įsivaizduoti. Ji matė jį kaip Atticus Finch personažą iš filmo „ *Nužudyti Strazdą*" ir Gregory Peck realiame gyvenime.

Kai Ribbis paklausė apie tėvą, Marta pakeitė temą.

Ribbis vėl grįžo prie knygos „ *Nužudyti pajuokiamąjį paukštį*" skaitymo . „Niekada iš tikrųjų nesuprasi žmogaus, kol nesvarstysi dalykų iš jo požiūrio taško... kol neįlįsi į jo odą ir joje nevaikščiosi."

Po daugybės klausimų apie tėvą ir jokių atsakymų, Ribbis sugalvojo planą. Ji užlips į tai, ką jos mama vadino „draudžiama zona", *palėpę*, ir imsis tyrimo, kaip tai darė Nensė Driu. Deja, viskas, ką ji ten aptiko, buvo tik nuo sienos iki sienos nusidriekę baisūs vikšrai, daugiausia vorai. Be to, nuo senų dulkėtų ir pelėsiais dvokiančių pamirštų daiktų, nesusijusių su jos tėvu.

Šliauždama atgal žemyn, ji išgirdo, kaip motinos batai spragsi verandoje. Supratusi, kad pamiršo uždaryti palėpės duris, Ribby supanikavo. Ji perkėlė kopėčias atgal į pradinę padėtį, planuodama jas sutvarkyti vėliau. Ji tikėjosi, kad motina to nepastebės.

Sėdėdama prie vakarienės, Ribby vis meldėsi, kad mama nepastebėtų. Ji pasakė Dievui, kad visą likusį gyvenimą nesakys ir nedarys nieko blogo. Ji pasižadėjo atsisakyti savo mėgstamiausio žaislo - šviesiaplaukės šviesiaplaukės lėlės Anos.

Marta pasikabino paltą ir nuėjo tiesiai į virtuvę. Ji atsisėdo. Ribbis užvirino virdulį ir padavė motinai puodelį kavos. Marta gurkštelėjo, stengdamasi nesutepti lūpų.

Ribbis pastebėjo šį niuansą. Lūpų dažų išsaugojimas reiškė, kad Marta vėl išeina. Ji padėkojo Dievui, kad ją išgirdo, ir jos pulsas sulėtėjo.

„Taigi, ką šiandien veikei?" Marta paklausė. „Ar baigėte namų darbus?"

„Beveik, mama, beveik", - atsakė Ribbis pasilenkdama į priekį, kad papildytų mamos kavos puodelį.

„Beje, ką tu veikei uždraustoje zonoje, mano mergaite?" Marta paklausė, prilaikydama drebančią Ribbio ranką, kai ji pilstė kavą.

Ribbis neužmezgė akių kontakto su motina. Po kelių sekundžių šlapimas paplūdo jai ant kojų, ant batų, ant grindų, ir ji pradėjo verkti.

„Apmaudu, Ribbi. Dabar pažiūrėk, ką padarei! Apsišlapinai ant mano grindų. Tu pasiimk šluotą ir išvalyk tai. Nesirūpink tvarkymusi, išvalyk tai! Ką motinai daryti su melagingai kalbančia dukra? Ką motina turi daryti su dukra, kuri šlapinasi ant jos gražių švarių grindų?"

Ribbis karštligiškai šluostė. Šluostymasis pirmyn ir atgal davė jai laiko pagalvoti. Šaltas šlapimo pojūtis ant odos privertė ją drebėti. Kai grindys vėl buvo be dėmių, Ribby grąžino šluotą į vietą ir ketino eiti į viršų persirengti.

„Ne taip greitai, mano mergaite, - pasakė Marta, griebė dukrą už plaukų ir patraukė prie kopėčių. „Negalime juk palikti to atviro visą naktį, ar ne? Juk žinai, kad ten pilna šliaužiančių vėžių. O dabar tu lipk ten, - pasakė Marta, stumdama dukrą į viršų.

Ribby mosavo rankomis. Bijojo kilti į viršų. Bijojo nukristi.

Kai ji pasiekė viršūnę, Marta nusijuokė. „Tiesą sakant, kadangi tau ten taip patinka, turėtum ten praleisti naktį. Eik vidun, mergaite." Marta užlipo kopėčiomis paskui ją. „Tu pagalvok, ką reiškia „No-Go-Zone", - šūktelėjo Marta uždarydama trapo duris. Kopėčios svyravo nuo Martos svorio. Kai jos aukštakulniai palietė grindis, jie atšoko, paskui sustojo. Ribbis jau verkė. „Aš uždėsiu spyną ir užgesinsiu šviesą. Ar tu klausaisi?"

Ribbis verkė dar garsiau.

„Jei tau įdomu, ten viršuje yra ne tik vorai. Ten yra ir mažų pūkuotų žiurkių!"

Ribbis rėkė ir daužė duris, maldaudama mamos išleisti ją lauk. Maldaudama. Prisiekdama, kad daugiau niekada jos neklausys. Atsakymo nesulaukė.

Lauke trinktelėjo automobilio durelės. Marta ir vienas iš jos kavalierių nuvažiavo.

Kažkas kailinis brūkštelėjo jai per koją, ji bėgo, suklupo ir susitrenkė galvą. Ji vėl pašaukė motiną. Vis dar jokio atsakymo.

Grįžusi Marta pasakė: „Daugiau ten neik. Tiksliau, niekada.“

„Taip, mama“, - pasakė Ribbi ir daugiau niekada ten nėjo.

Prisiminimas, kaip buvo įstrigusi palėpėje. Pažeminimas, kad sušlapino kelnes. Visa kaltė ir gėda užplūdo su kaupu. Tas pats traumuojantis prisiminimas. Priversdama Ribbį vėl ir vėl jį išgyventi.

Tavo motina yra visiška ir visiška KARVĖ.

Ji norėjo gero. Tai buvo išmokta pamoka.

Mano koja nori gero, ir aš jai įkiščiau ją tiesiai į užpakalį, jei ji dar kartą pabandytų ką nors panašaus.

Džiaugiuosi, kad dabar esi mano pusėje.

Tai, ką žinojo Andžela, Ribbio nebestebino ir nešokiruodavo.

Ir niekada to nepamiršk!

SKYRIUS 11

Andželą visiškai suglumino Ribbio ištikimybė Martai. Gyventi Ribbio mintyse, iš pirmų lūpų matant Martos žiaurumą, buvo nepakeliamai sunku.

Andžela pasitelkė savo vidinio dialogo jėgą, kad padėtų Ribbiui susitaikyti su praeitimi. Ji skatino Ribbį sugniaužti kumščius. Tai sutelkė jos energiją į šią akimirką. Iš pradžių šis veiksmas pasiteisino net tada, kai Ribby sapnuodavo blogą sapną arba prisimindavo prisiminimus.

Vėliau Andžela bandė surinkti blogus prisiminimus ir nustumti juos atgal. Atokiau. Taip toli į Ribbio protą, kad jie nebebūtų pasiekiami. Teoriškai tai buvo gera idėja, iš tikrųjų Andžela negalėjo jų užblokuoti.

Vienintelė išeitis, atrodė, buvo akivaizdi. Kartą ir visiems laikams išvesti Ribbį iš situacijos. Kažkur toli, kur Marta nebegalėtų ja pasinaudoti ar jai pakenkti. Andžela galvojo, kad tai turi būti švarus nutraukimas. Ji laukė akimirkos, kai ateis tinkamas metas.

Geri dalykai ateina tiems, kurie laukia.

Po dar vienos savaitės, praleistos Martos būste, Andžela džiaugėsi galėdama išvykti į vakarėlį. Ji dėvėjo šviesų peruką, tamsius akinius nuo saulės ir raudoną suknelę be rankovių. Su nauja apranga ji jautėsi galinga, nenugalima. Ji taip pat buvo pasiryžusi neleisti, kad kas nors sutrukdytų linksmintis.

Einant link naktinio klubo, grupelė paauglių berniukų švilpė ir šūkavo. Jie buvo paprasti paaugliai, bet berniukai, kurie turėjo žinoti geriau.

Andžela patraukė arčiausiai esantįjį prie savęs už marškinėlių priekio. „Dar kartą priartėk prie manęs, **bet kuris iš jūsų**, ir aš nuplėšiu jums kiaušus ir pamaitinsiu juos pusryčiams. Supratai?"

Berniukai išsilakstė.

Andžela nusijuokė, išlygino suknelės priekį ir patikrino, ar nenusilaužė nago. Ji prisidegė cigaretę ir toliau ėjo paplūdimiu į užeigą.

Žiauri.

Oho, kas čia tokio? Tai buvo daugiau nei šiek tiek O.T.T.

Berniukai tampa vyrais. Jie turėtų išmokti pagarbos.

Jie bėgo taip, tarsi tu būtum Bellatrix Lestrange!

Ne su šiuo peruku!

Atvykęs į naktinį klubą, Ribbis priėjo prie baro ir užsisakė gėrimo. Ji nenoriai gurkštelėjo. Andžela perėmė ir metė Martini atgal. Užsisakiusi dar vieną, ji atkreipė dėmesį į prie įėjimo stovintį labai pasitempusį išmušinėtoją.

Palaukime Nigelo dar minutę ar dvi.

Jis vis tiek mūsų neprisimins.

O, mane jis tikrai prisimins.

Po dviejų martinių.

Eime, čia nieko nevyksta.

Kantrybės, mano brangus drauge, kantrybės.

Iškylautojas išskyrė laiptais žemyn besileidžiančius jaunuolius pakeliui prie tos vietos, kur sėdėjo Ribbis.

„Kaip sekasi?" - paklausė jis pernelyg stengdamasis būti seksualus.

„Labai gerai, ačiū, - atsakė Ribbis.

Užsičiaupk, *Ribis*, leisk*man susitvarkyti*. „Tiesą sakant, šiąnakt ši vieta yra Borešvilis".

„Taip, čia šiek tiek panašu į Sezamo gatvę, ar ne?" - pasakė išmušėjas, prieš prisistatydamas kaip ‚Edas; Edas išmušėjas'.

„Aš esu Andžela."

„Malonu tave pažinti, Andžela, - pasakė Edas, bandydamas pažvelgti į jos suknelės priekį. „Jei nori gerai praleisti laiką, pasilik iki antros valandos. Aš tada išeinu iš darbo. Galime kur nors išeiti?"

„Uh, ačiū už pasiūlymą, - pasakė Ribbis, - bet mes turime....".

„Galiu grįžti apie 2:30, - pasakė Andžela. „Kur turėtume susitikti?"

Edas buvo itin konkretus dėl nuošalios vietos paplūdimyje.

Andžela tikėjosi, kad jis toks pat geras, kaip atrodė.

Negaliu patikėti, kad pasimatymą paskyrei su tuo durniumi. Mes visiškai ir visiškai NEeiname.

Ribe, nesijaudink dėl to. Atsipalaiduok. Išsimiegok. Aš tau papasakosiu vėliau. Važiuok, vaikeli, naktinių marškinėlių naktis.

2:30 Andžela laukė paplūdimyje. Ji persirengė juoda suknele.

Edas išmušinėtojas pasirodė ir ji jį pašaukė. Jis suklupo jos link.

„Tu įsiutusi.“

„Šiek tiek, bet ne tiek.“ Jis parvertė ją ant žemės, suplėšė suknelę ir užgriuvo ant jos.

„Dabar ramiai, berniuk, ramiai“, - tarė Andžela, bandydama įgyti kontrolę.

„Nagi, vaikeli. Pažadėjau tau parodyti, kaip gerai praleisti laiką“. Jis prispaudė savo burną prie jos.

„Ouch, - tarė Andžela, - ne taip grubiai, vaikeli. Man nepatinka, kai jis yra šiurkštus.“

Bet Edui tai, regis, nerūpėjo. Jo rankos plėšė ir draskė.

„Ar tavo mama neišmokė tavęs jokių manierų?" Andžela pasakė stumdama jį atgal išskėstais pirštais. „Tokios moterys kaip aš nori, kad vaikinas būtų malonus; švelnus." Ji trenkė jam į krūtinę.

Jis sugriebė jos riešus masyviomis rankomis ir apsikabino ją. „Kai kurios moterys taip nori, o kai kurios ne". Jis nusijuokė. „Aš tave įsivaizdavau nuo tos minutės, kai tik tave pamačiau. Sėdi prie baro su iki dangaus iškelta suknele. Akylai stebėdama kiekvieną pro duris įžengusį vaikiną. Beviltiškai jo norėjai. Trokštanti jo."

„Palauk, - pasakė Andžela, stengdamasi išsilaisvinti. „Aš noriu tavęs, bet ne čia. Norėčiau, kad tai būtų, žinai, šiek tiek romantiškiau mano pirmajam kartui."

Edas sustingo.

Ji tęsė. „Ar kada nors matei filmą „ *Iš čia į amžinybę* " su Burtu Lankasteriu ir Debora Kerr? Žinai tą, kur jie tai daro, kai ateina bangavimas?"

Jis pasilenkė arčiau. „Žinoma, tai klasika." Jis pasilenkė ir pabučiavo jos kaklą. „Mažiau kalbų, ką, brangioji?"

„Prieik arčiau vandens, kaip filme, supranti, ką turiu omenyje?" Andžela sušnabždėjo. „Paimk mane ten, noriu tavęs ten."

Edas sustojo. Ji atsitraukė ir atsistojo.

Ji pasiekė rankinę, paskui ją numetė ir nubėgo prie vandens. Ji žvilgtelėjo per petį. Jis stebėjo ją.

Prie pat vandens kranto ji pakėlė suknelės apačią.

Edas nuplėšė marškinėlius ir nubėgo jos link, pakeliui numesdamas džinsus.

Kai jis puolė prie jos, jos laikytas raktas pataikė tiesiai į akies vyzdį. Jis sušuko, o paskui išsižiojo, kai jo kirkšnis atsitrenkė į jos kelį. Ji susigūžė, kai ištraukė raktą iš jo akies. Kraujui tekant per veidą jis verkė ir sukniubo laikydamasis už kirkšnies srities. Ji įsmeigė raktą į jo kaklo šoną, sujungdama su arterija. Kraujas išsiliejo kaip vanduo iš gaisrininko žarnos.

Ji žengė kelis žingsnius nuo kūno ir įmerkė kojų pirštus į vandenį. Kartkartėmis žvilgtelėdavo į jį. Kol jis nustojo judėti. Ji grįžo atgal ir įsiklausė, ar jis negyvas: buvo. Galiausiai. Ji ritino jį, kaip bulvių maišą, vis giliau ir giliau į vandenį. Su kiekvienu stūmimu lavonas atrodė vis lengvesnis ir lengvesnis.

Archimedas buvo teisus.

Kai jis atsidūrė taip toli, kaip ji sugebėjo, ji nuplaukė atgal į krantą, susirinko drabužius ir persirengė.

Jo daiktus paliko ten, kur jis juos numetė.

Kai naujos dienos saulė dangų nuspalvino ugniniu raudoniu, Andžela grįžo į vandenį.

Ji apžiūrėjo pakrantę ir nepamatė jokių jo pėdsakų. Ji įmerkė raktą į vandenį, kad nuplautų kraują, ir nužingsniavo namo. Po ilgo dušo ji miegojo kaip kūdikis.

SKYRIUS 12

Ribbis atmerkė akis. Į vidų plūstanti saulė privertė ją krūptelėti. Pažįstamas déjà vu jausmas privertė ją atsisėsti. Ji išsitempė ir žiovavo, svarstydama, kodėl jaučiasi taip baisiai. Sėdėdama bare ji nieko negalėjo prisiminti.

Ji išlipo iš lovos ir pastatė virti kavą, kol nusiprausė ir apsirengė. Ant grindų pastebėjo suglamžytą savo suknelę. Ji pakėlė ją ir smėlis nukrito ant grindų. Ji gūžtelėjo pečiais ir įmetė ją į skalbinių krepšį.

Maišydama cukrų į kavą, ji galvojo apie suknelę ir smėlį. Ji bandė prisiminti praėjusią naktį, bet nieko neprisiminė.

Ji patikrino, ar už durų nėra laikraščio. Pasiėmusi kavą žvilgtelėjo į antraštę. Paslėpusi laikraštį po pažastimi, ji atitraukė stiklines duris ir ją užpuolė chaoso garsai. Policijos automobiliai. Greitosios pagalbos automobiliai. Ugniagesių automobiliai. Spauda. Žiūrovų minia. Bedlamas ir netoli jos namų. Policija didžiąją dalį teritorijos buvo užtvėrusi smėlio užtvaromis. Netoli vandens kranto kita teritorija buvo atitverta vėliavomis.

Andžela gana gerai suprato, dėl ko kilo visas tas triukšmas.

Turiu pažiūrėti, kas vyksta.

Galbūt tai uždara realybės šou filmavimo aikštelė. Arba filmo.

O, tai būtų įdomu. Einu pasižiūrėti.

Ribbis apsirengė ir nuėjo į paplūdimį. Ji įsiskverbė į minią ir paklausė pagyvenusios ponios, kas nutiko.

„Mirė", - atsakė moteris. „Rastas negyvas. Turbūt jį pasigavo vėžliai. Koks vaizdas!" Ji nusišluostė kaktą nosinaite.

Duuun duuun duuun duuun duuun duuun duuun BOM BOM BOM...

Žandikaulio tema? Ar tu privalai tai daryti? Ji pasakė, kad tai vėžlys.

„Dieve mano, vargšas žmogus".

Padariau tai savaip.

Tu, šššš. Prašau.

Policininkas turėjo megafoną. Jis paprašė visų išsiskirstyti, nebent turėtų įrodymų, kuriuos galėtų pateikti.

Duuun duuun duuun duuun duuun duuun duuun duuun duuun duuun, BOM BOM BOM...

Vėžlys.

šsigandusi naujuosius namus apėmusio chaoso, Ribby grįžo į savo senuosius namus.

Kodėl tu ten grįžti? Pasilik čia ir pažiūrėk, kas vyksta.

Ne, noriu pabėgti nuo triukšmo.

O jei Marta ir vienas iš jos gražuolių triukšmauja su bambekliu?

Fuuuu. Peržengsiu tą tiltą, kai prie jo prieisiu.

Ji atitraukė žaliuzes svetainėje. Lauke niekas nesujudėjo, net vėjelis nepūstelėjo. Už jos nugaros sinchroniškai su jos širdies plakimu tiksėjo laikrodis. Buvo tylu, beveik per daug tylu. Ji užtraukė žaliuzes.

Pasiekė nuotolinio valdymo pultelį ir įjungė televizorių. Ji spustelėjo mygtuką, bet nerado nieko, kas ją sudomintų. Ji pervertė žurnalą, tada nuo lentynos išsirinko knygą. Nė viena iš jų neatkreipė jos dėmesio. Ji nuėjo į virtuvę ir pasidarė puodelį arbatos.

Grįžtant atgal suskambo lauko durų skambutis. Ji atidarė duris ir pamatė, kad stovi akis į akį su jų kaimynu. Ponia Engle buvo apsiginklavusi dviem troškinimo indeliais.

„Sveika, Ribbi, - tarė ponia Englė, stumdydamasi į vidų. „Na, tavo mama man sakė, kad šaldytuve turi vietos šitam“. Ponia Englė padėjo apkepą ant stalo, atidarė šaldytuvą ir pasilenkusi nužiūrėjo vietą.

„Visą savaitgalį buvau išvykusi. Net neturėjau progos pažvelgti į šaldytuvą“.

„Ten daug vietos. Man reikia...“ Ponia Engle nebaigė. Ji viską perstumdė, o paskui sudėjo savo prekes. „Grįšiu jų pasiimti po kelių dienų, Ribe. Mirė mano prosenelis Filas. Jie visi atvažiuoja pas mane. Jie daug valgo. Tavo mama sakė, kad viskas, ką galėsiu sutalpinti, jai tiks“.

„Man gaila girdėti apie tavo dėdę. Žinoma, visada esi laukiamas“. Ribby pradėjo eiti link lauko durų tikėdamasi, kad kaimynė seks paskui ją.

„Tu esi miela, Ribi,“ - ponia Engle suabejojo, sustingo vietoje. „Ar vis dar pramogauji su tais brangiais mažyliais ligoninėje?“

„Tikrai taip. Kiekvieną pirmadienį.“

Jie priėjo prie lauko durų.

„Beje, tavo mama sakė, kad jos nebus iki antradienio arba trečiadienio. Ji su Tomu ar Džeriu, nežinau, kuriuo iš jų, kelioms dienoms išvyko į pakrantę. Jis serga astma, argi nežinai? Jo gydytojas pasiūlė išvykti iš miesto. Tavo mama važiavo kartu dėl kompanijos ir pasiėmė Skampą“.

Ribbis sukryžiavo rankas. „Mama išvykusi ilgesnių atostogų. Tik gaila, kad nežinojau, nes būčiau galėjusi ilgiau pasilikti pas draugę Angelą.“

Ponia Engle kilstelėjo antakius. „Na, ji neturėjo tavo draugės telefono numerio.“

„Ačiū, kad pranešėte.“ Ribbis atidarė duris ir nusekė paskui ponią Engle į verandą.

Tamsoje dūzgė uodai, čirškėjo vikšrai. Jos sukryžiuotos rankos pasirodė menka apsauga nuo nakties oro vėsos.

„Laba naktis, Ribbi, ir dar kartą ačiū.“

„Labos nakties, ponia Engle.“ Ribbis uždarė priekines duris ir jas užrakino.

Ji - beprotiškas senas batas.

Ji mūsų kaimynė nuo tada, kai buvau maža mergaitė.

O, kiek istorijų ji galėtų papasakoti.

Ji ne plepė, kaip kai kurios kitos kaimynės.

Gyvenimas priemiestyje.

Taip, didžiąją laiko dalį jis labai nuobodus.

Čia per daug tylu, o aš esu ištroškusi. Turiu omenyje gėrimo. Tikro gėrimo.

Mama tikriausiai turi šiek tiek „Jack Daniels“, bet ji pasiilgs, jei mes išgersime lašelį.

Nagi, gyvenk pavojingai.

Ribbis sutiko, įsipylė svaigalų ir metė atgal. Ji degė pakeliui į apačią. Tai buvo geras degimas.

Prašom dar.

Geriau tai pakeiskime, kol mama nepastebėjo.

Pagalvok... kas už tai sumokėjo? Mes.

Taip, bet už visą butelį. Man skauda skrandį ir sukasi galva.

Laikas gultis į lovą. Išsimiegoti.

Pakeliui į viršų Ribbis pakibo ant turėklų, kad išsilaikytų. Savo kambaryje ji nusimetė drabužius ir krito į lovą. Atsisėdo prisiminusi, kad neužrakino durų. Ji pasilenkė prie jų, užrakino ir vėl griuvo į lovą.

Geriau jau saugotis, nei gailėtis.

Netrukus Ribbis kietai užmigo. Ji sapnavo, kad yra Debora Kerr, besimylinti su Burtu Lankasteriu filme „*Iš čia į amžinybę*".

Bangos daužėsi į jų kūnus, kai nešė juos į jūrą. Jie buvo susiglaudę vienas prie kito giliai apkabinti. Tada Lankasteris pažvelgė į ją, tik jis jau nebebuvo Burtas Lankasteris. Jis buvo nepažįstamasis. Iš jo akies kyšojo raktas. Ant jos rankų buvo kraujo.

Ribbis pabudo šaukdamas. Ji pašoko iš lovos ir nubėgo į vonios kambarį nusiplauti kraujo nuo rankų. Užsukusi maišytuvą ji pažvelgė į savo pirštus. Kraujo ten jau nebebuvo. Andžela svajojo toliau.

SKYRIUS 13

*P*asiimkite laisvą dieną.

Ar prašote, kad paskambinčiau dėl ligos? Aš nesikreipiu dėl ligos.

Bent jau atsisakyk ligoninės koncerto. Negaliu šiandien ten eiti.

Pagalvosiu apie tai.

Dienai įsibėgėjus, Ribbį apėmė nerimas.

Pirmą kartą ji paskambino į ligoninę ir atšaukė savo pasirodymą. „Pasitaisysiu ir kitą savaitę surengsiu du pasirodymus", - pasakė ji, kad pasijustų geriau.

Ačiū, Ribby.

Aš tai darau ne todėl, kad tu manęs prašai, atšaukiau, nes man reikia namo.

Kodėl? Turi omenyje pas Martą? Jos ten net nėra.

Nežinau kodėl. Tiesiog žinau, kad turiu eiti.

Nesvarbu!

Po darbo ji pagavo autobusą ir netrukus atvažiavo prie savo namų. Ten, priekinėje verandoje, sėdėjo moteris. Nepažįstamoji. Priartėjusi ji išgirdo verksmą ir moteris pakėlė akis. Tai buvo jos mamos sesuo, teta Tizzy, kurios ji nematė jau daugelį metų. Ribbi nežinojo, kas tarp jų įvyko, bet žinojo, kad teta Tizzy prisiekė daugiau niekada nekelti kojos ant sesers slenksčio. Ir vis dėlto ji ten buvo.

Ką ji čia veikia?

Neįsivaizduoju. Esu tikra, kad ji papasakos mums savo laiku.

Bus įdomu. Ne.

Ribbis prisiminė paskutinį jų susitikimą. Tai buvo per jos septintąjį gimtadienį. Teta Tizzy jai buvo paruošusi specialų lėlės Barbės tortą. Jį puošė rožinė suknelė iš glazūros, aplink ją buvo iš marašino vyšnių ir kokosų padarytos lankeliai. Torto centre buvo Barbės kūnas. Kai visi suvalgė savo gabalėlius, Ribbis, kaip ir gimtadienio mergaitė, turėjo ištraukti Barbę. Ji priklausė jai. Teta Tizzy nupirko Barbei keletą kostiumų. Tik teta Tizzy pamiršo Barbę suvynioti prieš įdėdama ją į tortą. Kelias savaites iš lėlės priedų krito glajus, kokosai ir tortas.

„Įeik, teta Tizzy, - pasakė Ribby, išsivadavusi iš tetos gniaužtų. „Kas atsitiko? Ar mamai viskas gerai?"

„Tai nesusiję su Marta", - pasakė ji, o po to vėl ėmė verkti.

Mums to nereikia. Pasakyk jai, kad eitų į viešbutį.

Negaliu to padaryti, ji - šeima.

Ji - dramų karalienė.

Įėjęs į vidų Ribbis pasiūlė Tizzy puodelį arbatos. Ji atsisakė.

„Nuleiskime tau mintis ir pažiūrėkime televizorių. Ar esi alkana? Galėčiau užsakyti ar ką nors pagaminti?"

„Jei neprieštarausi, norėčiau pagaminti tau vakarienę", - pasiūlė teta Tizzy. „Tai labiau atitrauks mano mintis nuo visko nei televizoriaus žiūrėjimas." Ji nuėjo į virtuvę. „Prijuostę?"

Ribbis atidarė stalčių ir ištraukė vieną iš Martos prijuosčių.

Teta Tizzy užsidėjo ją ant savęs. „Ką mėgstate valgyti?"

„Nustebink mane", - pasakė Ribbis. „Jei ko nors nerandi, tiesiog šauk".

„Taip ir bus."

Net įjungus televizorių Ribbis girdėjo, kaip teta maivosi virtuvėje ir niūniuoja.

Po kurio laiko ji išgirdo, kaip ant stalo dedamos lėkštės ir stalo įrankiai, ir nuėjo paklausti, ar gali padėti.

„Ne, tiesiog atsisėsk", - pasakė teta Tizzy. „Bolonijos spagečiai ir česnakinė duona su sūriu tuoj pat bus. Ko norėtumėte išgerti? Ar turite vyno?"

„Tik vandens. Aš patikrinsiu, ar yra vyno."

„Ne, viskas gerai. Man nieko nereikia. Tiesiog pagalvojau, kad galbūt norėtum ko nors paragauti."

Jie kalbėjosi ir mėgavosi puikia vakariene, paskui susitvarkė.

„Esu išsekusi, - pasakė teta Tizzy. „Sofa yra gera. Nenoriu kelti rūpesčių."

„Jokių rūpesčių, gali miegoti mano mamos kambaryje. "

„Ar esi tikra, kad ji neprieštaraus?"

„Ne, manau, ji apsidžiaugs, kad užsukai".

Ji būtų nustebusi ją pamačiusi.

Praėjus kelioms valandoms, Ribbis mėtėsi ir sukosi lovoje. Kitapus koridoriaus sklido pavieniai jos tetos verksmai.

Pirktinų daiktų sąraše - viena pora triukšmą blokuojančių ausinių.

Gera idėja!

Štai dėl ko aš čia esu.

SKYRIUS 14

Sapne Ribbis sklandė aukštai ant debesies. Viskas buvo juoda ir balta, išskyrus jos raudoną suknelę. Ji buvo panaši į vestuvinę suknelę su ilgu šleifu, kuris plaukė per debesies kraštus.

Ji plūduriavo savo bute ir stebėjo, kaip mylisi su kažkuo ne vieną, o du kartus. Kai ji užmigo, vyras apsirengė ir išėjo iš pastato.

Išėjusi į gatvę ji dabar buvo Andžela. Ėjo kvartalus ir kvartalus, paskui į vandenyną. Ji ėjo vis giliau ir giliau, nes vanduo kilo aukštyn ir virš galvos.

Ribbis norėjo ištiesti ranką ir ją sugriebti, išgelbėti, bet negalėjo. Ji šaukė Andželą nuo savo debesies, mėtė žemyn savo suknelės šleifą, prašydama, kad Andžela ją sugriebtų. Tačiau atrodė, kad Andžela jos negirdi.

Andžela buvo visiškai panirusi. Į paviršių kilo tik burbuliukai.

Į vandenį nuo savo debesies nėrė Ribbis.

Suradusi Andželą, ji plūduriavo veidu žemyn.

Ribbis tapo Angela, Angela tapo Ribbiu ir kartu išniro į paviršių.

SKYRIUS 15

Kai Ribbis prabudo, laiptinėje pasigirdo balsai iš radijo imtuvo. Jai kilo klausimas, ar grįžo mama.

Ji apsirengė ir nusileido laiptais žemyn, kur teta Tizzy sėdėjo lyg mirtis sušilusi prie virtuvės stalo.

Kavos perkolatorius burbuliavo. Teta Tizzy jau buvo paruošusi stalą su grūdų dubenėliais, skrebučiais ir uogiene.

„Labas rytas, - tarė Ribbis. „Ar gerai išsimiegojai?"

Teta Tizzy nieko nesakydama linktelėjo galva.

Ribbis būtų paklausęs jos apie apsilankymo priežastį, bet nusprendė to nedaryti. Ji nenorėjo, kad teta vėl pradėtų verkšlenti. Ji pasidalys, kodėl atvyko, kai bus pasiruošusi.

Norėtų, kad ji su tuo susitaikytų. Ne veltui ji atvažiavo visą šį kelią.

Šššššš. Nebūk nemandagi.

Po kelių tylos akimirkų Ribbis išėjo į verandą pasiimti laikraščio. Antraštės skelbė: „Autopsija baigta - nužudytas!" Ji peržvelgė straipsnį apie Džeisono Edvardo Tompsono tapatybę - vyro, rasto negyvo netoli jos buto, tapatybę. Ji atkreipė dėmesį į nuotrauką ir atpažino jį: tai buvo Edas Išmušėjas. Jis buvo stambus vaikinas ir ji stebėjosi, kaip toks dalykas galėjo nutikti rajone, kuriame ji gyveno. Buvo liūdna, kad jis mirė toks jaunas, ir nors jo nepažinojo, jai buvo gaila jo šeimos.

Ribby padėjo laikraštį ant virtuvės stalo ir įsipylė sau puodelį kavos. Ji atkreipė dėmesį į tetą. „Kai būsi pasiruošusi pasikalbėti, aš tau padėsiu".

„Neturėjau kur eiti", - pasakė teta Tizzy. „Mano vyras paliko mane dėl kitos moters. Mano dukra manęs nekenčia. Ji sako, kad jos tėvas nebūtų ieškojęs kitos, jei būčiau buvusi jam geresnė žmona. Dženai dvidešimt penkeri, ji niekada nebuvo išėjusi iš namų ir yra viena, gal net gyvena gatvėje. Turėjau atvažiuoti ir pažiūrėti, ar galėčiau ją surasti ir parsivežti namo. Jos draugė sakė esanti gana tikra, kad Jenny eina šiuo keliu. Tikėjausi, kad ji gali su jumis susisiekti. Ar ką nors iš jos girdėjote?"

O, broli.

„Atsiprašau, bet visą savaitgalį buvau išvykęs, be to, ir mama buvo išvykusi. Ar ji turi mūsų adresą?"

„Ji galėjo jį paimti iš mano telefono. Ji neturi daug pinigų, net kreditinės kortelės. Mano vyras kaltina mane. Jis jaudinasi taip pat kaip ir aš, bet turi savo bitę ant šono, kad jį paguostų." Jos balsas sudrebėjo.

Skamba kaip epizodas iš serialo „Jauni ir neramūs".

Elkitės taip, kaip norite.

„Turbūt labai jaudiniesi. Atsiprašau, bet man reikia apsirengti ir eiti į darbą. Jei nori, galėtume susitikti papietauti ir pasikalbėti plačiau?" Jai tęsiant, Ribbis nuskubėjo laiptais aukštyn. „Aš dirbu bibliotekoje. Ji gali užsukti pasinaudoti nemokamu belaidžiu internetu. Daug žmonių tai daro. Tu taip pat galėtum išvykti į miestą ir jos paieškoti.“

„Geriau pasiliksiu čia, bet ji turi mano mobiliojo telefono numerį.“

„Ar kreipėtės į policiją?“

„Skambinau jiems. Jie turi mano ir Gordono numerius. Ką dar galiu padaryti?“

„Ar turite naujausią Dženės nuotrauką?“ Ji užsitraukė suknelę ant galvos ir pridūrė: „Padarysiu keletą skrajučių ir galėsime jas išklijuoti visame mieste.“

„Geras sumanymas. Labai džiaugiuosi, kad čia atvažiavau, - pasakė teta Tizzy.

Ribbis perbraukė šepetėliu per plaukus. Ji nuskubėjo atgal į virtuvę. Teta Tizzy pasirausė rankinėje, ištraukė dukters nuotrauką ir padavė jai. Ji liepė tetai jaustis kaip namie ir išėjo, akimirką stabtelėjusi žvilgtelėti į namus.

Teta jai pamojavo kaip pasiklydusiam vaikui iš už atvertų žaliuzių.

SKYRIUS 16

Ribbis neatvyko į darbą, nes Angelė paskambino dėl ligos.

Andžela nuėjo į butą ir persirengė maudymosi kostiumėlį. Kol į balkoną patekdavo tiesioginiai saulės spinduliai, ji pagavo keletą spindulių. Kai ji nutolo, ant maudymosi kostiumėlio užsimetė vasarinę suknelę, susikrovė krepšį ir patraukė paplūdimio link. Andželai patiko miesto šurmulys, šurmulys ir garsai. Nuolatinis tetos Tizzy verkšlenimas ir verkšlenimas varė ją iš proto.

Eidama pro mokyklos teritoriją, ji pastebėjo verkiančią mažą mergaitę. Vaikas pakėlė akis į viršų ir vėl nuleido akis, tarsi nenorėdamas atkreipti į save dėmesio.

„Kas nutiko?" Andžela paklausė.

„Nieko", - atsakė vaikas.

Nuskambėjo mokyklos skambutis, ir mergaitė nusišluostė ašaras ir ištiesino suknelę.

Andžela žiūrėjo, tikėdamasi, kad sustojusi kaip nors padėjo.

Vaikas atsisuko į ją ir iškišo liežuvį.

Įžūli mažoji ponia.

Andžela nusipirko knygos „ *Dingę su vėju*" egzempliorių, kad galėtų skaityti paplūdimyje.

„Ji verčia mane verkti", - pasakė už kasos sėdinti moteris.

„Retas Butleris bet kada galėtų valgyti krekenas mano lovoje, - atsakė Andžela.

Smėlis buvo įkaitęs iki karščio, nes gniuždė jos sandalų šonus. Jai patiko paplūdimys, bet smėlis visur patekdavo - ne taip jau labai.

Ji išsitiesė antklodę, atsigulė ant pilvo ir atsivertė knygą. Ji stebėjo, kaip poros vaikšto susikibusios už rankų ir alpsta vienas dėl kito. Aplink jos galvą skraidė rajos, kurios taikėsi į ją, tarsi jos šviesus perukas būtų taikinys.

Andžela užmigo, klausydamasi į krantą besiritančių bangų ir kirų garsų. Kai pabudo, buvo beveik 17 val., ji susirinko save ir savo daiktus ir susidėjo juos į rankinę. Saulė nesuteikė jokios šilumos. Jos sijonas nuo vėjo sukiojosi aplink kojas.

Tai nebuvo jos įprastas vakaras, kai ji turėjo koncertuoti ligoninėje. Tai buvo grimo koncertas.

Ribbis sukūrė skrajutę ir atspausdino keletą kopijų, ketindamas kelias iškabinti pakeliui ir ligoninės skelbimų lentoje.

Kodėl mes turime nuolat koncertuoti tiems bachūrams?

#1. Jie nėra bachūrai. Jie - maži angeliukai, kuriems buvo sudarytos blogos sąlygos. #2. Padarysiu viską, kad jie šypsotųsi, kad matytų juoką. Kad sumažintų jų šeimoms tenkančią naštą. #3. Jei jums tai nepatinka, galite tai sukrapštyti.

Tai pasakyta man.

Būtent taip.

Kol kas.

Po pasirodymo ligoninėje Ribbis grįžo namo. Priešais jos namus stovėjo baltas „Attics-R-Us" furgonas. Ji žvilgtelėjo į langą, pastebėjo, kad žaliuzės atidarytos, ir užbėgo laiptais į viršų. Pasigirdo kraują stingdantis riksmas.

Ribbio širdis plakė taip smarkiai, kad ji manė, jog tuoj ištrūks iš krūtinės. Ji nuskubėjo koridoriumi į virtuvę, kur rado tetą Tizzy ant grindų, kumščiais daužančią į stambų „Attics-R-Us" vyro pavidalą.

Ribbis nesudvejojo, kai ji įkišo ranką į stalo įrankių stalčių ir iš jo ištraukė didelį peilį. Ji išsišiepė ir įsmeigė peilį jam į nugarą.

Jis krito į priekį, išleisdamas šiurpą keliantį gurguliuojantį garsą. Ribbis ištraukė peilį ir pasipylė kraujas.

Teta Tizė, įstrigusi po stambaus vyriškio liemeniu, stumtelėjo jo kūną.

Ribbis padėjo jai atsistoti ir abu atsilošė, kai kraujo balutė plėtėsi.

Teta Tizzy sušuko.

Ribbis rėkė.

Kaip dvi vištos be galvų jie bėgiojo po virtuvę, klykdami ir spiegdami.

STOP.

Ribbis pakluso ir stovėjo ramiai.

Teta Tizzy toliau bėgiojo aplink.

STOP. Nuo tavęs man svaigsta galva, teta Tizzy.

Ji sustojo. Ji pažvelgė į kūną, į kraujo balą. Ji pakėlė savo suknelę. Dar daugiau kraujo. Ji pabandė jį nuvalyti.

„Man reikia..." Teta Tizzy nuėjo prie kriauklės ir vėmė į ją.

Ribbis įsiklausė į bliovimo garsus ir laikrodžio tiksėjimą. Ji barbeno pirštais į virtuvės stalą.

Ramybė. Dabar aš rami.

Jėzau, Ribby.

Turėjau išgelbėti tetą Tizzy. Turėjau. Galbūt jis nėra miręs. Gal turėčiau iškviesti greitąją pagalbą?

Greitosios pagalbos nėra. Patikrinkite, ar yra pulsas.

Ribbis pakėlė jo riešą.

Ar tam nereikia laikrodžio?

Andžela perėmė vadovavimą.

Miręs kaip durų vinis.

Aš ką nors nužudžiau, aš ką nors nužudžiau!

Taip, nužudei. Tu mane nustebinai. Dabar mums reikia plano.

Pirmiausia turiu pasikalbėti su teta.

Ne, mums reikia plano. Teta Tizzy gali palaukti.

Teta Tizzy bandė atsisėsti, bet užuot tai padariusi, ėmė šaukti ir išbėgo į viršų.

Mums reikia jį apversti.

O kaip dėl peilio?

Po kriaukle paimk gumines pirštines. Tada surask ką nors, į ką galėtum jį įdėti, pavyzdžiui, laikraštį, antklodę ar rankšluostį. Ką nors, ko nepamatysi.

Ribbis surado pirštines ir jas užsimovė. Iš šiukšlių dėžės ji paėmė laikraštį, į kurį suvyniojo peilį, taip pat antklodę ir rankšluostį iš patalynės spintos.

Dabar, grįžusi prie kūno, ji pasilenkė ir jį papurtė. Jis vėl atšoko atgal. Ji pabandė dar kartą, šį kartą judesiu pastūmė kūną ir prilaikė jį koja. Ji atsiduso, bet sugebėjo sulaikyti skrandžio turinį. Ji apvertė jį likusį kelią. Jo varpa nuskriejo, o galva su dusliu trenksmu atsitrenkė į stalo koją. Ji užmetė ant jo antklodę, įsitikinusi, kad dabar jis jau negyvas.

Iš viršaus teta Tizzy sušuko: „Kas, po velnių, apskritai buvo tas S.O.B.?"

$$***$$

Teta Tizzy grįžo į virtuvę. „Turėtume iškviesti policiją", - pasakė ji.

Tikrai ne.

Ji teisi, turime skambinti policijai.

Ar nori patekti į kalėjimą už tai, kad nužudei tą prievartautojo sūnų?

Aš paaiškinsiu. Aš gelbėjau tetą Tizzy.

Bet kaip paaiškinsi, kodėl jis išvis čia buvo?

"Uh, teta Tizzy. Kaip jis čia pateko? Kodėl tu jį įsileidai?" Ribbis pasiteiravo.

„Jis pasibeldė į duris ir įėjo tiesiai į vidų, kaip ir buvo laukiamas. Pagalvojau, kad jis yra Martos draugas, todėl pasiūliau jam puodelį kavos. Vos tik atsukau jam nugarą, jis parvertė mane ant grindų ir... ir... - ji užsidengė veidą rankomis ir verkė.

Ribbis ją guodė: „Viskas bus gerai. Pažadu. Mes viską išsiaiškinsime."

Turime atsikratyti kūno.

Atsikratyti jo! Kaip? Kodėl?

Nes tu jį nužudei ir nes jo furgonas vis dar stovi prie namo.

Mikroautobusas. Pamiršau apie furgoną.

Turime jį išvežti iš čia.

Jis per sunkus, kad jį būtų galima pakelti. Turime vežimėlį.

Gera idėja. Įkeliame jį į vežimėlį.

„Teta Tizzy, - Ribbis paglostė jai ranką. „Kodėl nepadarote mums puodelio geros arbatos? Aš minutėlę išeinu į lauką... Tu gali mums padaryti puodelį arbatos, taip?"

„Jūs ketinate palikti mane vieną?"

„Būsiu tik kelias minutes. Pasidaryk arbatos, nuvysi mintis. Dabar jis negali tau pakenkti."

Išėjęs į lauką, Ribbis atrakino pašiūrę ir ištraukė karutį. Ji stūmė jį, ratai riedėjo per veją. Bandė jį pakelti laiptais, bet net ir tuščią buvo per sunku. Ji apvertė save ir jį. Eidama atgal ji traukė, kol jis užkopė laiptais į verandą. Išvargusi ji atidarė priekines duris ir toliau stūmė karutį koridoriumi į virtuvę.

Paprašykite, kad ji jums padėtų. Turiu omenyje įkelti jį į ją.

Aš tai padarysiu. Turime atsikratyti jo kūno, kol saulė dar neišaušo. „O kaip dėl jo furgono?"

„Koks furgonas?" Paklausė teta Tizzy.

Ups. Aš iš tikrųjų tai pasakiau, ar ne?

Yepper.

„Jis paliko savo furgoną lauke, - pasakė Ribbis. Ji uždarė už savęs priekines duris.

„Atsikratykime kūno ir furgono vienu metu, - pasiūlė teta Tizzy.

Dabar ji įsijautė į reikalo dvasią.

O, broli.

Vos tik jie ruošėsi perkelti kūną ant karučio, juos nutraukė beldimas į priekines duris.

„Kas tai galėtų būti?" Teta Tizzy sušnabždėjo.

Ribbis pirštų galais priėjo prie durų ir žvilgtelėjo į rakto skylutę. Tai buvo ponia Engle, apsiginklavusi dideliais padėklais su maistu kiekvienoje rankoje. Ji turbūt trenkė alkūne. Ribbis pažvelgė į save; ant jos drabužių buvo kraujo dėmės.

"Yoo-hoo, Ribby. Tai aš, ponia Engle. Turiu tik dar porą dalykų, kuriuos reikia įdėti į jūsų šaldytuvą. Tikiuosi, neprieštaraujate."

Ribbis paėmė nuo kabliuko savo paltą ir užsimetė jį, tada atidarė duris. Ji pasisiūlė įdėti padėklus į šaldytuvą. Ji pamėgino koja uždaryti priekines duris.

„Kodėl dėkoju, brangioji", - pasakė ponia Engel. „O, beje, aš išvažiuoju kelioms dienoms, paskui grįžtu į laidotuves. Jei tavęs nebus, įleisiu save su atsarginiu raktu". Ji pasilenkė prieš šnabždėdama. „Po laidotuvių visi ateis čia pavalgyti. Niekada nesuprasiu, kodėl dėl laidotuvių giminaičiai tokie alkani. Spėju, kad tai natūrali reakcija, susidūrus su mylimo žmogaus mirtimi. Mane tai visada veikia priešingai."

„Tikiuosi, kad tau ir tavo šeimai viskas, hm, klostysis gerai, - pasakė Ribbis, bandydamas vėl uždaryti duris.

„Ačiū, brangioji." Ponia Engel nusileido laiptais žemyn ir išėjo į veją.

Ribbis su palengvėjimu atsikvėpė, bet toliau žiūrėjo,

Ponia Engelė atsisuko: „Beje, ar girdėjai ką nors apie Martą?"

„Ne, ne, negirdėjome, - prisipažino Ribbis.

„O aš maniau...“ Ponia Engelė pasakė žiūrėdama į baltą furgoną.

„Geriau aš jums tai įdėsiu į šaldytuvą, ponia Engel, - pasakė Ribbis. „Jie taip skaniai kvepia, o aš toks alkanas, kad galėčiau pats dabar juos suvalgyti!“

„Kviečiame po pasimatymo pas mane likusių patiekalų. Būtų nuodėmė pritrūkti maisto.“ Ji apsisuko ir nuėjo namo.

„Fui!“ Ribbis pasakė. Ji pravėrė lauko duris ir nuėjo į virtuvę. Teta Tizzy stovėjo susigūžusi kampe ir skėsčiojo rankomis kaip ledi Makbet.

Ribbis sudėjo troškinius, nuplėšė paltą ir išmetė jį į koridorių, tada prižiūrėjo tetą.

„Ką darysime, Ribbi?“ Paklausė teta Tizzy. „Turime jį ištraukti iš čia. Ką mes ketiname daryti? Ką? Ką? Ką?“

Ribbis trenkė Tizzy. Po pirminio šoko jie susikibo apkabinę.

„Turiu planą, teta Tizzy. Nesijaudink. Bet pirmiausia turiu pasiimti keletą daiktų iš lauko pašiūrės. Tuoj grįšiu, pažadu.“

Kai ponia Engle ir jos sesuo dingo iš akių, Ribbis išėjo į lauką, palikęs tetą Tizzy susmukusią ant sofos.

Teta Tizzy telefone patikrino, ar nėra naujienų. Jame suskambo vyro SMS žinutė. Dženi buvo su juo. Ji buvo saugi ir sveika.

Tizzy užmerkė akis ir leido palengvėjimui, kad dukra yra saugi, užplūsti ją. Tai buvo gana sunki diena.

Per kelias pastarąsias dienas užplūdusios emocijos išsiliejo joje kaip milžiniška banga. Visos emocijos kilo į paviršių. Skausmas, palengvėjimas, skausmas, nuoskauda, apgailestavimas.

Tizzy pabandė atsistoti, bet keliai pasidavė. Ji drebėjo ir virpėjo bandydama ir pasislėpti nuo tiesos, ir su ja susitaikyti.

SKYRIUS 17

Ribbis grįžo į virtuvę. Su savimi ji turėjo keletą įrankių: kastuvą, kirvį, brezentą, kombinezoną, sodininko pirštines ir žirkles. Ji įvertino padėtį.

Kam, po velnių, visi šie daiktai?

Tiesiog pasiėmiau atsitiktinius daiktus, kurie, mano manymu, galėtų padėti.

Tikrai paėmėte.

Ribbis užsidėjo rankas ant klubų. „Dabar įkelkime jį į karutį“.

„Ar esi tikras, kad jis tilps?“ Pasiteiravo teta Tizzy.

Taip, jis tilps.

Jis turi tilpti, mes neturime plano B.

„Pasinaudosime antklode ir užtempsime jį ant jos, - pasiūlė Ribbis. „Mums nereikia jo kelti, per se. Užkelsime jį ant antklodės ir galėsime reguliuoti, kaip reikės. Viskas, ką turime padaryti, tai įkelti jį į karutį, o toliau bus lengva“.

„Ribby, tu mane gąsdini! Tarsi, lyg būtum tai daręs anksčiau, - pasakė teta Tizzy. „Nebuvo, ar ne?“

„Dieve, ne, teta Tizzy, bet aš skaičiau knygas ir mačiau filmus. O dabar judėkime. Griebk kitą antklodės galą ir, kai suskaičiuosiu iki trijų, abu jį permesime. Gerai?"

Jiems įgavus šiek tiek pagreičio, jis nesunkiai apsivertė ant antklodės. Dabar atėjo sunkiausia dalis.

„Ir dar kartą. Po trijų."

„Gerai, Ribe, ką pasakysi."

„1, 2, 3 - heave ho!" Ribbis pasakė. Mirusiojo galva, susilietusi su metaliniu konteineriu, išleido tuščiavidurį trakštelėjimą.

„Dar kartą!" Ribbis įsakė: „1, 2, 3 - taip!" Ribbis pasakė, kad jie tris ketvirtadalius kūno nuleido ant karučio.

„Dabar aš jį pastatysiu vertikaliai, - pasakė Ribbis, - o tu užlenk kojas ir... jo šonkaulius."

„Aš niekaip negaliu to niekur paslėpti!" pasakė teta Tizzy. „Jis gali kaboti iki pat karalystės!"

Ribby juokėsi nepaisydama savęs, o netrukus teta Tizzy taip pat puolė į juoko priepuolius.

Abi moteris ištiko isterija.

Mėgėjai.

Andžela pakėlė suvyniotą peilį ir nunešė jį į viršų. Prieš vėl jį suvyniodama nuvalė kraują ir pirštų atspaudus. Peilį paslėpė pačiame Martos kojinių stalčiaus gale.

Andžela grįžo į apačią, kur virtuvėje išvalė kruviną netvarką.

Kai ji baigė, ir Ribbis, ir Tizas jau buvo pakankamai ramūs.

Tvarkykis, Ribi.

„Nagi, teta Tiz. Padarykime tai."

„Aš su tavimi.“
Aleliuja! Mes pakilome.

G erai, dabar turime rasti jo automobilio raktelius. Pasiek jo kišenes, Tizzy.“

„Aš to nedarysiu!“

„Pasitrauk iš kelio, - pasakė Andžela. Ji rado raktelius jo palto kišenėje.

„Dabar nuvežkime jį atgal į furgoną ir tada...“

„Nori pasakyti, kad išvešime jį į lauką?“ Paklausė teta Tizzy.

„Yepper. Neturime kito pasirinkimo, Tiz. Turime tai padaryti, kol lauke tamsu. Turime jį įkelti į furgoną.“

„Kaip mes jį pakelsime į jį, Ribe? Tai neįmanoma.“

„Turime. Neturime kito pasirinkimo, - pasakė Ribbis.

Ribbis užmetė brezentą ant kūno.

Matai, sakiau, kad jis pravers.

Šmaikštuolis.

Ribbiui ir tetai Tizzy teko stumdytis, kad nuneštų lavoną į furgoną. Ribbis atrakino vairuotojo dureles ir atidarė furgono galą. Ji paspaudė mėlyną mygtuką prie pat krovinių skyriaus, ir hidraulinis keltuvas stryktelėjo žemyn. Abiem moterims kartu pavyko užkelti karutį ant keltuvo ir netrukus kūnas atsidūrė furgono gale.

Ribby grįžo į vidų ir persirengė kruvinais drabužiais, paslėpusi juos plastikiniame maišelyje spintos gale.

O ką daryti su peiliu?

Viskas gerai, man pavyko.

Vėl išėjusi į lauką, Ribby pasakė: „Tu turi vairuoti, teta Tizzy, nes aš nemoku".

„Bet aš per daug bijau vairuoti tokiame dideliame mieste! Aš negaliu! Negaliu!"

„Klausyk, mes neturime laiko šitoms nesąmonėms", - įsiterpė Andžela. „Tu bijai vairuoti, kai mes čia turime didelį storą negyvėlį, kurio reikia atsikratyti! Jau nekalbant apie smalsius kaimynus! Turime atsikratyti jo furgono ir kūno, kol dar tamsu".

„Nebent, žinoma, nori, kad paskambinčiau policijai ir pasakyčiau, kad jį nužudėme, teta Tizzy?"

Tetai Tizzy atvipo žandikaulis.

Techniškai, Ribe, jūs jį nužudėte. Tiesiog sakau.

Aš žinau.

Teta Tizzy uždaryk, nes įskris kandys.

„Važiuosime į Blufą, kur galėsime atsikratyti kūno ir furgono, teta Tizzy, bet tau reikia atsikvošėti. Tu turi mus ten nuvežti! Ką jūs sakote?"

Teta Tizzy linktelėjo galva.

„Gerai, važiuojam!" Ribbis įdėjo mirusiojo raktelius į drebančios tetos delną.

SKYRIUS 18

Nepaisant visko, teta Tizzy buvo gera vairuotoja, nors ir nervinga.

Pakeliui jie sustojo degalinėje netoli Blufo, kur Ribbis užsakė taksi, kad juos paimtų po valandos.

Jiems važiuojant į nuošalią vietovę, Ribbis pasakė: „Įjunk ilgąsias šviesas, teta Tizzy". Jie slinko į priekį, nes horizonte pasirodęs mėnulis įkalbinėjo juos artėti.

„Sustok!" Ribbis pasakė. Kai automobilis visiškai sustojo, ji ir teta Tizzy išlipo.

„Woo-ee!" Teta Tizzy sušuko. „Tai tikrai ilgas kelias žemyn!"

„Neprivažiuokite per arti, - pasakė Ribbis, - skardis griūva".

Jie žengė porą žingsnių atgal kaip tik tuo metu, kai debesys prasisklaidė ir sušvito žvaigždžių šviesa. Jie stovėjo kartu, drebėdami, vienas šalia kito, o aplink juos švilpė vėjas. Teta Tizzy apkabino save.

„Tikrai gražu", - pasakė teta Tizzy.

„Turėsiu tave atsivežti čia dieną, kad galėtum pamatyti visą jos grožį."

„Labai norėčiau, Ribi. Beje, pamiršau tau pasakyti, kad Dženi yra su tėčiu. Prieš kurį laiką ji man parašė SMS žinutę.“

„Tai puiki žinia.“

OMG! Kas tai, „Jaunieji ir neramūs“? Eikite į priekį, Ribe!

Gerai, gerai. „Teta Tizzy, tau tereikia įjungti pavarą, o kai automobilis pajudės į priekį, iššokti. Jis nuvažiuos nuo uolos, ir snapučiai jį suvalgys pusryčiams. Iki pasimatymo, storas bastardas. Iki pasimatymo, riebaus bastūno furgone. Iki pasimatymo, bėdos. Istorijos pabaiga! Tada galėsime grįžti į savo gyvenimus. Tai bus mūsų maža paslaptis“.

„Dievas sužinos, - pasakė teta Tizzy.

Ir aš.

„Dievas supras, nes tai buvo savigyna. Jis tave prievartavo, teta Tizzy!“

Jai darosi šalta Ribbiui. Padaryk tai dabar.

„Dievas visada žino, - pasakė teta Tizzy, apsisukdama ir nueidama. Ji žvilgtelėjo per petį, tada atidarė furgono dureles ir įlipo į vidų. Ji patraukė dureles ir užvedė variklį. Ji jį apsuko vieną, du, tris kartus. Tada nuvažiavo link uolos krašto.

„Šok, teta Tizzy!“

Buvo per vėlu. Mikroautobusas važiavo toliau. Pertrauka.

Ribbis nubėgo link krašto ir pribėgo kaip tik laiku, kad pamatytų, kaip furgonas atsitrenkia į vandenį.

Ji bandė šaukti, bet nieko neišėjo.

Nieko. Kol neprasidėjo vėmimas. Ji krito ant kelių.

Kvaila moteris.

Jai nereikėjo to daryti. Ji neturėjo mirti.

Tai buvo jos sprendimas. Jos pasirinkimas.

Vis prisimenu lėlės Barbės tortą, kurį ji pagamino mano gimtadieniui.

Niekas negali atimti to prisiminimo. O dabar eikime iš čia.

Viskas vyko ne pagal planą. Bet taip niekada nebūna, net ir filmuose. Manai, kad Karis Grantas pasiliks dėl merginos, bet taip nėra. Manai, kad Humphrey Bogartas neleis Ingrid Bergman įlipti į lėktuvą, bet jis to nepadaro. Net kai norite, kad taip būtų, viskas vyksta ne taip, kaip norite.

SKYRIUS 19

Ribbis pakabino paltą prieškambaryje ir sušuko: „Aš namie, mama". Ji nuėjo į virtuvę, kur Marta sėdėjo susikūprinusi prie stalo ir rankoje laikė žudymo įrankį.

„Žudai kiaules, Ribi?" - paklausė ji laikydama peilį. Marta atsistojo.

„Aš nužudžiau storą šunsnukį", - pasakė Andžela. „Nužudžiau jį peiliu, negyvai."

Marta pravėrė burną, bet neišleido jokių žodžių ar garsų, todėl Andžela tęsė. „Jis buvo bjaurus gyvulys, tiesiog kiaulė, su iš kelnių kyšančia varpa".

„Aš turėjau ma, - įsiterpė Ribbis. „Jis prievartavo tetą Tizzy!"

Ji niekada nesimoko. Aš tai valdžiau.

Marta uždėjo kairę ranką ant klubo. Dešinė ranka, laikanti peilį, liko ištiestos rankos atstumu. „Apie ką, po velnių, tu kalbi? Storas bastūnas? Teta Tizzy?"

„Apie vaikiną baltu „Attics-R-Us" furgonu. Jis - storas bastūnas, - pasakė Andžela. „O dėl tavo sesers, Tizzy, ji buvo bejėgė kaip kačiukas, kai jis prieš ją smurtavo."

„Aš ją nuo jo išgelbėjau, - pasakė Ribbis.

Marta pasisuko, tarsi ketindama padėti peilį. Paskui, matyt, persigalvojo ir atsitraukė. „Ir kur jie dabar yra? Jei tu jį nužudei, kur jo kūnas?"

Ribbis žvelgė į peilį. „Įkėlėme jį į furgoną ir nuvežėme nuo uolos".

„Tai buvo puikus planas, - pasakė Andžela. „Kol ta tavo išprotėjusi sesuo atsisakė išlipti iš furgono ir taip pat nuvažiavo nuo viršūnės." Andžela apėjo Martą ir susigūžusi įsitaisė ant kėdės.

Ribbis pradėjo kalbėti, bet persigalvojo, kai sušvilpė virdulys. Marta padėjo peilį ant virtuvės stalo. Iš šaldytuvo ji paėmė pieną, o iš spintelės - du puodelius. Šaukšteliai jau buvo ant stalo, išrikiuoti kaip žaisliniai kareivėliai. Pilstydama ji tarė: - Pažiūrėsiu, ar teisingai suprasiu, Ribe. Čia atėjo mano sesuo. Karlas Vileris manė, kad esu atvira, ir išbandė ją su Tizu. Tu jį užbadė ir tada atsikratė. Tikitės, kad aš tuo patikėsiu? Jis buvo itin stambus vyras."

„Prakeiktai teisus, - tarė Andžela. „Žebriukas, t. y. mes, įkišome jį į karutį. Taip mes jį ištraukėme."

„Aha, suprantu", - tarstelėjo Marta. „Ir tada planavote atsikratyti kūnu, bet Tiz taip pat užsukusi pas mus sugriovė planą? Ir apskritai, ką čia veikė Tiz? Jau daug metų iš jos negirdėjau nė žodžio."

„Vyras ją paliko dėl kitos, jaunesnės moters, - pasakė Andžela. „Tada pabėgo jos dukra. Ji buvo sugniuždyta."

Marta atsisėdo ir išgėrė kelis gurkšnius arbatos. „Ką gi, turime ką nors daryti su tuo peiliu. Jis negali likti čia, mano namuose". Marta pakėlė peilį ir pažvelgė į Ribbį, kuris dešine ranka gėrė arbatą. Jos kairė ranka buvo delnu nuleista ant stalo. Marta pakėlė peilį ir nuleido jį žemyn, nutraukdama Ribbio ranką nuo jos draugo - riešo.

Arbatos puodelis trenkėsi į stalą ir atšoko. Ribbis sušuko. Marta sugriebė jos dešinę ranką ir prispaudė ją delnu prie stalo. „Tu man pasakyk, kas čia vyksta ir kas tu, po velnių, esi, - pareikalavo ji. „Nes žinau, kad tu ne mano dukra". Marta pakėlė peilį į viršų, todėl jo galiukas beveik susiliejo su Ribbio nosimi. „Šalin po velnių nuo mano dukters, kad ir kas tu būtum. Kitaip aš ją sudraskysiu galūnę po galūnės".

„Mama ne. Nedaryk to, prašau. Nedaryk to!"

„Aš esu Ribbis. Tiesiog Ribbis, - tarstelėjo Andžela, naudodama patį silpniausią Ribbio balsą.

Sekundę ji pamanė, kad Marta ja patikėjo. Dar vienas ŠOK, antroji ranka nukirsta, paverčianti Ribbį dvikojiniu fontanu.

„Mirti. Mes visi mirsime, - dainavo Andžela, kai Ribbis verkė ir rėkė iš agonijos. Andžela nejautė nei skausmo, nei tikro malonumo. Viską, ką ji darė, viską, ką bandė daryti, visada gaudavo Ribbis. Tačiau ne šį kartą. „Vargšas Ribbis", - tarė Andžela. „Kaip ji dabar rūpinsis sergančiais vaikais ligoninėje?"

Ribbis atsibudo savo bute su riksmu. Ji patikrino dešinę ranką. Paskui kairę. Abi vis dar buvo. Per daug išsigandusi, kad atsikeltų iš lovos, ji laikėsi už rankų ir stebėjo, kaip saulės šviesa piešia raštus ant lubų.

Kai ji visiškai atsibudo, Ribbis nusiprausė ir apsirengė. Nusprendė pasivaikščioti ir išsivalyti galvą. Šiandien ji negalėjo susidurti nei su darbu, nei su vaikais.

Išėjusi į lauką, blogą sapną nustūmė į šalį. Ji vengė paplūdimio ir bangų ošimo, nes tai priminė tetą Tizzy.

Prieš grįždama atgal ji sustojo kavinėje ir užsisakė kapučino. Jis buvo toks skanus, kad ji iš karto norėjo dar vieno. Kol ji laukė, kol galės užsisakyti dar kartą, pro šalį praėjo Nigelas. Ji jo nematė jau kelias savaites. Ji net nebuvo tikra, ar jis ją prisimins.

„Ei! Nigelas", - bakstelėjusi į langą sušuko Andžela.

Jis nusišypsojo ir įėjo į kavinę. Jis pabučiavo Ribbį į skruostą. Ji pagalvojo, kad tai pernelyg pažįstama.

„Kaip, po velnių, gyveni?" paklausė Nigelas.

„Buvau užsiėmusi darbu", - atsakė Andžela. „Ir reikia šiek tiek pailsėti. Nori šįvakar ką nors nuveikti?"

Nigelas pažvelgė į savo kojas. „Dabar turiu merginą, tad jei kur nors išeinu, ji eina su manimi."

„Vargšas Naidželas, - pajuokavo Andžela, - dar net nevedęs, o jau mušamas!"

Nigelas atlošė galvą ir nusijuokė. Jis sugriebė Andželos ranką ir broliškai ją patapšnojo.

„Taigi, koks jos vardas?" Andžela paklausė. „O gal tai paslaptis?"

„Ne, Viešpatie, ne", - pasakė Naidželas ir atsitraukė, kad prie eilės prisijungęs žmogus galėtų įeiti ir užsisakyti. „Ji vadinasi Anne-Marie."

Andžela persigalvojo užsisakyti ir ėmė eiti link durų. „Vieną dieną turėsi mus supažindinti".

Nigelas eilėje pasistūmėjo į priekį.

Andžela visą kelią namo dūmijo.

SKYRIUS 20

Kitą vakarą po ligoninės Ribbis grįžo namo autobusu. Kai ji atvažiavo, jau buvo beveik sutemę. Lauko durys stovėjo plačiai atvertos. Iš vidaus sklido pakankamai garsi muzika, kad prilygtų gatvės eismui. Atsargiai ji žengė priekiniais laiptais, kai prie jos priartėjo Skampo letenos. Jis pašoko ir ją nustūmė. Marta priėjo kartu, juokdamasi, kai šuo laižė Ribbiui veidą.

„Tuoj pat nulipk, Skampai", - pasakė Marta ir koja nustūmė jo užpakalį. Ji ištiesė ranką, kad padėtų Ribbiui. Atsistojusi ant kojų, Ribby nusišluostė save žemyn.

„Tu beveik oda ir kaulai, - pasakė Marta. „Ar tu nevalgei?"

Ribbis griebė motiną ir apglėbė ją aplink kaklą. Marta apkabino ją atgal, tada paleido klausdama: „Puodelio?"

„Puikiai atrodai, mama!" Ribbis pasakė, kai jos kartu nuėjo į virtuvę. „Tu nuostabiai įdegusi."

Marta nusijuokė. „Mes nuostabiai praleidome laiką. Jei turėčiau pinigų, tuoj pat ten gyvenčiau. Tomas buvo nuostabus šeimininkas." Ji judėjo po virtuvę, statė virdulį virti, ruošė puodelius. „Ką veikėte? Ir kieno tie daiktai mano kambaryje?"

„Tetos Tizzy."

Marta vos nepametė puodelio. „Mano sesuo čia? Ko gero, lūkuriuoja. Tai kur ji tada yra? Apsipirkinėja?"

„Ne, tikrai ne, - atsakė Ribbis. „Ji atvyko čia ieškodama Dženny." Ribbį apėmė keistas déjà vu jausmas. Ji susiraukė ir susikišo abi rankas į kišenes.

„Na, tikrai juokinga, kad ji atvažiavo visą šį kelią. Mums tikrai reikia daug ką pasivyti".

„Nežinau, ar ji grįš", - užsikirto Ribbis. „Manau, kad jai gal reikėjo grįžti namo. Turiu galvoje staiga."

Marta įmaišė šiek tiek cukraus. „Be savo bagažo?" Ji išgėrė gurkšnį. „Ar matėte ją šiandien?"

„Ne, buvau pas savo draugę Angelą." Ji neatsigėrė arbatos ir net nebandė jos gerti. Jos rankos vis dar buvo tvirtai įsirėmusios į kišenes.

Marta išgėrė puodelį arbatos. Ji pastūmė kėdę atgal ir taip plačiai pravėrė burną, kad pro ją galėjo pravažiuoti autobusas. „Dabar einu miegoti."

„Tada labos nakties, mama", - tarė Ribbis. Ji nuvalė puodelį ir judėjo po virtuvę, kol išgirdo Martos šauksmą nuo laiptų viršaus.

„Beje, Ribi, radau šitą, - ji iškėlė peilį. „Jis buvo suvyniotas mano kojinių stalčiuje."

„Galbūt teta Tizzy juo ką nors nužudė?" - pasakė Andžela, lipdama laiptais aukštyn.

Marta padavė jai peilį ir išleido riaumojantį juoką. „Tu turi lakią vaizduotę. Ryte jį gerai išplausime. Naktį, naktį.“

Andžela priėmė iš Martos peilį nauju rankšluosčiu.

Kodėl panaudojo naują rankšluostį?

Tai turiu sužinoti aš, o tu - išsiaiškinti.

Ribby paslėpė peilį savo spintos gale prie kruvinų drabužių.

Gerai, tada eik miegoti.

Nustok su manimi kalbėti, ir aš tai padarysiu.

Labą naktį, Ribby.

Laba naktis, Andžela.

SKYRIUS 21

Ribbis užmigo giliu miegu. Ji sapnavo esanti aukštai debesyse, kur sėdėjo ir stebėjo, kaip pro ją praplaukia kiti debesys. Kartais ant debesų jodinėjo žmonės. Kartkartėmis ji ką nors atpažindavo. Garsų žmogų, kuris, atrodė, žvalgėsi, ar kas nors jį atpažįsta.

Matyti Cary Grantą, besišypsantį ir mojuojantį jai, kai jo debesis plaukė pro šalį, buvo labai keista.

Ribby sušuko: „Pone Grantai, o, pone Grantai, jūs esate mano absoliučiai mėgstamiausias aktorius!".

„Tu labai mielas, - tarė Keris, o jo debesis toliau plaukė į priekį.

Ribby akys sekė paskui jį, kol ji nebegalėjo jo matyti, nes dauguma debesų nuslinko tolyn. Išnyko.

Išskyrus vieną didžiulį juodą debesį, kuris šturmavo jos link

Ji nebuvo tikra, ką daryti, kaip save varyti toliau. Ji plojo rankomis, bet tai nepadėjo. Ji įkvėpė daug oro ir iškvėpė į debesį, bet ir tai nepadėjo. Šį kartą ji nesugebėjo būti ant debesies. Anksčiau jis judėdavo, kai ji to norėdavo, bet šį kartą nepajudėdavo iš vietos.

Didelis juodas debesis plaukė arčiau. Ribbis atsisėdo, tada apkabino kelius. Ketino lyti, todėl kiti debesų žygeiviai nuėjo ieškoti prieglobsčio. Ji jautėsi labai vieniša. Jei tik būtų įšokusi į Kario Granto debesį, bent jau nebūtų likusi visiškai viena.

BUM! Ji krito šonu į pūkuoto debesies glėbį. Tuščiame danguje aidėjo griaustinis.

KREKAS.

Iš įsiveržusio juodo debesies į Ribbio debesį blykstelėjo žaibas. Ji sušuko. Ji buvo labai arti. Plaukai ant jos rankų stojo ant kojų nuo statinės elektros srovės. Jos oda įkaito, vis karščiau ir karščiau.

„Nustok!"

„NESUSTOK!" - rėkė piktas moters balsas.

Žaibas vėl trenkė į Ribbio debesį, šį kartą perskirdamas jį pusiau. Ji susmuko ant šono ir užėmė embriono pozą. Pakėlusi akis pamatė moterį, kuri buvo nepaprastai panaši į tetą Tizzy. Ji vilkėjo laisvus juodus drabužius, ne visai suknelę ar apsiaustą, kurie plaikstėsi aukštyn ir aplink ją.

„Padarei man bloga, ir už tai sumokėsi. Negali amžinai slėptis. Dabar rizikuok ir ŠOK!"

„Bet, teta Tizzy, - dejavo Ribbis, - aš išgelbėjau tau gyvybę!"

„Tu atėmei mano gyvybę ir pasiuntei mane į pragarą! Tu kvaila, kvaila mergaitė! Dabar atsisakyk savo ir ŠOK!"

„Bet aš nenoriu mirti."

„Aš irgi nenorėjau! Dabar esu atstumta nuo Dangaus. Nuo Dievo. Pasmerktas visą amžinybę kaboti čia.“

Dar vienas žaibas suplėšė Ribbio debesį į ketvirčius.

Debesis išsisklaidė į rūką, o paskui visai nieko. Ribbis sulaikė nosį, tarsi būtų šokusi į upę, o ne kritusi į mirtį. Ji sušuko „Šiiiiiiiiiiittt!“ kaip Redfordas ir Niumanas filme „ *Butčas Kasidis ir Sundenso vaikis* “, kai šoko nuo uolos.

Plumptelėjusi į atvirą nebūties glėbį, Ribby iškrito iš lovos ir su trenksmu nusileido ant grindų.

SKYRIUS 22

Marta apačioje daužė puodus ir keptuves. Ribbis pasiklausė ir išgirdo du balsus. Jos motina turėjo kompaniją.

Buvo penktadienio rytas ir Ribbis paprašė vėlai pradėti darbą. Ji norėjo išgirsti apie motinos kelionę prieš išvykdama savaitgaliui pas save.

„Labas rytas, mama, - tarė Ribbis, pasukdamas už kampo. Ji pastebėjo Džoną Makgrou, skaitantį laikraštį.

Marta stovėjo jam už nugaros ir skaitė per petį.

„Labas rytas, Džonai, - pasakė Ribby, įsipylusi sau puodelį ir atsistojusi prie šaldytuvo.

„Niekur negaliu jo rasti. Ar tu jį pasiėmei, Ribby? Mano butelį „Jack Daniels"? Jis buvo čia ir pilnas."

„Teta Tizzy jį išgėrė, - pasakė Andžela. „Ji buvo susijaudinusi ir išgėrė, kad nuramintų nervus. Esu tikra, kad ji ketino jį pakeisti. Vėliau atnešiu tau naują".

„Reikėjo jo, kad galėtume pasigaminti kiaušinių, Ribe".

„Taip, nėra nieko geriau, kaip į kiaušinius įpilti truputį „Jack Daniels". Puiki priemonė nuo pagirių", - pasakė Džonas.

„Na, šį rytą turėsime apsieiti be jo", - pasakė Marta.

„Tuomet man jokių kiaušinių, meile," - pasakė Džonas. „Tik dar vieną puodelį kavos."

Marta atnešė puodelį prie stalo. „Sėskis, dukra. Turiu su tavimi pasikalbėti apie kai ką svarbaus."

Jėzau, apie ką visa tai?

Ribbis tyrinėjo Martą ir Džoną, kai jie apsikeitė žvilgsniais. Ji atsisėdo priešais motiną ir laukė, kol jie paaiškins.

O, mano, jie NESIRENGIA susituokti. Ar ne? Gros.

„Rytoj vakare pas jus atvyksta ypatingas svečias. Jo vardas - ponas Edvardas Anglofonas, - pasakė Marta.

„Aš turiu? Bet... kas jis toks?"

„Leiskite man baigti aiškinti. Žinau, kad netrukus turite eiti į darbą. Tai neturėtų ilgai užtrukti."

Ribbis linktelėjo galva ir Marta tęsė.

„Kai buvome pakrantėje, apsistojome mažame mielame viešbutyje ir susipažinome su Edvardu. Draugai jį vadina Tedžiu. Jis ten turi savo biblioteką. Susipažinome su juo ir susibičiuliavome. Jis pakvietė mus išgerti. Jis užsiminė apie savo biblioteką, apie tai, kad jam reikia naujo vyriausiojo bibliotekininko".

„Jis žinojo apie tave Ribbį", - prisipažino Džonas.

„Apie mane?"

„Jis pažįsta žmonių viso pasaulio bibliotekose, - pridūrė Marta. „Ir bibliotekininkus."

„Jis laiko pirštą ant pulso, nes pats ieško naujo darbuotojo, - pasakė Džonas.

„Taip, - pridūrė Marta. „Jo biblioteka uždaryta. Štai kodėl jis nori su tavimi susitikti".

„Kad perimtum jo biblioteką?"

„Potencialiai", - pasakė Džonas.

„Vyriausiasis bibliotekininkas? Aš?" Ribbis sušuko. „Aš neturiu kvalifikacijos būti vyriausiuoju bibliotekininku. Tam reikia turėti mokslinį laipsnį!"

Mes tikrai galėtume būti vyriausiuoju bibliotekininku.

„Na, viskas, ką aš žinau, Ribi, yra tai, kad jei kas nors turi savo biblioteką, jis gali samdyti vyriausiuoju bibliotekininku, ką tik nori. Ji nedidelė, ne tokia kaip Toronto biblioteka, bet tai gyvenimo galimybė. Taigi, jis bus čia 8. Tau reikia nusipirkti ką nors naujo apsirengti. Pasipuošk, kad padarytum gerą įspūdį". Marta gurkštelėjo kavos. „Jau nekalbant apie tai, kad jis visiškai pakrautas".

Dabar ji mus užkabina, lauk?

Tikrai ne.

Man tai skamba panašiai.

„Taip, jis turi krūvas pinigų. Ir jokios šeimos. Giminių irgi nėra, - pasakė Džonas.

„Nenoriu su juo susitikti. Su mano darbu viskas gerai. Be to, nenoriu kraustytis toli. Man čia patinka."

Mes nenorime būti suteneriais! Tu, kvailas senas šikšnosparnis!

„Atsiprašau, mama, bet ši galimybė ne man".

„Dukra, tu su juo susitinki, ir viskas!"

„Tiesiog susitikime su juo", - pasakė Džonas. „Ką tu gali prarasti?"

Ribbis pastūmė kėdę. Andžela pasuko laiptų link.

„Kai užšals pragaras", - pasakė Andžela.

Martos kėdė trinktelėjo į grindis.

Ribbis užbėgo laiptais ir užrakino duris.

Andžela pravėrė Ribbio spintą ir griebė suvyniotą peilį. Ji laukė.

Jei ta kalė pabandys patekti į šį kambarį, ji pasigailės.

Žingsniai. Tupėjimas tupėjimas tupėjimas. Tupėk, tupėk, tupėk. Dvi grupės. Bėgimas. Juokas.

Ribby sulaikė kvėpavimą.

Po kelių minučių buvo visiškai aišku, ką jie veikė. Marta sušuko: „Taip!", kai galva trenkėsi į sieną.

Visiškai šlykštu.

Eikime iš čia!

SKYRIUS 23

Kai atvyko Ribbis, bibliotekoje tvyrojo chaosas.

Vyriausioji bibliotekininkė P. Vilkinson jau kelis mėnesius planavo knygų pasirašymą. Tai buvo jos kūdikis, nes ji asmeniškai draugavo su bestselerių vaikams autore P. K. Šmidlap.

Kai Ribby ėjo link įėjimo, du vaikai sušuko: „Ei, kur jūs einate, ponia? Mes jau kelias valandas čia stovime. Jūs negalite įeiti!"

„Aš čia dirbu", - pasakė ji, rodydama bibliotekos darbuotojos ženklelį.

Įėjusi į vidų, ji nuėjo ieškoti ponios Wilkinson.

„Lauke chaosas, - sušuko Ribbis. „Kur yra ponia Vilkinson?"

„Skambino jos vyras. Ji ligoninėje, jai sprogo apendiksas. Nežinome jos slaptažodžio, todėl negalime gauti tvarkaraščio iš jos kompiuterio. Tikėjomės kelių šimtų vaikų, o ne tūkstančių!" Monika drebančiu balsu pasakė: „Nežinau, ką daryti. P. K. čia bus tik dar šešiasdešimt minučių, nes turi kitų įsipareigojimų". Ji apsipylė ašaromis.

„O, Dieve mano, reikėjo man paskambinti. Nesijaudink, aš pasikalbėsiu su P. K. ir pažiūrėsiu, gal pavyks ką nors išspręsti."

„Tu negali praeiti pro jo prižiūrėtoją, tiksliau, jo žmoną", - pasakė Monika. „Štai ten, aukšta, šviesiaplaukė ir pasipūtusi."

Ponia Šmidlap vilkėjo brangų dizainerio kostiumėlį ir avėjo šešių colių aukštakulnius. Ji kelis kartus pažvelgė į laikrodį, kai Ribbis ėjo link jos.

„Atsiprašau, ponia Šmidlap?"

„Yeeeeeeeeeeees."

„Ar galėčiau su jumis pasikalbėti? Turime problemą."

„Mes neturime problemos! Jūs turite problemą!" Ponia Šmidlap sušuko, priversdama vyrą numesti rašiklį, o vaikus - pašokti.

Aplink Ribbį kilo įtampa.

„Eet is okay my darvlings", - pasakė ponia Šmidlap, paėmusi Ribbio kairę ranką ir patraukusi ją į šalį. „Jūs, žmonės, nesate organizuoti. Mano vyras, jis pasirašo dar vienai valandai, o tada, zip, ve dingsta. Ze vaikai neturi nusivilti, bet jis negali likti. Jis turi kitų įsipareigojimų. Ve turi kitų įsipareigojimų", - sušnabždėjo ji piktu balsu.

Ribby turėjo rasti išeitį. Lauke buvo mažiausiai 1 000 vaikų, o viduje - dar 50-100. Ji turėjo įtikinti P. K. pasirašyti knygas vaikams, kurie laukė ilgiausiai. Jis galėtų tai padaryti, jei pagreitintų.

„O kaip dėl kompromiso?" Paklausė ponia Šmidlap.

„Taip, gera mintis."

„Turime eiti 12 valandą, tiksliai, jokių „jeigu" ir „bet". Mes, P. K., negalime pasirašyti už visus, ne šiandien. O jei, zeeze childrens nusipirks ze knygos kopiją šiandien, arba užsisakys ją ve sakysime šiandien? P. K. pasirašys visus užsakymus ir jie bus pristatyti čia iki savaitės pabaigos, ar tai tiktų?"

„Galime tik pabandyti. Ačiū už pasiūlymą. Pažiūrėsiu, ką galiu padaryti."

Ribbis grįžo į lauką. Ji patraukė paskui save duris.

„Ei, ką jūs darote, ponia? Mes dar nematėme P. K.! P.K.! P.K.! P.K.!" - šaukė jie, verždamiesi į priekį.

„Nustokite visi kalbėti! Prašom tylėti, o aš paaiškinsiu!"

Vaikai nutilo.

„Gerai, taip geriau!" Ribbis pasakė. Ji pastebėjo, kad atsargumo dėlei atvyko policija. „P. K. turi išvykti iš čia lygiai dvyliktą vidurdienį, kad įvykdytų išankstinį įsipareigojimą".

Minia šūkavo ir šaipėsi. Policija pajudėjo.

„P. K. pasirašys visas jūsų knygas. Čia turime jūsų įsakymus. Jei mūsų informacija pasikeistų, praneškite mums raštu iki šiandien 17.00 val. Kitą savaitę galėsite juos atsiimti čia, - pasiūlė Ribbis.

„Po savaitės!? Visi jau bus baigę skaityti savo egzempliorius. Jie pasakys mums pabaigą. Jie mums ją sugadins".

„Galite pasiimti savo knygą šiandien ir perskaityti nepasirašytą arba palikti ją čia, kad P. K. pasirašytų, viskas priklauso nuo jūsų".

Pasigirdo bruzdesys, ir Ribbis žinojo, kad gali būti bet kaip.

Ponia Šmidlap išėjo į lauką padėti ir pašnibždėjo jai į ausį pasiūlymą.

Ribbis perdavė jos žinią vaikams. „Jei šiandien paliksite savo knygą pasirašyti, gausite nemokamą išskirtinę P. K. dovaną - riboto tiražo knygos skirtuką!"

Vaikai džiūgavo. Ribbis ir ponia Šmidlap apsikabino. Policininkai kilstelėjo kepures. Dvyliktą valandą vidurdienį P. K. išvyko limuzinu.

Kai viskas baigėsi, Ribby atpalaidavo pečius, nes įtampa išsisklaidė. Likusi dienos dalis, ačiū Dievui, buvo nerami.

Važiuodama į jų butą, Ribby galvojo apie nepagaunamąjį poną anglakalbį.

Gal tiesiog turėčiau su juo susitikti?

Būti vyriausiuoju bibliotekininku būtų šaunu, o po šiandienos tu to nusipelnei.

Taip, šiandien prisiimdamas vadovavimą pasijutau, kad galiu tai padaryti. Turiu omenyje, būti vyriausiąja bibliotekininke, o kada gausiu dar vieną progą?

Jis turi būti tikrai apkrautas, kad turėtų savo biblioteką.

Taip. Bet kodėl aš? Jis galėtų paprašyti bet kurio.

Niekada nemaniau, kad tai pasakysiu, bet Marta turi būti atsakinga už jo susidomėjimą.

Jau nekalbant apie tai, kad apsvarstė mane, norėdama gauti šį vaidmenį.

Taigi, sutikau. Mes su juo susitiksime.

Taip, sutarta.

SKYRIUS 24

Kitą vakarą, kai Ribbis grįžo namo, buvo 20.34 val. Ji vilkėjo juodą suknelę ir avėjo batelius su aukštakulniais.

Prie šaligatvio stovėjo limuzinas.

Vairuotojas kilstelėjo skrybėlę. „Gražus vakaras, - pasakė jis.

„Taip, tikrai gražus“, - atsakė Ribbis.

„Jūs taip pat“, - mirktelėjo vairuotojas.

Tai pribloškė Ribbį.

Andžela mirktelėjo atgal.

Ribbis įlindo į vidų, bet netrukus nusišypsojo, kai ji įžengė į kambarį. „Labas vakaras, - pasakė ji.

Anglofonas atsistojo ir ištiesė ranką jai pabučiuoti. Jis buvo maždaug keturių pėdų ir devynių colių ūgio ir maždaug aštuoniasdešimties metų amžiaus. Jis stovėjo su lazdele ir vilkėjo brangų, pagal užsakymą pasiūtą, mėlynai dryžuotą kostiumą su raudona skraiste.

„Ar kas nors norėtų išgerti?“ Marta paklausė.

„Norėčiau, - pasakė ponas anglakalbis, - pavėžinti Ribbį savo automobiliu. Tai yra, jei ji neprieštarauja?“

Jis žvilgtelėjo jos link, tada pažvelgė į laikrodį. „Turime užsakymą 9 valandai restorane „Revolving".

„Atsiprašau, kad vėluoju."

Dieve mano! Jis tikriausiai net neišlaikys vakarienės! Jis absoliučiai ir visiškai gerietis!

„O taip, suprantu, kad grožiui reikia laiko, - pasakė anglakalbis, atsistojęs ir ištiesęs ranką Ribiui.

Ribbis ją paėmė.

Ribbis ir Anglofonas pasuko durų link.

„Nesijaudink dėl to, kad ji anksčiau grįš namo, Tedi. Mes žinome, kad tu ja pasirūpinsi."

Dieve mano! Mes tikrai NĖRA linkę eiti namo su TAI.

Ribbis žvilgtelėjo į motiną per petį, kai jie artėjo prie automobilio. Įsėdusi į vidų anglofonė pasakė: - Vairuotojau, galite važiuoti į mūsų kelionės tikslą. Tikiuosi, kad pasižiūrėjote žemėlapyje, kur ji yra?"

„Taip, pone Anglofone, pone, GPS viskas nustatyta."

„Gerai, gerai. Vadinasi, jūs mokate", - pasakė ponas anglakalbis. „O dabar uždarykite pertvarą, kad ponia ir aš galėtume likti šiek tiek privatumo".

Purvinas senas sodietis.

Limuzino vairuotojo akys susisiekė su Ribbio akimis galinio vaizdo veidrodėlyje, kai jis paspaudė mygtuką. Tarp jų pakilo stiklinė pertvara. Raudonos aksominės užuolaidos prasiskleidė, paversdamos galinę sėdynę privačiu kambariu. Ponas anglakalbis paspaudė mygtuką, kad atsidarytų baras su atšaldytu šampanu.

„Ribby, brangusis, labai laukiau susitikimo su tavimi".

Ribbis, nežinodamas, ką daugiau pasakyti, tarė: „Ačiū, pone Anglofone".

„Galite vadinti mane Tedžiu, nes mano vardas Edvardas. Vis dėlto pasakykite, iš kur gavote savo vardą, Ribby? Ar jis nuo ko nors sutrumpintas? Tai gana unikalus, bet gražus vardas".

Ribbis nusijuokė. „Keista. Dar niekas manęs to nėra klausęs."

„Jei tai paslaptis, kuria nenori dalytis, visiškai suprantu, brangioji."

Jis - senas glotnuolis. Žavus. Pripažįstu jam tai!

„Kai buvau maža mergaitė, negalėjau ištarti savo vardo. Jis rašomas kaip Rebeka, bet tariamas Reee-becca. Žinai, su ta siaubingai perdėta ilga „e". Visada tariau jį kaip Rib-ecca, - nusijuokė ji. "Mama nemėgo jos trumpinti iki *Bekės.* Ji manė, kad tai skamba per daug įprastai, todėl pradėjo mane vadinti Ribby. Tai prilipo, ir nuo to laiko tai yra mano vardas."

„Ką gi, jei nori, vadinsiu tave Rebeka, bet man labiau patinka duoti tau ypatingą vardą."

„Vardas, kuris man patinka, yra Andžela. Ar norėtum mane vadinti Angela?"

OMG! Kodėl tu taip elgiesi su manimi?

„Angela, - tarė Tedis, kai šis žodis nuslydo nuo jo liežuvio. „Gerai, tada Angela." Tedis ranka perbraukė per Ribbio kelį.

Ribbis nusprendė, kad tai buvo nelaimingas atsitikimas.

Andžela nebuvo tokia tikra.

estorane vairuotojas pirmiausia atidarė duris Tedžiui, o paskui Ribiui.

„Užtruksime mažiausiai dvi valandas“, - pasakė Tedis. „Parašysiu jums žinutę, kai būsime pasiruošę važiuoti“.

„Taip, pone.“

„Dažniausiai jis yra prakeiktas kvailys, - pasakė anglas, turėdamas omenyje savo vairuotoją, - bet ištikimas, kaip jie būna.“

SKYRIUS 25

Prie restorano susidarė eilė, bet anglakalbiai ją išsklaidė.

Kaip džentelmenas jis pasiūlė Ribby ranką ir palydėjo ją per užimtą restoraną.

Jai tai buvo tarsi nekasdienė patirtis. Svečiai sukiojo galvas, sveikinosi, net kėlė taures, keldami tostus už juos. Ji pasijuto kaip įžymybė.

Pora toliau keliavo į privatų kambarį. Lubos buvo aukštos, virš jų staliuko kabojo blizgantis sietynas. Pats stalas buvo nukrautas gražiomis lėkštėmis, stalo įrankiais ir spindinčiomis krištolo fleitomis. Stende stovėjo atšaldytas šampano butelis.

Jiems atsisėdus, anglas užsisakė abiem.

Ribbis pasijuto kaip Bella Didžiojoje pokylių salėje filme „Gražuolė ir pabaisa“.

Jis senas, bet ne žvėris.

Šyptelėjo.

Anglofonas gana daug kalbėjo apie savo verslą ir pinigus.

Ribbis paklausė, ar jis kada nors buvo vedęs.

„Beveik du kartus buvau vedęs. Moterys nebuvo tokios, kokios atrodė. Aukso ieškotojos, žinote.“ Jis padarė pauzę ir priėjo arčiau Ribbio. „Aš jas abi nužudžiau.“

„Ką?“ Ribby vos neišpylė šampano taurės.

„Nedidelis pokštas, kad įsitikinčiau, ar klausaisi, - pasakė Tedis. Jis nusijuokė ir patapšnojo jai per ranką. „Šiais laikais nedaug kas pamėgtų tokį seną vyruką kaip aš!“

Ribbis dar kartą gurkštelėjo šampano. Ji jau jautėsi apsvaigusi.

„Gerai. Suraskime tą mano tinginį, niekam tikusį vairuotoją.“

„Aš labai pavargau, - pasakė Ribbis. „Gal galėtum mane parvežti namo?“

„Žinoma, neprieštarauju, Ribby, turiu omenyje, brangioji Andžela. Naktis dar jauna, o mes dar neaptarėme vaidmens mano bibliotekoje“.

„Man patiko šis vakaras, bet nemanau, kad esu tinkama užimti šias pareigas. Man paglostyta, bet...“

„Nesąmonė! Ne tau spręsti! Turiu gerą nuojautą apie tave, ir to užtenka.“

Kai jie grįžo į limuziną, Ribbis paprašė Tedžio paaiškinti savo paskutinį pareiškimą.

„Aš turiu pinigų. Pinigai leidžia lengvai visur turėti akis. Aš žinau apie tave. Pavyzdžiui, apie tai, kaip padedi motinai mokėti hipoteką ir kaip taip pat nuomojiesi butą prie vandens“.

Ribbis užgniaužė kvapą.

Jis tęsė: - Kaip nesavanaudiškai linksminate vargšus sergančius vaikus ir kaip viena pati išvengėte antplūdžio per P. K. knygos pasirašymą. Jo žmona ponia Šmidlap nemėgsta daugelio žmonių, bet tu jai patiko. Jei gali su ja dirbti, gali padaryti bet ką. Darbas tavo, jei tik nori".

Ribbiui sukosi galva, kai Tedis paspaudė domofono mygtuką ir liepė vairuotojui grįžti į jos namus.

Jis pats mus sekė arba pasamdė ką nors, kad tai darytų.

„Man dar reikia apie tai pagalvoti".

„Tebūnie tada taip. Turi septynias dienas apsispręsti. Štai mano vizitinė kortelė; galite susisiekti su manimi bet kada dieną ar naktį". Po pauzės jis tarė: „Palaukite minutėlę! Kodėl tau pačiam neateinant į biblioteką ir neapžiūrint jos? Nėra tinkamesnio laiko nei dabar. Galėtume dabar kartu važiuoti atgal!"

„Nežinau."

Jis pasiūlė tau vyriausiojo bibliotekininko darbą. Jis tavo rankose. Žinau, kad dabar jis atrodo baisus, bet jis pasakoja tiesiai šviesiai. Jis nieko neslepia ir nemeluoja. Tai yra kažkas tokio. Jis yra mūsų bilietas iš čia. Galime jį stebėti, pamatyti, koks jis iš tikrųjų yra, neprisiimdami įsipareigojimų. Nagi, Ribby, rizikuok. Be to, vairuotojas labai mielas. Pažiūrėk į tas šviesias garbanas, išsiliejusias iš po jo kepurės.

Jau nekalbant apie jo mėlynas akis.

Aš žinau. Žinau. Be to, gali būti smagu!

„Mes būtume ten anksti ryte. Galite apsistoti tame pačiame B&B, kuriame atostogavo Marta ir Džonas.

Viskas bus paruošta jūsų atvykimui. Tai padės tau apsispręsti".

„Bet aš neturiu jokių kitų drabužių, išskyrus tai, ką dabar dėviu".

„Ak, nesijaudink dėl to."

Ribby pravėrė burną.

Jis numatė kitą jos prieštaravimą. „Paskambinsiu tavo mamai ir paaiškinsiu".

Ribbis dėl nieko nebebuvo tikras. Ji mintyse vaikštinėjo pirmyn ir atgal. Ar turėčiau, ar neturėčiau?

„Man būtų malonu, - pasakė Andžela ir paėmė Tedžio ranką į savo.

Per ilgai užtrukai, kol apsisprendei.

Ribbis, kuris buvo išsiblaškęs, kai vairuotojas žvelgė į ją peržiūros veidrodėlyje, susiraukė.

Tedis liepė vairuotojui nuvežti juos namo.

Grįždama atgal Ribby apsimetė mieganti.

Andžela tikėjosi, kad Tedis užsnūdo, todėl ji galės nueiti į viršų ir pasėdėti su vairuotoju.

Tedis išsitraukė nešiojamąjį kompiuterį ir pradėjo spausdinti.

Pernelyg uolus spragtelėjimas man sukėlė galvos skausmą.

Esu tikra, kad netrukus būsime ten.

Po kelių sekundžių: *Ar mes jau ten?*

SKYRIUS 26

Doverio uostą jie atvyko ankstyvą rytą.

Vairuotojas atidarė Tedžiui duris. „Nuvežkite ponią Angelą pas ponią Pomfrere. Negrįžkite, kol ji nebus pristatyta“.

„Taip, pone anglakalbį.“

„Paprašykite ponios Pomfrere pasirūpinti, kad ponia Andžela atsikeltų ir būtų pasiruošusi pusryčiams po keturių valandų. Praneškite jai, kad tuoj pat atvyksite pasiimti ponios Ribby“.

„Taip, pone“, - atsakė vairuotojas, grįžo į automobilį ir išvažiavo.

Ribbis, kuri buvo užsimerkusi, dabar atmerkė akis. Ji pažvelgė pro langą, bandydama įžiūrėti, kaip atrodo anglofono namai, bet buvo per tamsu.

Po kelių akimirkų jie atvažiavo į nakvynės ir maitinimo namus. Ponia Pomfrė išbėgo jų pasitikti. Vairuotojas prisistatė, tada santūriai papasakojo jai apie pusryčius Anglofono valdose ir išvažiavo.

„Man nepaprastai malonu su jumis susipažinti, panele Andžela. Ponas Anglofonas man tiek daug apie jus pasakojo".

Ribbis negalėjo nepastebėti ponios Pomfrėjos aprangos. Nors buvo nepaprastai ankstyvas rytas, ji vilkėjo vakarinę suknelę. „Ačiū, ponia Pomfrere. Jei kur nors skubate, prašau, neleiskite man jūsų stabdyti. Nurodykite man kryptį į mano kambarį ir esu tikra, kad susitvarkysiu".

„Susitvarkyti? Susitvarkyti? Kodėl aš taip apsirengęs, kad pasisveikinčiau su jumis. O dabar, prašau, sekite paskui mane ir mes jus apgyvendinsime!" Jie jėjo į vidų, kur ji kaip viesulas nužingsniavo koridoriumi ir pakilo laiptais į Ribbio kambarį.

„Tu dar mielesnis, nei įsivaizdavau. Tedis tikrai tave įsimylėjęs, ir aš suprantu, kodėl. Mano, oho, tos tavo kojos tikrai tęsiasi amžinai, ar ne?" Ponia Pomfrere pasakė pernelyg pažįstamu tonu.

„Uh, na, - užkliuvo Ribbis.

„Tai tavo kambarys, - ponia Pomfrere atidarė duris.

Kambarį užpildė įvairiausių rūšių ir spalvų rožės. Kvepėjo dangiškai. Spintos durys stovėjo plačiai atvertos, perpildytos dizainerių drabužių.

„Tikiuosi, kad dydžiai tinkami. Tedis paskaičiavo. Rasite viską, ko jums reikia. Jei prireiktų dar ko nors, esu jūsų paslaugoms dvidešimt keturias valandas per parą."

„Norite pasakyti, kad visa tai skirta man?"

„O taip, taip, drabužiai ir dar daugiau. Tu esi laiminga mergina, tikrai. Turėdama poną anglakalbį savo pusėje. Jis gali padaryti viską. Jis tarsi stebuklingas".

„Ech, taip, esu", - pasakė Ribbis, po to silpnai tarė ‚Ačiū', kai ponia Pomfrere uždarė už savęs duris.

Vau! Jis kažkoks vyrukas.

Jis tai padarė dėl manęs.

Spėju, todėl jis visą kelionęspragsėjo nešiojamuoju kompiuteriu .

Ribbis staiga nusijuokė. Ji pasijuto kaip vaikas saldainių parduotuvėje. Dabar, kai įgavo antrą kvėpavimą, ji bėgiojo iš vienos kambario pusės į kitą, kiekviename kampe rasdama smulkmenų ir dovanų. Vonios kambaryje jos laukė burbuliukais pripildyta SPA vonia.

Ji pakišo alkūnę po burbuliukais, o paskui praskleidė vandens paviršių. Iš jos gerklės išsiveržė susižavėjimo kupinas dejonis. Temperatūra buvo tobula. Ji nusivilko drabužius ir įbrido į vandenį. Burbuliukai dilgčiojo jos odą. Ji atsilošė, giliai įkvėpė ir užmerkė akis. Vėl jas atmerkė, norėdama įsitikinti, kad nesapnuoja. Ji jautėsi lyg miegančioji gražuolė, o pabudusi sužinojo, kad yra rojuje!

Galėčiau į tai patekti.

Man taip pat!

Atsipalaidavusi ir apsivilkusi patogią naktinę suknelę ji sugulė po antklode ir užmigo.

„Ar atsibudote, ponia Angela?" pro uždarytas duris paklausė ponia Pomfrere. Nesuteikdamas Ribbiui laiko atsakyti, asmuo vėl pasibeldė.

Kitas balsas, šnabždantis. Tedžio.

Ribbis užsidengė veidą, tikėdamasi, kad jie tuoj įsiverš vidun.

„Na, paimk raktą ir pažadink ją!" Tedis pareikalavo. „Turime kur eiti ir ką pamatyti".

Įleiskite mane! Įleiskite mane! Purvinas senas šūdžius.

„Reikėjo ją pažadinti, kai atvyko vizažistė, - sušuko Tedis.

Makiažo meistrė. Įdomu...

„Bandžiau, pone anglakalbį, bet ji taip kietai miegojo, kad nenorėjau jos trikdyti."

„Aš išeisiu po penkių minučių, Teddy."

„Lauksiu tavęs savo namuose. Mano vairuotojas atveš jus pas mane, kai būsite pasiruošęs. Prašau, neversk manęs laukti."

Šaunu. Laisvas laikas su vairuotoju.

Turime penkias minutes pasiruošti.

Ji greitai nusiprausė po dušu, peržvelgė komodą ir aptiko daugybę šilkinių apatinių drabužių.

Senas vyriškis turi nepaprastą skonį.

Ir jo akys taip pat gana geros. Šie dydžiai - taiklūs*!*

Jis gautų infarktą, jei išeitume tik su šilkiniais drabužiais. Galiu lažintis, kad ir vairuotojo akys iššoktų tiesiai iš galvos.

Nebūk bjaurus. Ribbis užsisegė šilkinę palaidinę ir užsisegė sijoną.

Paskui pasigirdo dar vienas stipresnis beldimas. „Atsiprašau, atėjau padaryti madam makiažo".

Jis galvoja apie viską.

Nedidelė moteris, maždaug Martos amžiaus, akimirksniu užbaigė Ribbio makiažą.

"Aš esu Andžela!" pasakė Ribbis, kai ji šypsodamasi žvelgė į savo atspindį.

„Žinoma, kad esi, - nesivaržydama atsakė moteris.

Ne, tu tikrai nesi.

Pavydi?

„Ačiū. Pasiūlyčiau jums arbatpinigių, bet su savimi neturiu pinigų".

„O, jums nereikia man duoti arbatpinigių, ponas anglakalbis jau pasirūpino".

Ribbio skrandis gurgtelėjo, kai ji įsispyrė į batus smailianosiais kulniukais.

Pakeliui į limuziną ji ėjo kaip girta. Vairuotojas nusišypsojo, kai ji vos neapvirto. Jei ji jam ir patiko, jis to neparodė. Jis nekalbėdamas atidarė jai duris.

Kelionė iki namų buvo pakankamai maloni. Ponios Pomferės viešbutis stovėjo mažo kaimelio centre. Kai automobilis vingiavo kaimo keliu, Ribbis užfiksavo Erio ežero vaizdą.

„Prieplauka ir švyturys yra ten", - paaiškino vairuotojas. „Žiemą ten labai populiarus ledinių lokių nardymas".

„O, prisimenu, kad kažką apie tai mačiau per žinias. Kadangi jie neria dėl labdaros, žaviuosi, kokios drąsos turi prireikti." Ji susiraukė.

„Mano draugas dalyvavo pernai, jis vos nesušalo, - jis padarė pauzę, - jo, eee, įrankis."

Ribbis nusijuokė.

Jis mano, kad esi per daug primityvi ir padori, kad sakytum kamuoliukus tavo akivaizdoje.

Na, aš esu jo viršininko svečias.

„Netrukus atvažiuosime, - pasakė šoferis.

Jie pravažiavo pro kelis kaimelius, pakankamai mažus, kad juos pastebėtum, bet išnykusius akimirksniu.

„Mes jau čia", - pasakė vairuotojas.

Ribbis atsisėdo tiesiai. Dabar, kai ji atvyko į pagrindinį namą, norėjo viską įsidėmėti.

Andžela niūniavo televizijos serialo „ *Dalasas*" teminę muziką .

Privažiavimas, vedantis prie anglofono namo, buvo pernelyg ilgas. Bulvarą juosė medžiai, lenkiami vėjo valios. Ji virpėjo.

Ji ištiesė kaklą, bandydama įžvelgti namą. Kai jai tai pavyko, ji įkvėpė ir sulaikė kvėpavimą. Tai nebuvo gražus namas. Siaurais langais ir tamsių plytų pastatu jis atrodė šaltas, nejaukus. Visiška priešingybė kitam namui, kuriame ji nakvojo.

Jis tiesiog brontėjiškas.

Tačiau pažvelk, rožių krūmai.

Tikėkimės, kad viduje gražu.

Esu tikra, kad bus.

Vairuotojas sustabdė automobilį ir priėjo atidaryti durų. Ribbis susiraukė, kai ji suklupo ant asfalto.

Jai nespėjus pasibelsti į priekines duris, jas atidarė vyras. Jis buvo aukštas, plonas žilaplaukis, nuo galvos iki kojų apsirengęs juodai. Jo veido išraiška buvo tokia, kokią žmogus turėtų užsimerkęs po citrinos čiulpimo.

„Sveiki, - ištarė Ribbis.

Aukštu balsu jis tarė: - Ponia, ponas anglakalbis laukia jūsų atvykstant. Jūs per ilgai privertėte jį laukti!"

„Atsiprašau."

Neatsiprašinėkite, jis yra pagalba. Stumtelėkite jį— lyg jums priklausytų šis restoranas. Jūs esate Teodoro Anglofono svečias. Tu nusipelnei būti čia.

Būtent tai ji ir padarė.

Gobšuolis nebuvo patenkintas, bet jis buvo profesionalas. Jis pranešė apie Ribbio atvykimą.

Tedis tuoj pat atsistojo ir mostelėjęs ranka tarė: „Sveiki atvykę į mano namus".

Ribbis įdėmiai apžiūrėjo kambarį, kuriame stovėjo Tedis. Nors jis nebuvo aukštas vyras, šioje aplinkoje atrodė aukštas. Netgi kitoje kambario pusėje stovintis apsiaustas buvo žemesnis už jį.

Riteriai buvo daug mažesni, nei įsivaizdavo.

Ribbis nusišypsojo. „Ačiū, Tedi. Koks nuostabus kambarys!"

Džekpotas!

„Mano mielasis, - tarė Tedis, - tu jame atrodai kaip paveikslas. Tiesą sakant, turiu užsakyti nutapyti tavo portretą tokį, koks esi dabar".

Tedis, regis, pamiršo, kad buvo ant mūsų supykęs.

Ribbis paraudonavo. „Labai ačiū už viską".

„Man labai malonu, brangioji Andžela. O dabar eik čia ir atsisėsk priešais mane, kad galėčiau žiūrėti į tave, kai ryto šviesa sklinda iš paskos". Tedis spragtelėjo pirštais ir jo tarnas ištraukė kėdę Ribbiui. „Tikiu, kad viskas B&B buvo patenkinama?"

„Taip, viskas nuostabu, pone Tedi."

„Nebuvau tikras, ką mėgstate pusryčiams, todėl liepiau virėjui paruošti po du patiekalus iš visko." Jis vėl spragtelėjo pirštais, ir prasidėjo maisto paradas.

„Oho!" - tarė ji. Šoninės, klevų sirupo, mėlynių keksiukų ir dešrelių kvapai pasiekė jos šnerves.

Kalbėkime apie švedišką stalą! Tiek maisto, kad užtektų pamaitinti visą armiją!

Tarnas nurodė savo pavaldiniams pirmiausia aptarnauti poną anglakalbį.

Anglofonas plojo rankomis.

Tarnautojai iškart puolė aptarnauti Žebriuką.

Anglofonas vėl plojo rankomis. „Tibbles, mums reikia mimozos!"

Padavėjas tuoj pat perpjovė du apelsinus per pusę ir išspaudė sultis. Kitas padavėjas atkimšo butelį šampano. Pirmasis padavėjas sujungė abu gėrimus.

Ribbis atidžiai stebėjo, kaip padavėjas preciziškai įpila kiekvieną medžiagą.

Jis padavė Tedžiui išbandyti pilną stiklinę. Tedis linktelėjo galva, kad ji buvo patenkinama. Jis pripildė antrą stiklinę ir padavė ją Ribbiui. Jie iškėlė tostą už malonią viešnagę ir užkandžiavo maistu.

„Tikiuosi, kad neprieštarausi, bet aš sumokėjau tavo motinos paskolą“.

Ribbis nustebo.

Tedis paliepė dar kavos ir ji buvo įpilta. Maišydamas pridūrė: „Taip pat nusipirkau pastatą, kuriame yra tavo butas.“

Ribbis krūptelėjo. Ji servetėle nusišluostė burnos kampučius.

Tai netikėtas įvykių posūkis.

„Žinoma, tau nebereikia mokėti nuomos mokesčio. Taupyk pinigus, jei čia nepersikraustysi. Keliaukite. Pamatyk pasaulį!“

Pasakyk ką nors, bet ką.

„O ir dar aš apmokėjau tavo kredito kortelę“. Jis gurkštelėjo mimozos.

"Ačiū. Labai ačiū. Labai malonu iš jūsų pusės."

Po Tedžio pranešimų Ribbis pasijuto nejaukiai ir tai buvo matyti.

„Sakyk, Andžela, ko trokšta tavo širdis?“

„Mano širdies troškimas?“ Ribbis pasakė raudonuodamas. „Nežinau.“

„Tu turi žinoti, ko nori. Tokios protingos merginos kaip tu. Kažkas, kas visada buvo per toli nuo tavo rankų, ir vis dėlto tavo širdis to troško. Pagalvok apie tai. Laiku atėjus laikui, vėl tavęs paklausiu".

Ribbis klausėsi, kai Tedis pasakojo apie savo keliones po pasaulį.

„Galėtume čia sėdėti ir kalbėtis ilgiau, bet aš labai noriu tau parodyti biblioteką."

„O, taip. Negaliu sulaukti, kada ją pamatysiu, - pasakė Ribbis. Mimozos gėrimas jai šovė tiesiai į galvą. „Bet norėčiau šiek tiek pakvėpuoti grynu oru. Nesu įpratusi prie Šampanės taip anksti. Ar ne per toli eiti pėsčiomis?"

Tedis nusijuokė. „Tokiam jaunam spritui kaip tu - ne, bet tu avėjai tuos netinkamus batus." Jis spragtelėjo pirštais. Įėjo moteris. „Prašau atnešti mano svečiui porą tinkamų batų". Moteris nusilenkė, išėjo iš kambario ir po akimirkos grįžo su bėgimo bateliais. „Apsiaukite šiuos. Jūsų kulniukus pasiimsiu kartu su savimi į automobilį". Tada kreipėsi į savo tarną: „Tibblesai, nubraižyk mūsų svečiui žemėlapį".

„Pakeliui pagalvokite apie savo širdies troškimą. Atmink, kad noriu, jog jį įvardytum."

Oras buvo gaivus ir švarus. Jis išvalė jos galvą.

Jis toks malonus, švelnus ir pasiaukojantis.

Galbūt jis nėra tai, kuo ar kuo apsimeta. Saugokimės, kol sužinosime, ko jis nori. Atmink, kad nieko nėra nemokamo.

Ribby ėjo toliau, mintimis įsitraukusi į atsakymo į jo klausimą paieškas.

Tegul jis spėlioja. Kol kas neatskleiskime savo kortų.

Ji pasuko už kampo; pamatė limuziną, paskui Biblioteką.

Stivenas atidarė duris Tedžiui, kuris išėjo laikydamas Ribbio batus. Ji atsisėdo į limuziną ir pasikeitė batus, palikdama plokščiapadžius automobilio gale.

„Štai jis, brangioji, - pasakė Tedis. Virš durų kabėjo užrašas***: E. P. anglakalbė: E. P. E. P. Epochos biblioteka: Privati biblioteka.*** Po iškaba buvo lentelė: Vyriausiasis bibliotekininkas: tuščia vieta.

Stebiuosi, kad mūsų vardo ten dar nėra. Atrodo, kad jis gana užtikrintas savimi.

Elgiasi kaip reikiant.

„Eikite toliau, - tarė jis.

Didelės medinės arkos pasitiko ją viduje. Anglofonas paėmė ją už rankos.

Ribbio širdis suvirpėjo. Biblioteka buvo apvali. Apskritos lentynos. Knygos, knygos ir dar daugiau knygų, kiek tik akys užmato. Tūkstančiai ir tūkstančiai. Ir kopėčios, paruoštos užlipti į viršutinę lentyną. Iki pat lubų aukščio, vitražų iki kokių dvidešimties pėdų aukščio. Kai ji pakėlė akis ir atsisuko, jai ėmė svaigti galva.

Tedis nuvedė ją prie kėdės, į kurią ji atsiduso.

„Patenkinta?“

„O, mano, taip!“ Ribbis pasakė, stengdamasis suvaldyti jos emocijas. „Tai tarsi iš sapno“.

Gražu, Ribbi, bet kažkas atrodo ne taip.

„Pasakyk man dabar. Ko trokšta tavo širdis?“

„Tai yra tai!“

Koks mažas kvailys!

„Nesijaudink, - pasakė Tedis. „Tai gali būti ir bus tavo. Jei...“

Čia Tedis sustojo, nes vairuotojas atkreipė jo dėmesį. „Akimirką, Andžela. Jauskitės kaip namie.“

Ribbis atsistojo ir sukluso. Ji užlipo vienomis kopėčiomis, nusileido ir užlipo ant kitų. Čia buvo visi autoriai, apie kuriuos ji galėjo pagalvoti. Supratusi, kad vairuotojas grįžo ir stovi po ja, ji pasitaisė sijoną.

„O, tu mane išgąsdinai“.

Ne aš! Ateikite pas mane.

„Labai atsiprašau, bet ponas anglakalbis buvo iškviestas. Jis paprašė manęs palydėti jus atgal į dvarą, kai būsite pasiruošusi“.

„Aš, aš...“ Ribbis pasakė, žengdamas žemyn ir nekreipdamas į tai viso dėmesio. Ji neteisingai žengė žingsnį ir suklupo.

Vairuotojas, kurio vardo ji net nežinojo, ją sugavo.

Ribbis nusidažė ryškiai raudonai. Jų akys susijungė. Jis nuleido ją ant žemės ir nuėjo tolyn.

„Ačiū.“

Jis nieko neatsakė.

Jis mano, kad taip padariau tyčia. Kad jis man patinka.

Andžela šyptelėjo.

Ji nusekė paskui jį pro duris į automobilių stovėjimo aikštelę, o paskui nusprendė nevažiuoti automobiliu.

„Man labiau patinka eiti pėsčiomis, - pasakė ji.

„Ar tikrai?“ Jis žvilgtelėjo į jos batus.

Ji pakėlė smakrą ir nieko neatsakydama pradėjo eiti.

„Kaip ponia pageidauja.“

Reikėjo paprašyti jo bėgikų.

Aš žinau! Aš žinau!

Grįžusi į namus skaudančiomis ir pūslėtomis kojomis, Ribby pastebėjo priekyje sėdintį vairuotoją.

Jis kilstelėjo skrybėlę jos link, tada užsidengė akis ir vėl užsnūdo.

Dieve, jis toks mielas.

Ha! Tedis jį atleistų, jei paminėčiau, kad nedavė man kitų batų.

Nedrįsk!

Ribbis galiausiai nusiavė batus ir likusią kelio dalį ėjo mūvėdama kojines.

Tiblio žvilgsnis, kuriuo ji pažvelgė į namus įžengusi su batais rankose, buvo kažkas tarp šypsenos ir pasišlykštėjimo.

Velniop jį!

„Atleiskite, ponia, - tarė Tiblis. „Ponas anglakalbis sulaikytas. Jis norėtų, kad grįžtumėte į B&B. Patarsiu vairuotojui jus nuvežti".

Na, aš negaliu nueiti viso kelio pėsčiomis.

Ne, nurimk savo išdidumą ir sėsk į automobilį.

Visą kelią iki ponios Pomfrere viešbučio tvyrojo nejauki tyla, kurios nė vienas iš keleivių nenorėjo nutraukti.

Tu elgiesi kaip išlepintas bachūras!

Man tai nerūpi.

Automobilis pajudėjo, o Ribbis įvirto į vidų.

SKYRIUS 27

Grįžusi į savo apartamentus Ribby užtrenkė duris. Ji numetė batus per kambarį, tada puolė ant lovos, slopindama verksmą pagalvėje.

Jis toks svajingas!

Jis žinojo, kad man reikia batų, ir vis tiek man jų nedavė.

Tu jų neprašei.

Vis dėlto jis dirba Tedžiui. Aš esu Tedžio svečias. Jis turėtų stengtis padaryti mane laimingą.

Tu perdėtai reaguoji. Nusiprausk veidą, tau palengvės ir pamiršk apie tai.

Problema ta, kad negaliu. Jaučiuosi tokia kvaila. Aš krentu jam į rankas kaip, pavyzdžiui, Džeinė Eir.

Kam tai rūpi? Jei jis taip galvojo, vadinasi, tikriausiai buvo paglostytas. Pertrauka. Biblioteka.

Ji graži, joje yra viskas. Bet kodėl Tedis nori, kad jo bibliotekai vadovaučiau aš, nekvalifikuotas žmogus?

Matai, todėl ir sakiau, kad nereikėtų dėti visų kortų ant stalo. Dabar jis žino, kad ta vieta yra tavo širdies troškimas. Jis žaidžia pasakų krikštatėvį ir laiko mus už dantų.

Mano širdis sako, kad jis yra lygioje vietoje. Kad jis neturi slaptų motyvų. Bet mano galva, o, mano galva.

Ribbis griebė jos rankinę ir išsitraukė cigarečių pakelį. Vieną įsidėjo tarp lūpų. Net neužsidegus, kvapas ją nuramino. Laikydama ją prie lūpų ji užsnūdo.

„Mums reikia pasikalbėti, - sušnabždėjo Tedis pro duris.

Ribby atsisėdo su cigarete, vis dar kabančia ant lūpų. Ji įdėjo ją atgal į pakelį. Kalbėdama pro uždarytas duris tarė: „Atsiprašau, turbūt užmigau".

„Ruoškis. Dabar turiu tave parvežti namo. Susipakuok daiktus ir susitiksime apačioje prie automobilio".

Ji klausėsi, kaip jis nueina, tada susmuko ant grindų, kovodama su verksmu.

Anglakalbė duoda ir anglakalbė atima.

Bet kodėl? Ką aš padariau? Ar taip atsitiko dėl Stiveno?

Nebūk juokinga.

Nesvarbu. Viskas dėl geriausio. Persirenk iš jo drabužių. Išeik iš čia aukštai iškėlęs galvą.

Bet į biblioteką. Mano širdies troškimas. Dabar, kai jam pasakiau, jis vis dėlto manęs nenori.

Ribbis persirengė drabužiais, kuriais buvo atvykusi.

Tai jo netektis, Ribi. Atmink, galva aukštai iškelta. Be to, viskas, ką dabar uždirbame, yra mūsų. Jokios nuomos, jokios hipotekos, jokios kredito kortelės. Iš esmės esame be skolų! Įsivaizduokite, kiek galime linksmintis!

Išeidama ji pabučiavo ponią Pomfrere į skruostą.

„Mes niekada neatsisveikiname su savo svečiais. Tikimės, kad dar pasimatysime".

„Ačiū."

Vairuotojas stovėjo prie durų ir laukė Ribbio. Įlipusi į automobilį ji užsisegė saugos diržą. Ji pasuko galvą ir pažvelgė pro langą, įsidėmėdama viską, ko daugiau niekada nepamatys, ir norėdama užmaskuoti nusivylimą.

„Andžela, tai griežtai dalykinis reikalas. Tai neturi nieko bendra nei su tavimi, nei su mūsų susitarimu".

„Nori pasakyti, kad vis dar manęs nori?" Ribbis paklausė drebančiu balsu, o jos širdis netrukus turėjo iššokti iš krūtinės.

„Žinoma, noriu, kad būtum mano naujoji bibliotekininkė", - pasakė jis, ranka braukdamas jai per šlaunį.

Tas iškrypėlis. Jis žaidžia su tavimi. Atstumk jo ranką.

Ribbis paraudonavo. Tai buvo nelaimingas atsitikimas. Nieko tokio.

Seno iškrypėlio įžūlumas. Aš tau sakiau. Duok jam centimetrą...

„Vairuotojau, prašau pastatyti užtvarą. Mes su ponia norėtume šiek tiek privatumo".

Ribbis pakėlė akis, užfiksavo vairuotojo žvilgsnį galinio vaizdo veidrodėlyje. Sukryžiavo rankas aplink save.

Anglas atidarė butelį vandens ir padavė jį Ribby, reikalaudamas, kad ji atrištų rankas. Ji paėmė ir gurkštelėjo.

„Ribby, noriu pasakyti, kad Angelo, jei biblioteka yra tavo širdies troškimas, tai ji yra tavo. Tai, ką turiu aš, yra tavo."

Ji atsisėdo tiesiai, klausydamasi, bet Anglofonas nutilo. Ji dar kelis kartus gurkštelėjo vandens, laukdama.

Ar jis laukia, kol aš ką nors pasakysiu?

Jis žaidžia žaidimą. Laikykitės tyliai. Mes išdėliojome kortas ant stalo, tegul jis padaro tą patį. Tuo tarpu tu išlik rami. Mėgaukitės vaizdu.

Čia tikrai gražu, bet mano širdis daužosi.

Nusiraminkite. Kelis kartus giliai įkvėpkite. Įeikite. Iškvėpkite. Įkvėpkite. Iškvėpkite.

Jos kvėpavimo pratimai nutrūko.

„Ką man duosi mainais už savo širdies troškimą?"

Štai taip. Leiskite man tai valdyti.

„Aš, aš neturiu tau ką duoti, Tedi. Tik save."

Rimtai Ribe, prašau, užsičiaupk!

„Tik save? Tu nesijauti vertas?"

Ribi bandė kalbėti, bet žodžiai įstrigo gerklėje.

Jis nori daugiau, Rib, jis nori sekso.

Ribbis paraudo burokėlio raudonumo spalva.

„Oho, oho", - pasakė Tedis ir patapšnojo jai per ranką. „Atrodai labai susirūpinusi, o aš nenorėjau taves jaudinti. Aš esu senas vyras. Be meilės, be prisilietimų gyvenau siaubingai ilgai. Niekada negalėjau tikėtis, kad tu mylėsi tokį žmogų kaip aš. Net jei to trokštų tavo širdis".

„Aš, - tarė Ribbis.

„Šššš, leisk man baigti. Noriu, kad tu būtum mano gyvenime. Dėl draugijos. Draugystės. Jei mane įsimylėtum— jei galėtum mane mylėti, tai būtų mano širdies troškimas. Galbūt vieną dieną tu jį išpildysi".

Oho, tai buvo kreivas žodis. Atvirkštinė psichologija? Būkite atsargūs.

Dabar automobilyje tvyrojo tyla ir du itin nepatogiai besijaučiantys keleiviai. Ribbis išgėrė dar kelis gurkšnius vandens, o anglas patikrino savo telefoną.

„Ar ištekėsi už manęs?" - išpyškino jis.

OMG, tas antrasis krivūlės smūgis buvo toks tolimas, kad likau be žodžių, Ribi.

Aš irgi, turiu omeny, ką turėjau atsakyti. Noriu bibliotekos, bet jo nemyliu.

Mes jauni ir energingi. Jis gerai, taip toli už kalno, kad jau beveik nusileido į kitą pusę. Palauk, dabar...

O ne, tu galvoji ne tai, ką, mano manymu, galvoji?

Priemonė tikslui pasiekti. Jis nori, kad būtum jo draugas, kad valdytum jo biblioteką. Jis prašo ne sekso, o draugystės ir meilės. Taip? Taigi, jei tu išpildai jo širdies troškimą, o jis išpildo tavo, tai kur čia žala?

Tai kam tada siūlyti santuoką? Net aš žinau, kad tai nebūtų teisėta santuoka, jei ji nebūtų sudaryta. Vien mintis apie mane ir jį...

Žinau, žinau.

Tedis užsiėmė savo telefonu.

Ribbis ir Andžela aptarė iškilusius klausimus.

Jis vėl barbeno pirštais. Taip erzina! Dabar jis spragteli rašikliu - spragteli, spragteli, spragteli, spragteli.

Jis laukia atsakymo.

Nežinau, kaip galiu sutikti. Nurodyk nors vieną priežastį, kodėl turėčiau sutikti. Kaip galiu pasakyti taip?

Paprasta. Vienas žodis: biblioteka. Dar du žodžiai: Vyr. bibliotekininkė.

Tačiau koks vyriausiasis bibliotekininkas? Neturiu nei darbuotojų, nei bendradarbių, nei lankytojų.

Bet jūs būsite knygų viršininkas.

Jūs nepadedate.

Aš stengiuosi!

Žinau, bet jam mūsų santykiai tėra verslo sandoris. Būsime vyras ir žmona, bet tik vardu. Noriu vyro, kurį galėčiau mylėti ir kuris mylėtų mane mainais. Tai yra įsikūrimas.

Susitarimas? Tai vadinate įsikūrimu? Tau trisdešimt penkeri, o trisdešimt šešeri jau už kampo. Neturite jokių perspektyvų, jokios ateities. Tai suteiks jums ateitį. Tedis gali atverti pasaulį tau, mums. Meilė nėra viskas, kas tik gali būti. Jei nesutiksi, gailėsiesi dėl to visą likusį gyvenimą.

Ribbis žvilgtelėjo Tedžio link.

Pasakyk ką nors. Bet ką.

„Man tiesiog reikia laiko, Tedi, pagalvoti apie tai".

Tedis žvelgė į tolį.

Netrukus, bet nepakankamai greitai, vairuotojas sustojo prie šaligatvio priešais Martos namus.

Tamsoje ant galinės sėdynės Ribbis suspaudė ir atleido kumščius. Greitas judesys, atsivėrimas ir užsivėrimas privertė ją apsispręsti. „Tedi, esu tikra, kad galime susitarti tinkamai".

Tedis apglėbė ją rankomis, švytėdamas šypsena. „O, ačiū, kad padarėte mane laimingiausiu seneliu pasaulyje".

Puikiai padirbėjai, Ribe! Bravo! Dirbk su juo. Padirbėk su juo. Atminkite, kad mes čia viską kontroliuojame.

Ribbio balsas sudrebėjo, bet jai pavyko šiek tiek nusišypsoti išsivaduojant iš jo glėbio. „Turėsi man duoti kelias dienas, kad galėčiau surišti nesutvarkytus reikalus".

„Galiu tavęs palaukti, Andžela, bet prašau, neversk manęs laukti per ilgai. Dėl tavęs jau laukiau visą gyvenimą, - pasakė Tedis bučiuodamas jai ranką.

O, Dieve, jis įsimylėjęs!

Jie apsikeitė bučiniais į skruostą.

Vairuotojas atidarė Ribbio dureles, ir jis laikė ją, kol ji žengė ant šaligatvio.

„Paskambinsiu tau po dvidešimt keturių valandų, - pasakė Tedis.

Ribbis linktelėjo galva. Už jos verandoje Marta sušuko: „Ar tai tu, Ribby? O, labas, Tedis." Ji mostelėjo ranka.

Tedis pamojavo atgal, kai vairuotojas uždarė dureles ir grįžo prie automobilio priekio. Jie išvažiavo.

„Taip, mama, tai aš."

„Grįžai greičiau, nei maniau, kad grįši. Įeik į vidų ir viską man papasakok".

Ribby suklupo ant verandos laiptų.

SKYRIUS 28

Ribbis pasisveikino su Skampu, paplekšnojo jam per galvą ir visi trys nuėjo į virtuvę.

„Ribby, atsisėsk. Turiu tau milijoną klausimų. Kaip sekėsi?" Marta burbtelėjo, neleisdama Ribbiui ištarti nė žodžio. „Puodelis, taip, padarysiu tau puodelį kavos, o tada... Mano, tu atrodai išvargęs."

„Mama, taip, esu pavargusi. Tai buvo ilga kelionė. Ponas anglakalbis Tedis yra įdomus."

„Aš maniau, kad jūs abu sutarsite. Ar jis uždavė klausimą?"

Ji žinojo, kad jis ketina užduoti klausimą? Ji žinojo? Ką?

„Tu žinojai, kad jis ketina?"

Ar tai kažkokio plano dalis? O dabar, tai labai neramina.

„Jis myli biblioteką ir neleistų jos valdyti bet kam."

Cha, cha, cha, oi, ji turi omenyje biblioteką. Mano BĖDA.

„Žinoma, kad ne. Jis labai dosnus, kad pasiūlė man šią galimybę".

„Ponas anglakalbis įsitikino - dar prieš susitikdamas su tavimi - kad tu esi ta vienintelė".

Ką tai turėtų reikšti? Ar grįžtame prie generalinio plano koncepcijos?

Ribbis sulaikė įniršį. „Tu žinojai?"

Brangiausia mamytė vėl nusileido žemiau nei žemai.

„Dabar, Ribi, nesikarščiuok. Jis norėjo gero. Jis norėjo būti tikras. Turėdamas tiek pinigų, jis turi būti nepaprastai atsargus".

Ribi sėdėjo tyliai, maišydama kavos puodelį.

Marta atsistojo ir užsiėmė tvarkymusi. Ji pažvelgė į Ribbį. „Esi išsekęs, ar norėtum, kad paleisčiau tau vonią?"

Užleisti tau vonią? Gerai, nusiimk kaukę. Kas ši moteris?

„Būtų malonu."

Vėliau vonioje Ribbis užmigo ir sapnavo.

Ji plūduriavo, visiškai nuoga, rausvo burbulo viduje anglofono bibliotekoje.

Anglofonas pasirodė. Jis žingsniavo aplink, raudonu veidu ir suspaustais kumščiais, o jo šoferis laikė jį šešėlyje.

Anglofonas tarė: - Noriu, kad tos naujos knygos tuoj pat pakeistų senąsias. Padėkite jas akių lygyje, kad mano mergaitė galėtų jas rasti".

„Tai neįeina į mano pareigų aprašymą", - atsakė vairuotojas, tada nusisuko.

Anglafonas sugriebė jį už rankos, patraukė žemyn ir trenkė į skruostą. Nors pliaukštelėjimas buvo stiprus, vairuotojas buvo jam pasiruošęs ir net nesudrebėjo.

„Tavo darbas yra toks, kokį aš tau pasakysiu, berniuk!"

„Pone anglakalbj, žinoma, padarysiu viską, ko tik jūs norėsite, dėl jos ir tik dėl jos. Aš esu jūsų ir galite su manimi elgtis, kaip norite, - tarė vairuotojas.

Anglofonas paleido jo ranką. Vairuotojas ištiesino nugarą.

Kokią įtaką jam turi Anglofonas?

Tai sapnas. Mes sapnuojame. Atsibusk, Ribbi! Atsibusk!

Šššš, tai įdomu. Pabandyk priartinti knygas, kurias jis nori, kad pamatytume.

Bandau, bet... velnias.

„Aš dosnus tau, Stivenai, ir dosnus jai. Daug iš tavęs neprašau. Aš esu senas žmogus. Esu tavo darbdavys. Ateityje nebūk įžūlus".

„Atsiprašau, - pasakė Stivenas ir nusilenkė iki pat grindų su skrybėle rankoje. „Galiu jus patikinti, kad tai daugiau nepasikartos. Tikiuosi, kad tai užims didžiąją dienos dalį".

„Labai gerai. Tada pradėkite iš naujo pildyti knygas. Praneškite Tibblesui, kai baigsite užduotį".

„Ką man daryti su senomis knygomis?" paklausė Stivenas.

„Gale yra tuščių dėžių. Kol kas jas saugok, - pasakė Tedis. „Jos nieko nereiškia. Ateityje galime jas atiduoti. Kol kas padėkite jas atokiau".

Tedis išėjo.

Stivenas toliau dirbo. Jis žvilgtelėjo per petį, kur savo įsivaizduojamame burbule nuoga sėdėjo Ribby.

„Stivenai, - sušnabždėjo ji.

Tai vienas keistas sapnas.

Tedis jam tikrai sunkiai sekasi.

Taip, jis tikisi tobulumo.

Tai ką jis daro su manimi?

„Atsibusk, Ribbi!"

Ribbio burbulas sprogo, kai į kambarį įėjo Marta.

„Aš jau seniai beldžiuosi".

„Atsiprašau, mama, užmigau."

„Gerai. Vadinasi, tu atsipalaiduoji. Štai ką nors gurkštelėk".

Ribbis paslėpė didžiąją dalį savęs po burbuliukais.

„Nėra taip, kad nebūčiau viso to mačiusi anksčiau, dukrele". Marta nusijuokė.

Ribbis susiraukė, tada ištiesė ranką prie šampano taurės. Marta atsisėdo ant vonios krašto.

„Už tave, - pasakė Marta, kai jos spragtelėjo taurėmis.

Tai labai keista. Ši moteris negali būti tavo mama. Ji tave lepina, tarsi žinotų, kad senis uždavė klausimą ir ji ketina persikelti gyventi pas jus abu.

Muilo purslai lašėjo ant Ribbio rankos ir ant stiklinės kotelio. „Mama, kaip susipažinote su ponu anglakalbiu?" - "Mamai, kaip susipažinote su ponu anglakalbiu?

„Aš jau tau apie tai pasakiau, ar ne?"

„Nemanau, kad taip. Jei ir papasakojai, tai neprisimenu."

„Na, mes vakarieniavome, ir įėjo Anglofonas", - prisiminė Marta. „Jis buvo labai triukšmingas ir reiklus personalui ir atrodė esąs kažkoks svarbus. Mums buvo smalsu, kas galėjo sukelti tokią sceną. Kai pirmą kartą jį pamačiau, jis man pasirodė pažįstamas.

Pagalvojome, kad tai politinis veikėjas arba kad jį matėme per televiziją. Jis atrodė susijaudinęs ir įžeidinėjo savo limuzino vairuotoją, kuris važiavo jam iš paskos. Visi žiūrėjo į jį.“

„Ar jis pastebėjo?“ Ribbis paklausė. „Turiu omenyje, kad visi restorane žiūrėjo į jį?“

„Iš pradžių jis visiškai nekreipė dėmesio į kitus lankytojus. Supratęs, kad kelia sceną, jis atsiprašė mūsų, o ne savo darbuotojo. Tada jis visiems nupirko šampano“.

Jis skamba kaip chuliganas.

Sutinku. „Ir tai buvo viskas?“ Ribbis paklausė.

„Ne, ne, mano mergaite. Po to paprašėme jo prisijungti prie mūsų, ir jis sutiko. Jis vaišino, o mes valgėme ir valgėme. Tai buvo nuostabus vakaras. Jis pakvietė mus pasilikti pas ponią Pomfrere į svečius. Štai kodėl mes pratęsėme savo atostogas, nes tai mums nieko nekainavo“.

„Bet kaip tada aš įsitraukiau į pokalbį?“

„Per vakarienę, nežinau, apie ką kalbėjomės, bet papasakojau jam apie jus. Apie tavo darbą bibliotekoje ir savanorystę su vaikais ligoninėje. Tedis buvo gerai suintriguotas. Jis norėjo su jumis susitikti. Jis užsiminė apie savo biblioteką. Sakė, kad ji uždaryta, kol ras tinkamą žmogų jai vadovauti. Jis klausinėjo apie jus“.

Papasakokite mums daugiau apie persekiotoją Tedį.

„Jis labai kukliai apie visa tai kalba, matydamas, kad jau žinojo apie mane“.

„Žinoti apie žmogų nėra tas pats, kas jį pažinti, dukra“.

„Taip, bet panašu, kad jis jau apsisprendė".

„Nežinau."

„Jis, Tedis, tikrai paprašė manęs vadovauti jo bibliotekai Ma, bet buvo ir kitų sąlygų. Komplikacijos."

„Tokių komplikacijų?"

„Tokios kaip tai, kad turiu mesti darbą. Persikelti į kitą vietą. Turiu palikti vaikus."

„Juos perims kas nors kitas. Vieną kartą gyvenime turi būti savanaudis."

Ribbis šiek tiek atsipalaidavo ir dar kartą gurkštelėjo šampano.

„Iš to, ką mačiau apie poną anglofoną, jis buvo labai dosnus. Ne pinigingas."

Įdomu, ar ji žino apie hipoteką.

Ne mano reikalas jai apie tai pasakoti.

„Tiesa." Ribbis susiraukė. „Man reikia daugiau pagalvoti apie tą ma ir ištrūkti iš čia, kol mano kūnas nepavirto slyva".

Marta atsistojo ir paėmė Ribbio šampano taurę. „Dukra, tikriausiai daugiau niekada neturėsi tokios progos. Žinau, kad ne visada buvau geriausia motina. Žinau, kad priimsi teisingą sprendimą."

„Ačiū, - tarė Ribbis. Uždariusi duris ji išlipo iš vonios, nusišluostė ir apsivilko naktinius marškinius.

Tai buvo absoliučiai ir visiškai „užčiaupk mane šaukštu" motinos ir dukters laikas.

Mama labai stengėsi palaikyti.

Taip, ji tikrai buvo. Jos akyse mačiau dolerio ženklus. Bet pakeiskime temą. Aptarkime tą keistą sapną.

Taip, mano sapne jo vardas buvo Stivenas.

Visada maniau, kad jis man primena Stepheną Moyerį iš „Tikro kraujo".

Nemačiau to serialo, bet žinau, ką turite omenyje.

Vis dėlto buvo keista, anglakalbiai keičia knygas naujomis. Aš to nesuprantu.

Išeiti su senais ir ateiti su naujais. Tai dvigubas tikslas. Naujos knygos su nauju bibliotekininku. Man tai visiškai logiška.

Tai labiau priminė nuojautą.

Ribbis nusijuokė. Nesu toks protingas, kad turėčiau nuojautų.

Bet aš esu.

Tu esi toks juokingas.

SKYRIUS 29

Išaušus skubiam rytui, nes užmigo, Ribby atvyko į darbą ir nuėjo į pastatą.

Iš karto pasirodė plakatas su užrašu: „Sveikiname RIBBY!" atkreipė jos dėmesį.

Ro-ro. Atrodo, kad kažkas išleido katę iš maišo.

Kas? Ma? Aš... aš... aš....

Šūksnių ir plojimų lavina.

Oi ne, turiu iš čia dingti!

Ne, nereikia. Tam jau per vėlu. Jie tave mato. Šypsokitės!

Ribby nusišypsojo, kai aplink susibūrė jos kolegos darbuotojai.

„Taip ir reikia, Ribby!"

„Mes žinojome, kad tu gali tai padaryti!"

„Mes be galo tavimi didžiuojamės! Vyriausioji bibliotekininkė! Vau!"

Skelbimų lentoje buvo toks užrašas:

„Sveikiname mūsų pačių Ribby Balustradą!

E. P. Anglofono privačios bibliotekos vyriausiąjį bibliotekininką.

Pasirašė ponia P. Wilkinson, vyriausioji bibliotekininkė“.

Ribbis netikėdamas pasitrynė akis. Vėl jas atvėrusi, ji sumurmėjo sau po nosimi. Kaip jis galėjo eiti į priekį ir tai paskelbti, prieš tai jos nepaklausęs? Ji sugniaužė kumščius, nes skruostuose kilo karštis. Ji nebekontroliavo savo gyvenimo, savo likimo. Ji nuėjo už prekystalio ir nuleido galvą ant stalo.

Atsipeikėk, Ribe. Tu gadini jiems džiaugsmą. Jie taip tavimi didžiuojasi, o tai tavo paskutinė diena čia. Priimk tai į savo vėžes. Laikyk galvą aukštai iškėlusi.

Bet jis juk pažadėjo! Jis sakė, kad galiu skirti laiko. Dabar tai mano paskutinė diena. MANO PASKUTINĖ DIENA!

Kas padaryta, tas padaryta. Galėsi jam apie tai papasakoti vėliau. Kol kas mėgaukitės šia akimirka. Būkite įkvėpimu.

Ponia Vilkinson priėjo prie rašomojo stalo. „Pirmiausia noriu padėkoti, kad mane pavadavote, kai buvau ligoninėje. Antra, labai tavimi didžiuojuosi, Ribbi! Kai man paskambino ponas anglakalbis, turiu omenyje Teodorą anglakalbį , aš taip tavimi didžiavausi. Aš verkiau. Tikrai verkiau. Tu man visada buvai kaip dukra“.

„Ačiū, ponia Vilkinson.“

„Turiu omenyje, toks galingas žmogus. Kad jis tave, tavo amžiaus, pasirinko vyriausiąja bibliotekininke. Jūs einate į kitas vietas.“

„Jūs jau girdėjote apie poną anglakalbį?“

„Asmeniškai jo nepažįstu, bet žinau apie jį. Be to, apie jo bibliotekos architektūrą buvo rašyta keliuose žurnaluose. Kaip ir jo namai.“

„Taip, biblioteka gana graži, kaip ir jo namai, bet apie žurnalus nežinojau“.

„Jūsų garbei rengiame pietus. Pilnas maitinimas, ačiū ponui anglofonui, kuris primygtinai reikalavo padengti visas išlaidas.“

„O, jis taip ir padarė, ar ne?“ Ribbis pasakė.

Tas gudrus senas elgeta.

„O kol kas, - tęsė ji, - pasimėgaukite savo paskutine diena“.

„Ačiū, ponia Vilkinson.“

Ribbis žvilgtelėjo į savo bendradarbius, kurie grįžo prie savo darbų. Susidomėjusi ji prisijungė prie kompiuterio ir *suvedė į „Google“* Teodorą Anglofoną.

Labiausiai ieškomas elementas buvo straipsnis vietiniame laikraštyje. Antraštė buvo tokia: „Žurnalistas: „Įtartina mirtis vietos bibliotekoje“.

Ką?

Ribbis skaitė toliau.

Mirė vyriausiasis bibliotekininkas?

Štai kodėl jis ją uždarė. Panašu, kad moteris buvo pamišusi.

O, Tedis rado jos kūną. Jam turėjo būti baisu.

Ne, pažvelk čia. Rašoma, kad jis iškvietė policiją, bet žurnalistai atvyko pirmieji.

Žurnalistai visada atvyksta pirmieji. O, jie turi moters nuotraukų. Ji atrodo beprotiškai. Kur jos drabužiai? Ir atrodo, kad ji spjauna į žurnalistus.

Daugelis norėtų spjauti į žurnalistus.

Sutinku, bet pažvelkite į jos akis. Ji atrodo beviltiškai. Išsigandusi.

Isteriška. Sako, kad Tedis po to uždarė biblioteką, prisiekė, kad daugiau niekada jos neatidarys.

Iki šiol. Man reikia iš čia išeiti pakvėpuoti grynu oru, kol dar neprasidėjo šie pietūs. Ji priėjo prie ponios Vilkinson ir paprašė leidimo eiti.

„Na, vargu ar dabar galiu tave atleisti, ar ne?" riktelėjo ponia Vilkinson. „Juk tai tavo paskutinė diena!"

„Taip, o, tiesa, - tarė Ribbis. Jai einant pro šalį, džiūgavo daugiau sveikintojų. Išėjusi į lauką, ji išsitraukė iš rankinės cigaretę ir užsidegė.

Galbūt mes šiek tiek paskubėjome.

Šiek tiek!

Ribbis laiku grįžo į biblioteką prieš pietus. Švediško stalo patiekalų buvo daugiau nei pakankamai visiems. Visi vaišinosi, bendravo ir šnekučiavosi.

Ponia Vilkinson ėmė dainuoti „Juk ji - linksmas geras vaikinas". Ribbio skruostai tapo karšti. Ponia Wilkinson pasakė trumpą kalbą, tada įteikė Ribbiui dovaną.

„Atidarykite ją! Atidaryk!" - dainavo jos kolegos.

Ji atplėšė paketą. Tai buvo mobilusis telefonas.

„Jau pridėjome visus savo kontaktinius duomenis, kad galėtume palaikyti ryšį", - pasakė ponia Vilkinson.

Tarsi mes norėtume palaikyti ryšį su šia partija!

„Ačiū, labai ačiū, - pasakė Ribbis.

„Kalba! Kalba!" - šaukė jie.

Ribbis buvo neįpratęs kalbėti viešai ir sumurmėjo kelis nesuderintus sakinius.

Man darosi verklempt.

Ji sakė, kad visų jų pasiilgs.

Tu tai padarei, Ribi. O dabar eikime iš čia.

Jie paplojo plojimais. Ponia Vilkinson atkreipė visų dėmesį pravėrusi gerklę. „Duodu Ribiui likusią dienos dalį laisvą! Ačiū, Ribbi, už ilgametę puikią tarnybą Toronto bibliotekoje. Prašau, palaikykite ryšį".

Darbuotojai sudarė eiseną.

Tarsi per vestuves.

Arba laidotuvės.

Lauke prie šaligatvio laukė limuzinas.

Ribbis suspaudė kumščius.

Vau, giliai įkvėpk.

Vairuotojas išlipo.

Stivenas.

Jis kilstelėjo skrybėlę, tada ėmė atidarinėti galines dureles. Viduje laukė Tedis su didžiule šypsena veide. Jis patapšnojo sėdynę, ragindamas Ribbį įlipti.

Prieš ką nors sakydamas, pirmiausia įlipk ir atvėsink.

Teisingai. Ji atkišo kumščius. Atsisėdo ir užsisegė saugos diržą. Ji giliai įkvėpė. „Labas, Tedis."

„Uždaryk duris, Stivene!" Tedis sušuko.

Stivenas. Jo vardas tikrai yra Stephenas.

Kažkas panašaus į „Saulėlydžio zoną", ar ne?

„Pirmyn, - įsakė anglakalbis. Užtvara pakilo ir vairuotojas nuvažiavo toliau.

„Tikiuosi, kad turėjai malonią dieną, Andžela".

„Buvo gana keista, - pasakė Ribbis. „Galų gale tai buvo paskutinė mano diena." Ji giliai įkvėpė. „Nežinojau, kad ketinate pranešti poniai Vilkinson apie mūsų susitarimą. Norėjau pati atsistatydinti. Tai buvo svarbus dalykas, kurį turėjau padaryti." Jos skruostai paraudo, o balsas drebėjo, nes ji stengėsi išlaikyti ramybę.

„Kodėl turėtum daryti tai, ką aš galiu padaryti už tave?" Tedis sušnabždėjo. Jis uždėjo ranką jai ant kojos.

Šį kartą dėl jo ketinimų nekilo jokių abejonių. Jis paliko ją ten. Ji jos nenuėmė.

„Žinau, kad šie žmonės Bibliotekoje ne visada buvo tau geri. Žinau, kad jie naudojosi tavimi ir tavęs nevertino. Noriu, kad juos paliktum. Noriu, kad jie žinotų, jog esi geresnė už juos. Tu laimėsi, o jie pralaimės."

Ką? Mes žinojome, kad jis mus stebi, bet tai... ekstremalu...

Tiesa. Įdomu, ką dar jis žino?

Ribbis giliai įkvėpė.

„Žinau apie tave daug, labai daug dalykų. Apie pasaulį, - prisipažino Tedis. „Šnipinėjančių kvailysčių yra dešimtys. Jie netinkami laižyti tau batus. Jei kas nors tave nuskriaudė, nurodyk juos man, ir aš su jais susidorosiu".

Ir samdomas žudikas! Riba, tai visiškai pakrypsta beprotiška linkme.

Ribbis įsikibo nagais į durų rankeną. Ji ją paleido. „Ne, ne, tokių nėra. Gyvenu gana paprastą gyvenimą. Dirbu, einu į ligoninę, grįžtu namo ir apskritai neturiu didelio socialinio gyvenimo."

Išlaikykite ramybę. Išlaikykite ramybę.

„Taip ir bus." Jis pakėlė ranką atvirais delnais, tarsi ketindamas jai pliaukštelėti. Ji stebėjo, kaip jis pakelia ranką ir kaip vėl ją nuleidžia prie šono. „Kai būsime kartu, pasaulis lenksis tau, visi tave mylės ir norės tau patikti.“

Karalienės arba princesės apibūdinimas.

Jis pažvelgė Ribiui į akis. Jos skrandis suvirpėjo. Ji jį pabučiavo.

Ak, dievaži, Rib... wtf?

„Atsiprašau, - pasakė Ribbis, pasibjaurėdamas jos veiksmais. Tai tavo kaltė. Mačiau save kaip karalienę ar princesę.

Aš irgi, bet mes buvome užsidarę dramblio kaulo bokšte.

„Tai buvo gražus gestas, - pasakė Tedis. „Ir dar geresnis, nes tau pačiai kilo noras tai padaryti ir tu juo pasekei. Taip, matau, kad būsime laimingi kartu. Grįžk dabar su manimi. Ateik į mūsų namus. Šiandien pradėkime savo gyvenimą kartu“.

„Palauk, Tedi, palauk. Man dar reikia sutvarkyti kai kuriuos dalykus.“

„Šį vakarą pavakarieniaukime kartu. Švęskime!“

„Aš esu išsekusi, Teddy, ir noriu praleisti šiek tiek laiko su vaikais ligoninėje. Man reikia atsisveikinti ir suvesti kai kuriuos nesutvarkytus reikalus“.

Tedis sekundę pažvelgė į šalį, kai ji padarė pauzę.

Jis žino.

Galbūt, bet aš jį pabučiavau.

Taip, tikrai taip. Kodėl?

Tiesą sakant, nežinau.

Keista.

„Taip, matau, kad tai privalai daryti. Bet mane traukia prie tavęs. Noriu būti šalia tavęs. Noriu, kad būtume kartu. Leisk man parsivežti tave namo, Andžela, - maldavo Tedis.

„Tiesą sakant, vertinu pasiūlymą, bet mieliau važiuosiu autobusu".

Ji palietė jo rankos nugarėlę.

„Kur norėtum, kad tave išlaipintume?"

„Gerai, kad čia."

Stephenas sustabdė automobilį. Jam dar nespėjus išlipti ir atidaryti durelių, Ribbis jas atidarė ir išlipo.

„Iki pasimatymo", - pasakė Tedis, pūsdamas bučinį jos link ir nenutraukdamas akių kontakto.

Ribbis pasijuto pagavusi jį ir pridėjusi pirštus prie savo lūpų.

Blek, Ribi. Tu nueini gerokai per toli.

Atrodė, lyg būčiau apsėsta ar kažkas panašaus.

Tai buvo „Oskaro" apdovanojimą pelnęs pasirodymas. Turiu omenyje, kad kai ką esu pasakęs ir kai ką padaręs, bet tu, Ribi, tu esi geriausias.

Įkąsk man!

SKYRIUS 30

Grįžusi namo Ribby išgirdo verkiančią motiną.

„Kas atsitiko, mama?"

„Tai tavo teta Tizzy. Ji mirė."

„Netikiu."

Gera vaidyba, Ribbi.

„Taip, pats negalėjau patikėti, bet jie rado jos kūną. Ji buvo „Attics-R-Us" furgone su vienu iš mano bičiulių."

„Aha."

„Jis buvo keistas žmogus, - pasakė Marta.

Galite tai pakartoti.

„Tai siaubinga. Vargšė teta Tizzy."

„Ką tik grįžau atpažinusi jos kūną. Jie dabar skambina jos vyrui ir dukrai. Jie neturėtų jos matyti, jei tik gali išsisukti. Jie turėtų ją prisiminti, kokia ji buvo. Ne tokią, kokią aš ją mačiau. Visa išsipūtusi ir...." Ji nuėjo prie baro ir įsipylė sau šlakelį tyro viskio. Išgėrė.

„Kaip, kaip tai atsitiko?"

Ribby, tai dar vienas „Oskaro" apdovanojimą pelnęs spektaklis. Tvirtai. Išlaikykite stabilų balsą.

„Jie mano, kad ji nuvažiavo nuo uolos jo furgonu po to, kai jį subadė peiliu, nes jam nugaroje buvo durtinė žaizda. Mane iškvietė teismo medicinos ekspertai, jie sakė, kad ji buvo išprievartauta".

„Išprievartauta? Dieve mano, kaip baisu."

„Palaukite minutėlę. Prisimeni tą peilį, kurį radau aną dieną? Kur tas peilis? Jis gali būti žmogžudystės įrankis. Ką mes su juo padarėme?" - sukrėtė ji Ribbį. Paskui ji sustojo ir išbalo labiau nei išblyško. „O pone anglakalbis... o, šis skandalas gali jums viską sugriauti!"

„Ką jis su tuo turi bendro?"

„Turiu omenyje, apie mane. Apie mano džentelmenus skambintojus. Jei tai išaiškės, tai sugriaus jūsų šansus".

Ribbis stipriai paplekšnojo Mortai per petį.

Dar kartą. Dar kartą.

„Tu turi susitvarkyti, mama. Visa tai nesusiję nei su tavimi, nei su mumis, ir ponas anglakalbis dėl nieko iš to nesijaudins. Be to, skandalai jam nėra svetimi".

„Tu žinai?" Marta paklausė.

„Taip, žinau apie buvusį bibliotekininką, kuris mirė Anglofono bibliotekoje. Visa tai skamba labai keistai".

„Vyrai, - tarė Marta. „Vyrai gali papasakoti, o jų žmonos gali papasakoti, ir visi sužinos, kad tavo motina yra paleistuvė".

„O, prašau, mama, nustok blaškytis. Tu man kvaršinai galvą."

„Pažadėk man ką nors, Ribby. Pažadėk, kad paskambinsi Tedžiui ir pasakysi, jog nori prie jo prisijungti dabar. Išvažiuok iš čia ir iš miesto. Kol dar nekilo skandalas."

„Bet, mama, anglakalbė valda yra netoli miesto. Tedis tai sužinotų. Aš ką tik jį palikau. Turiu nesutvarkytų galų, kuriuos turiu surišti. Dar nesu pasiruošusi išvykti."

„Neeeeeeee!" Marta sušuko. „Tu turi išeiti iš šių namų DABAR!" Marta užbėgo laiptais į viršų ir ėmė krauti Ribbio daiktus į lagaminą.

Ribbis nusekė paskui ją.

Ji kraustosi iš proto, Ribe.

Aš matau. Ji žlunga.

Marta toliau pakavo, lankstydama ir sukdama savo rankų darbo daiktus. Pati sau murmėjo: „Aš tave gelbėju. Tu esi viskas, kas svarbu."

Ribbis, nežinodamas, ką daryti, sušuko: „STOP!"

Marta stovėjo nejudėdama kaip elnias, patekęs į žibintų šviesą.

Ribbis paaiškino. „Ponas anglakalbis padovanojo man spintą, pilną nuostabių naujų drabužių". Ji griebė krepšį, kurį pasiėmė su savimi į ligoninės pasirodymus, ir persimetė jį per petį.

Tau to neprireiks!

Gal prireiks, o gal ir neprireiks, bet aš jo čia nepaliksiu.

„Aha, suprantu, - pasakė Marta, išpakuodama daiktus. „Paskambink jam atgal. Jis negali būti toli. Dukra, jei kada nors mane mylėsi. Jei kada nors galėjai man atleisti ir padaryti tai dėl savęs, padaryk tai DABAR!"

Manau, kad turėtum, Ribe.

Sutinku. Kai manęs nebebus, ji susitvarkys.

Tokios būsenos, kokios ji dabar yra, aš nežinau.

Ji turi tai padaryti.

Ribbis paskambino Tedžiui.

„Žinoma, aš netoli. Atvažiuosiu tavęs pasiimti.“

Marta ir Ribbis apsikabino.

Limuzinui nuvažiavus, Marta stebėjo dukrą tol, kol nebegalėjo jos matyti. Ji uždarė priekines duris ir puolė ant kelių. Sekundę ar dvi ji taip ir liko, nugara atsirėmusi į duris.

Prieš akis prabėgo Martos gyvenimas, viskas, ką ji padarė gero, ir viskas, ką padarė blogo. Blogų dalykų buvo daugiau nei gerų. Tik Ribbis pateko į pastarąją skiltį. Ji prisiminė seserį, kai prieš daugelį metų jos buvo artimos. Seserį, su kuria ji barėsi dėl nieko. Seserį, kurios ji daugiau niekada nebepamatys.

Jos mintys nuklydo į rastą peilį. Kaip klastingai apie jį kalbėjo jos dukra ir kaip ji net juokavo, kad Tizzy juo ką nors nužudys. Keista. Jau nekalbant apie tai, kaip miglotai dukra kalbėjo apie sesers sugrįžimą. Visa tai buvo gana keista. Kažkas buvo ne taip. Jai buvo įdomu, kur dabar yra peilis. Jos dukra su tuo susijusi, tuo neabejojo.

Ji įsivaizdavo, kas galėjo nutikti. Karlas Vileris galėjo pasirodyti. Ar Tizzy atidarė žaliuzes? Jei jos atsidarė netyčia, Karlas būtų įėjęs kaip kviestinis svečias. Ir tada ji sudejavo. Ji atsisėdo, galvodama apie tai, kas galėjo nutikti. Kaip galėjo įeiti jos dukra... ką ji galėjo pamatyti...

Ji užbėgo laiptais į Ribbio kambarį. Dukra slėpė daiktus spintoje, tai darė nuo mažens. Marta rado peilį, suvyniotą į rankšluostį. Ir ne tik peilį, bet ir kruvinus dukters drabužius.

Ji išnešė peilį į lauką ir kartu su kruvinais drabužiais užkasė jį po pašiūrės grindimis.

Grįžo į vidų ir įsipylė sau dar vieno viskio. Šį kartą didelio. Suskambėjo telefonas, bet ji neatsiliepė. Ji tiesiog sėdėjo, gurkšnojo ir gurkšnojo, kol jis pats suskambo.

SKYRIUS 31

Kelionė į Tedžio namus buvo rami. Periferiniu žvilgsniu ji pastebėjo, kad Tedis užmigo. Pati negalėdama užmigti, ji nusprendė paskambinti Martai.

Ji skambino kelis kartus, tačiau niekas neatsiliepė. „Pakelk, mama, pakelk. Aš žinau, kad esi ten.“

„O, ką?“ Tedis išsigandęs prabilo.

„Atsiprašau, kad tave pažadinau, Tedi. Bandau paskambinti mamai“.

„O, kaip tada Marta?“

„Neatsiliepia“, - pasakė Ribby ir įsidėjo telefoną atgal į rankinę.

„Nesvarbu, - pasakė Tedis, patapšnodamas Ribbį per šlaunį. „Galėsi jai paskambinti ryte. Ar gali man pasakyti, Andžela, apie ką galvojai?“

„Kada?“ Ribbis paklausė.

„Prieš užmigdamas, - pastebėjo Tedis. „Atrodė, kad kažkur giliai pasiklydai savo mintyse.“

Ribbis ėmė kažką sakyti, bet Tedis jį pertraukė: — „Angela, tai ne tavo kritika, bet kai esame kartu, norėčiau tikėtis, kad galvoji tik apie mane. Apie mus.“

Dabar jis nori kontroliuoti tavo mintis.

Nemanau, kad jis turi omenyje būtent tai.

„Kadangi buvau maža mergaitė, mama turėjo mane auginti viena“.

„Aš tai žinau, Angela. Marta man pasakojo. Ji sakė, kad dažnai būdavo bloga motina. Ir vis dėlto tu dėl jos nerimauji. Kaip keista.“ Jis paėmė jos ranką į savo.

Išimkite smuikus.

Jis vėl užsnūdo laikydamas jos ranką.

Gerai, kad daugiau miego laiko!

SKYRIUS 32

Kitą rytą prie Martos namų kilo neramumai. Pasigirdo garsinis signalas. Padangų cypimas. Blykčiojo fotoaparatai. Garsūs balsai.

Marta pakėlė žaliuzių kampą. Tai buvo chaosas. Viena moteris nešė užrašą: „Pasitrauk iš mūsų rajono, tu, kurva!"

„Štai ji!" - šaukė kažkas, o fotoaparatai spragsėjo ir blykčiojo.

„Ji namie!"

Marta nuėjo į virtuvę ir pasidarė arbatos. Jai gurkšnojant, Skampas prisėdo pakankamai arti, kad ji galėtų jį paglostyti.

Ji paskambino Džonui Makgro ir paliko žinutę. „Tai aš. Šiandien pas mane neateik. Kelias ateinančias savaites nesirodyk. Žurnalistai, šunsnukiai, lenda visur. Nenoriu, kad būtum įpainiotas. Paskambink man, kai galėsi..." Žinutės laikas baigėsi pyptelėjimu. Marta padėjo telefoną atgal į vietą, tikėdamasi, kad jis išgirs žinutę anksčiau nei žmona.

Ji atsisėdo, peržvelgė televizijos kanalus, kol pasigirdo beldimas į duris.

„Marta, tai aš, Sofija".

Pro rakto skylutę ji išvydo kaimynę, ponią Engle.

„Atsitraukite, grifai!" Sofija sušuko iškėlusi kumščius į viršų. „Ši moteris yra savo namų privatume. SHOO! Jūs, žemgrobiai! Eikite paskui greitosios pagalbos automobilį ar dar ką nors!"

Marta atidarė duris. Vienas reporteris sušuko: „Kodėl tas ‚Attics-R-Us' vyrukas taip dažnai čia būdavo? Jie rado jo paskyrimų knygelę, jis lankėsi pas jus kas savaitę".

„Be komentarų", - pasakė Marta, uždarydama duris už kaimyno.

Ponia Engle įlindo į vidų. „Vau! Man reikia puodelio arbatos, Marta, mano drauge".

„Jūs tikrai nusipelnėte. Ką tik pasidariau sau. Ir ačiū, Sofija."

„Nieko tokio. Girdėjau apie tavo vargšę seserį. Tie vipai turėtų palikti tave gedėti, užuot kėlę triukšmą dėl daiktų ir nesąmonių".

„Spėju, kad šiandien lėta naujienų diena", - pasakė Marta, pilstydama kavą ir siūlydama Sofijai cukraus ir pieno.

Sofija abiem mostelėjo ranka. „Kur Ribbis?"

„Ji išvyko. Ačiū Dievui. Ji turi naują darbą už miesto."

„Gerai Ribbiui. Tuo tarpu esu tikras, kad kitas įvykis nukreips jų dėmesį nuo tavęs. Tie grifai galėtų pasimokyti gerų manierų!"

„Tikrai galėtų, - tarė Marta.

Sofija surinko pagalbos numerį.

Marta nusišypsojo, kai Sofija pradėjo kalbėti.

„Taip, ar tai policija?" Ji padarė pauzę. „Na, jums visiems geriau eiti čia, nes kitaip turėsiu paimti įstatymą į savo rankas. Mhmmmm. Žurnalistai visur. Tramdo mano rožes. Trikdo ramybę. Nežinau, kaip jie drįsta. Gerai, taip, Sofija Engle, Midaso alėja 44. Esu įstrigusi gretimame name, 42 Midas Lane, gerai. Padarysiu. Gerai. Ačiū, pone. Iki pasimatymo. Garbė Viešpačiui!"

Marta ir Sofija laukė, kol atvyks policija.

Dabar, kai su ja kažkas buvo, tai neatrodė taip blogai.

SKYRIUS 33

B uvo jau vidurnaktis, kai limuzinas privažiavo prie anglofonų rūmų. Nebuvo visiškai tamsu, o pro langus sklido lengvas kažko panašaus į žvakę švytėjimas.

Namas atvėrė savo rankas ir Ribbis įžengė į vidų, o paskui ją į vidų įžengė ir Stivenas, nešinas rankine.

Tedis sustojo prie durų, kur stovėjo jo tarnas.

Tarnas padėjo šeimininkui nusivilkti paltą.

Kai jis pažvelgė į Ribbį, jai per nugarą perbėgo šaltis. Jis nusišypsojo, nedraugiška šypsena. Šypsena, vis dar primenanti žmogų, kuris čiulpė citrinas.

Tai turėjo būti jo įprasta būsena.

Jo sučiauptas lūpas pakeitė dantyta šypsena, kai anglas atsigręžė į jį.

„Tai tavo naujieji namai, Andžela. Sveiki atvykę!" Tedis tarė švytėdamas. „Stivenai, numesk krepšį ir gali eiti. Automobilį reikia išvalyti, tiek iš vidaus, tiek iš išorės".

„Taip, pone", - tarė Stivenas.

Stivenas nusilenkė iš pradžių Tedžiui, paskui Ribbiui ir išėjo.

„Tai mano tarnas Tiblis. Su juo susipažinote aną dieną. Jis atsakingas už namų tvarkymą. Tibblesai, ponia Angela. Tikiu, kad viskas tvarkoje?"

„Taip, pone, viskas paruošta jūsų jaunosios damos atvykimui." Jis paėmė Ribbio krepšį ir nuėjo.

Nežinodamas, ką daryti, Ribbis žvilgtelėjo į Tedį, kad šis patartų.

„Tai buvo ilga diena, ir aš noriu pasitraukti, mano brangioji", - pasakė Tedis ir pabučiavo jai ranką. „TIBBLĖS!" - sušuko jis. „Prašom palydėti ponią Angelą į jos kambarį."

Tibblesas laukė laiptų viršuje su Ribbio krepšiu.

Ribbis užlipo laiptais link Tibbleso: „Ar tu neateini į viršų?"

Tedis liko stovėti laiptų apačioje tarsi Retas Butleris, stebintis Skarletę O'Harą.

„Mano kajutės yra pirmame aukšte. Labos nakties, mano angele. Gerai miegok."

Kai anglakalbis pasišalino iš klausos, Tibblesas krūptelėjo. „Sekite paskui mane, - tarė jis, vesdamas ją koridoriumi. Už keleto durų jis pravėrė duris ir paliepė Ribbiui įeiti į vidų. Jis sekė paskui ją ir laukė nurodymų.

Ribbis apžiūrėjo savo naująsias patalpas. Jos naujuosius namus. Gėlės užpildė kiekvieną laisvą vietą. Rožės. Jų buvo šimtai. Viskas kambaryje buvo rausva, gražu ir gražu.

„Tikiu, kad tai tenkina, - tarė Tibblesas. Jis numetė maišelį ant grindų.

„Taip, o Dieve mano, taip." Ji pasisuko ir apvertė vazą su pumpurais, kuri sudužo ant grindų. Ji puolė ant kelių ir ėmė rinkti gabalus, visą laiką atsiprašinėdama.

„Aš tai surinksiu, - tarė Tiblas, pastūmęs ją į šalį ir iš striukės vidaus išsitraukęs nedidelę šluotą ir semtuvėlį. „Jei daugiau nieko nėra, panele Angela, gal galėčiau pasitraukti vakarui?"

„O taip, ačiū ir, labai ačiū. Už viską."

Tiblis nusilenkė ir beveik nusišypsojo.

Galbūt jis turi dujų.

Ribbis nusijuokė.

Išeidamas Tiblis uždarė duris.

Jam išėjus, Ribbis atidarė duris, kurios, kaip ji tikėjosi, vedė į vonios kambarį. Tai buvo drabužinė. Ji atidarė kitas duris; tai buvo tualeto kambarys, bet ne tualetas. Kur tada buvo vonios kambarys?

„Tibbles?" Ribbis sušuko, bet jis jau buvo išėjęs. Spėju, kad teks palaukti iki ryto.

Ar nėra varpelio ar ko nors, kuo galėtum paskambinti, kad vėl jį iškviestum?

Nematau.

Kai tapsi dvaro karaliene, tau tokį įtaisys.

Taip, tai bus mano prioritetų sąrašo viršuje.

Ribbis susigrūdo į savo naktinius marškinius. Ji įjungė elektrinę antklodę ir iš visų jėgų stengėsi nesijausti kaip princesė, kuriai reikia pasišlapinti.

Vidury nakties Ribby pabudo nuo skausmų visuose šonuose. Ji turėjo keltis ir eiti į tualetą, ir kuo greičiau, tuo geriau. Atsisėdusi ant meškos kailio kilimo šalia lovos, ji susiraukė ir ieškojo apsiausto. Ji rado vieną, pritvirtintą prie kabliuko spintoje. Jis tiko. Tedis vėlgi žinojo moteriškus dydžius.

Jis apie viską pagalvoja.

Taip, išskyrus tai, kad pasakytų, kur yra tualetas!

Tai turėjo padaryti pūkinis Tibblesas.

Ribbis atidarė duris ir žvilgtelėjo į koridorių, ieškodamas vonios kambario. Kiekvienas jos žingsnis buvo skausmingas.

Tą žmogų reikėtų atleisti.

Ne, tai mano kaltė — turėjau paklausti.

Ribbis nuėjo į koridoriaus galą. Ji pradėjo atidarinėti duris. Pirmosios durys buvo svečių kambarys. Antrosios durys buvo berniuko kambarys, visas mėlynos spalvos.

Kas per...?

Gal jis turi sūnų? Ir paliko savo kambarį tokį, koks buvo, kai išsikraustė?

Taip, kai kurie tėvai daro šventoves savo vaikams.

Prie trečių durų Ribbis pirštais apglėbė rankeną.

„Ar galiu jums padėti?"

Ribbis atsisukęs pamatė Tiblį, ranką ant klubo užsidėjusį naktinius marškinius, kepuraitę ir nešiną žvake. Jis atrodė tarsi Čarlzo Dikenso romano personažas.

„Ech, atsiprašau, kad trukdau, bet man reikia į tualetą. Nežinau, kur jis yra."

Tiblis išbalo. „Sekite paskui mane." Jis nusivedė ją atgal koridoriumi, pro jos pačios duris ir, dviem durimis žemiau, į dešinę, į tualetą. „Ar šį vakarą bus dar kas nors, panele?"

„Ne, ne, Tibbles. Labai ačiū, - pasakė Ribbis, kai ji įbėgo į vidų ir nuėjo link tualeto. Dar niekada anksčiau nesijautė taip gerai šlapindamasi, ir ji pastebėjo, kad akustika kambaryje buvo labai garsi. Jai kilo noras kažką pasakyti ir pažiūrėti, ar aidas atsilieps, bet ji nusprendė to nedaryti.

Vis dėlto Andžela neatsispyrė ir pradėjo dainuoti Madonos dainos „Like A Virgin" refreną. *Ši akustika nuostabi!*

Baigusi praustis, ji apsižvalgė po vonios kambarį.

Oho, rankšluosčiai su išsiuvinėtu užrašu „Angela".

Kaip jis galėjo tai sutvarkyti?

Tarnas tikriausiai siuva.

Jis atrodo labai...

Tvirtas? Skubus?

Taip, ir taip.

Anglakalbis tikrai apie viską galvoja, turiu omenyje, baisiai.

Taip, jis yra susimąstęs.

Aš turėjau omenyje ne tai. Nesvarbu.

Ribbis grįžo į savo kambarį ir vėl užmigo.

Andželai darėsi nuobodu nuo Ribbio požiūrio į viską. Jai norėjosi šiek tiek jaudulio; ji pasiilgo klubų ir viso to, kas su jais susiję.

Andžela susimąstė apie Stiveną. Ar jis buvo vienišas? Ar jam patiko linksmintis?

Vis dėlto ji nenorėjo sugadinti koncerto su senuku.

Kai ateis tinkamas laikas, visa tai bus mano!

Išgirskite grėsmingą juoką!

SKYRIUS 34

Kitą rytą Ribbi atmerkė akis išgirdusi, kad kažkas beldžiasi į jos duris. Jai nespėjus atsiliepti - tai priminė déjà vu - asmuo vėl pasibeldė.

„„Netrukus išeisiu", - pasakė ji, atmetusi antklodę, išsitempė ir užsimerkė.

„Meistras anglofonas laukia jūsų, panele. Jis nemėgsta, kai jo tenka laukti. Prašau paskubėti."

„Pasistengsiu, - tarė Ribbis, tada moteris nuėjo. Ribbis nusiprausė, susirišo plaukus ir sutvarkė veidą suspausdama skruostus. Grįžusi į savo kambarį, iš spintos pasiėmė pirmą po ranka pasitaikiusį daiktą. Tai buvo zomšinis kelnių kostiumas, kuris jai puikiai tiko. Ji nusileido laiptais žemyn.

„Labas rytas, Tedi, - tarė Ribbis, kai Tiblis vedė į valgomąjį.

„Pagaliau!" - po nosimi sumurmėjo palydovė.

Tiblis žvilgtelėjo į ją beveik iššokusiomis iš galvos akimis, paskui į Anglofoną. Įsitikinęs, kad Anglofonas jos neišgirdo, ją atleido.

„Taip, na, gerai, Andžela, prisėskite ir pasimėgaukite pirmaisiais iš daugelio pusryčių, kuriais šiuose namuose dalinsimės kaip pora. Ar gerai išsimiegojai? Kaip suprantu, Tibblesas tau padėjo antrą valandą nakties?" Tedis pliaukštelėjo rankomis. Darbuotojai pradėjo patiekti.

„Taip, - ištarė Ribbis ir išraudo. Ji žvilgtelėjo į Tibblį. Jis pažvelgė į savo batus.

„Tibblesui pareikštas papeikimas už pareigų nevykdymą. Tai daugiau nepasikartos."

„Atsiprašau, panele Andžela, - tarė Tibblesas, žemai nusilenkdamas Tedžiui, o paskui Andželai.

„Tai nebuvo jo kaltė. Turėjau paklausti."

„Užtikrinu tave, kad visada kaltas pagalbininkas. Kai esi darbdavys, tau niekada nereikėtų prašyti".

Ribbis susitelkė į savo maistą. Padavėja priėjo prie jos ir pasiūlė į avižinę košę įpilti grietinėlės. Ribbis jai padėkojo. „Nemanau, kad mes susitikome?" - "Ne. Ribbis kreipėsi į padavėją, kuri atsitraukė ir prisidengė veidą. Ribbis pažvelgė Tedžio link. Jo viršutinė lūpa sudrebėjo. Ji suprato, kad suklydo.

„Ponia Haberdash, ar galėčiau jus supažindinti su ponia Angela, - sarkastišku tonu pasakė Tedis. „O dabar palikite mus ramiai valgyti pusryčius. Nenoriu, kad jūs visi čia šlitinėtumėte. Tai blogai virškinimui!"

„Pone?" Tiblis paklausė.

„Taip, turiu omenyje ir jus. Pranešiu jums, jei ko nors prireiks".

„Taip, pone anglakalbis, pone."

Viskas čia taip oficialu, kad man šiurpas ima.

Taip. Jie atrodo išsigandę.

Tedis vadovauja griežtai.

Tibblesas baisesnis.

Anglofonas turi jiems gerai mokėti.

Ribbis pakėlė akis, supratęs, kad kalbėjo Tedis.

„...Nebijok teikti pasiūlymų ateičiai, kad biblioteka taptų sava".

„Tedi, prieš ką nors sakydamas, noriu tau padėkoti".

Tedis nusišypsojo ir išpūtė krūtinę.

„Tu, mano angele, esi viskas ir dar daugiau. Noriu atiduoti tau tai, kas man priklauso. Viską, ko tik panorėsi, aš tau duosiu. Tau tereikia paprašyti."

Ribbis atsistojo ir pabučiavo Tedį į viršugalvį. Ji jį apkabino. Jis paragino ją atsisėsti ant savo kelio. Jie bučiavosi. Žiūrėjo vienas kitam į akis.

Eikite į kambarį! Juk tarnai gali grįžti bet kurią minutę!

Tedis atsistojo ir uždėjo rankas ant Ribbio skruostų. Jis žiūrėjo jai į akis, o ji - jam. Jis nusivedė ją už rankos.

Visiškas bliovimas čia.

Koridoriumi, į pačią įėjimo širdį, laiptais į viršų.

Atsipeikėk, Ribe! Dar per anksti išsivaduoti.

Jokio atsakymo.

Ribi, ar tu manęs klausaisi? Jis tave užhipnotizavo — arba jis tave valdo. Ribby! Klausykis manęs. Grįžk prie manęs!

Andžela bandė perimti kontrolę. Nusigręžti. Jai tereikėjo nutraukti ryšį, bet ji negalėjo to padaryti.

Ji vėl ir vėl šaukė Ribbio vardą.

Vis dar jokio atsakymo.

SKYRIUS 35

Laikraščių antraštės skelbė: „Tarp mūsų - viešnamis". Marta paėmė ant slenksčio stovintį laikraštį ir išmetė tiesiai į šiukšliadėžę.

Vėl jį išsitraukė ir, priešingai nei ji manė, perskaitė straipsnį. „62 metų Marta Balustrada valdė viešnamį netoli miesto centro. (Nuotrauka 3 puslapyje).

Marta atsivertė nuotrauką. Ji nustebo. Jie panaudojo jos vestuvinę nuotrauką. Ji jautėsi išduota. Per skruostą jai nuriedėjo ašara, kai ji suplėšė popierių į mažus gabalėlius.

Marta jautė kiekvieną tuščiavidurės erdvės centimetrą, tarsi jos namai nebebūtų jos namai. Ji nuėmė telefono ragelį ir atsisakė įsijungti televizorių, bijodama, kas apie ją bus kalbama. Ji troško, kad niekada nebūtų lipusi iš lovos, bet jai reikėjo užlipti į palėpę.

Ji užlipo kopėčiomis. Toli kampe, palaidota po antklodėmis, voratinkliais ir įvairia atributika, stovėjo pakabinama spyna užrakinta komoda, kurioje buvo asmeniniai dokumentai.

Marta ėmė vieną po kito traukti iš skrynios popierius, kartkartėmis sustodama paskaityti. Štai jis. Ji atvertė knygą ir išskleidė joje esantį dokumentą: Ribbio gimimo liudijimą. Ji uždarė knygą ir ją apvertė. Kelias sekundes žiūrėjo į kitoje pusėje esantį atvaizdą. Ji vėl sulankstė dokumentą, įdėjo jį atgal į knygą ir pridėjo prie „išmetamų" dokumentų krūvelės.

Sutemus Marta nulipo žemyn, nešdamasi kiek galėjo. Vėl pakilusi į viršų, ji vėl pripildė rankas, stengdamasi išlaikyti dvi atskiras krūveles. Po kelių kelionių laiptais aukštyn ir žemyn ji su savimi turėjo visus dokumentus. Ji ketino atidžiau perskaityti „saugoti" krūvelę išgėrusi viskio ar du. Kitą krūvelę ketino sunaikinti.

Ji padėjo „sunaikinti" krūvą ant sofos prie židinio, o „saugoti" - kitame gale.

Ant išmestos krūvos viršaus gulėjo knyga, kurioje buvo Ribbio gimimo liudijimas. Ji trumpai žvilgtelėjo į jį. Į tuščią vietą, kur turėjo būti Ribbio tėvo vardas.

Marta priėjo prie židinio ir padegė rąstus. Įmetė Ribbio gimimo liudijimą ir atidarė dūmtraukį. Vėjas tuoj pat švilptelėjo žemyn, priversdamas popierius ant sofos virpėti ir drebėti. Ji pakėlė knygą ir įmetė ją į ugnį. Stebėjo, kaip ji užsidega, tada įmetė į likusią „atliekų" krūvą.

Kai laužas užgeso, Marta stebėjo kylančią saulę, besileidžiančią virš kalvų. Žalia veja kontrastavo su purpurine raudona saulėtekio spalva. Jos akys nukrypo į nedidelį šešėlį, mestą priešais duris. Ji nieko nematė ir svarstė, kas tai.

Ji priėjo prie durų ir žvilgtelėjo pro akutę. Ji buvo įsitikinusi, kad tai kažkoks butelis. Pieno? Ne, pienininkas šioje apylinkėje nesirodė jau dešimtmetį ar daugiau. Galiausiai smalsumas ją nugalėjo ir ji atidarė duris. Tai buvo putojančio vyno butelis su užrašu: „Tostas už tave, visa mano meile".

Jis turėjo būti nuo Džono. Jis tikriausiai užsuko, kai ji buvo palėpėje. Ji pakėlė telefono ragelį, norėdama jam padėkoti, bet sulaukė tik jo atsakiklio. Šį kartą ji pakabino ragelį nepalikusi žinutės.

Marta įsipylė stiklinę, tuo pat metu išgerdama kelias miego tabletes. Ji toliau gėrė vyną ir tabletes, kol abu buteliai ištuštėjo. Tada grįžo prie „Jack Daniels" ir jį išlenkė.

Ji tai užmigdavo, tai užmigdavo.

Židinyje įsižiebusi kibirkštis susijungė su „laikyti" krūvos kraštu. Netrukus krūva užsidegė. Tada ir sofa.

Marta miegojo toliau.

Ponia Engel iškvietė ugniagesius.

Marta pasirūpino, kad krūvos būtų atskiros. Galiausiai abi atsidūrė toje pačioje vietoje.

SKYRIUS 36

Tedis vedė Andželą koridoriumi.

Ribby, ką tu darai? Dar per anksti. Ar tu miegi? Atsibusk! Atsibusk!

Tedis nustojo eiti ir pravėrė duris.

Dabar jau ne to tikėjausi.

Nei aš!

Pagaliau tu išsikraustei iš proto! Tu mane tikrai privertei sunerimti.

Kodėl? Kas nutiko? Ką praleidau?

Negirdėjai, kad tave šaukiau?

Ne, bet girdėjau vandenyną.

Jis turbūt kažką tau padarė.

Nemanau.

Ji suklupo, tikėdamasi išvysti prabangų buduarą, o iš tiesų tai, kas buvo priešais ją, nieko panašaus nebuvo. Savo namuose jis buvo sukūręs tikslią bibliotekos kopiją.

„Tai tau, - pasakė Tedis, bučiuodamas Ribbio ranką. Jis stovėjo ir žiūrėjo, kaip ji viską suvokia. „Tai tavo šventovė, tavo ypatinga vieta, Andžela, ir niekas, išskyrus tave, neturės rakto. Ateik čia, kad nutildytum savo mintis. Pabėgti nuo pasaulio. Nuo manęs, jei nori. Ateik čia rašyti, piešti, tapyti, ko tik širdis geidžia. Ateik čia dažnai. Susipažink su kiekviena knyga, perskaityk viską, nes aš jau visas jas perskaičiau, ir mes turėsime apie ką pasikalbėti. Vieną dieną mes keliausime ir pamatysime visas vietas, apie kurias skaitei šiose knygose. Noriu tau viską parodyti.“

Ribbis puolė prie jo ir pabučiavo. Dar niekas niekada nebuvo jai toks rūpestingas, toks nuostabus.

Sulėtink tempą, Ribby. Sulėtink!

Jis paėmė jos veidą į rankas ir aistringai pabučiavo.

Ribbio keliai susmuko.

Tiblis pravėrė gerklę. „Atsiprašau, pone.“

Ačiū Dievui už Tibblį! Ribbis išėjo iš pastato. Atsipeikėk, Ribi.

„Kas yra?“ Tedis tupėdamas koja ištarė.

„Labai svarbus reikalas, pone“. Tiblio balsas sudrebėjo. Jis laikė nuleidęs akis į grindis.

„Ne dabar, Tibblesai. Laikyk jį po skrybėle, seneli, netrukus išeisiu.“ Tedis paglostė Ribbio nugarą.

„Bet, pone...“

„Tada labai gerai, - sušuko Tedis, nuleisdamas rankas prie šonų ir palikdamas Ribbį stovėti vieną.

Apžiūrinėdama knygas savo bibliotekoje, Ribby jautėsi karšta, saugi ir laiminga. Ji suspaudė save, norėdama įsitikinti, ar nesapnuoja.

Nesuprantu. Kam čia tiksli kitos bibliotekos kopija?

Tai labai apgalvota, nemanai?

Manau, tai reiškia, kad jis nori, jog būtum čia, o ne ten.

Negaliu čia būti vyriausiąja bibliotekininke. Čia nėra lankytojų. Ji susiraukė.

Taip, visa tai neturi jokios prasmės.

Kitoje bibliotekoje ji turėjo gerą nuojautą. Atrodo, kad čia šalta.

Ant sienos kabo termostatas, gal čia vėsiau, nes kai kurios knygos trapios, gal net senovinės? Pažvelk į tą lentyną ten. Įrišimai atrodo autentiški. Palaukite, ką tik supratau... Ar tai biblioteka iš sapno?

Netikėtas beldimas į duris privertė ją pašokti. Ji atsistojo ir atidariusi jas pamatė Tiblį rimtu veidu.

„Mano šeimininkas turėjo skubiai išvykti iš namų. Jis grįš tik rytoj. Esame jūsų paslaugoms." Jis žemai nusilenkė.

„Kol kas man viskas gerai, ačiū, Tibblesai." Ji uždarė duris ir grįžo prie skaitymo.

SKYRIUS 37

Kada paskutinį kartą ją matėte?" anglakalbis sušuko, kai Stephenas išvažiavo iš dvaro.

„Penktadienį. Buvau ten penktadienį. Ji buvo sutrikusi, bet niekada nemaniau, kad ji taip pasielgs!" Stivenas pasakė įrėmęs pirštus į vairą.

„Ji kvaila moteris", - pasakė Anglofonas, kai jo kumštis atsitrenkė į porankį.

Paskutinis dalykas, kurį Stivenas norėjo, buvo apskritai su juo kalbėtis. Bet jis neturėjo kito pasirinkimo, nes „Tedis" apmokėjo sąskaitas už ligoninę, kurioje gulėjo jo motina. Vieną dieną Anglofono bibliotekoje Stepheno motina pasikeitė visiems laikams. Ji beveik mirė. Dabar ji buvo tik motinos, kurią jis kadaise pažinojo, apvalkalas.

Važiuodamas Stephenas prisiminė, kaip motina jam pasakojo, kaip susipynė jos ir Tedžio ateitis. Nors į Anglofonų namus jis pateko būdamas kūdikis, su Stivenu niekada nebuvo elgiamasi kaip su šeima. Žinoma, jis turėjo gražų kambarį su viskuo, kas mėlyna, bet berniukui reikėjo daugiau.

Stivenas buvo vienišas vaikas. Vaikas, kuris ilgėjosi tėvo figūros. Anglofonas užsidarė nuo savo patėvio. Tiesą sakant, jis išeidavo iš kambario, kai tik Stephenas įeidavo. Stivenas jautėsi kaip dyglys vyrui ir nieko daugiau.

Važiuodamas vis arčiau psichiatrinės ligoninės jis nusibraukė ašarą nuo skruosto. Slaugytoja Bemerė jam pasakė, kad motina išgėrė buteliuką tablečių. Kai jis paklausė, iš kur ji jų gavo, jie nebuvo tikri. Tai buvo nesvarbu. Svarbu buvo tai, kad jo motina buvo be sąmonės. Jos skrandis pumpuojamas. Jos ateitis buvo kaip niekada neaiški. Ar ji gyvens, ar mirs?

„Kvaila moteris", - sumurmėjo anglas. „Kvaila, kvaila moteris."

✳✳✳

Steponui atidarius anglofonui duris, jis nubėgo į priekį. Jis norėjo surasti savo motiną; jam reikėjo ją rasti nedelsiant. Jis girdėjo, kaip Senasis Švinas šlubuoja jam iš paskos. Jis niekaip negalėjo suprasti, kaip motina galėjo jį įsimylėti. Bet dabar tam nebuvo tinkamas laikas.

Stivenas priėjo prie slaugytojos. „Mano motina? Kur ji yra? Kaip ji yra?"

„Jai pavojus negresia, bet nedaug trūko, pone Franklinai. 208 kambarys. Koridoriumi į kairę." Slaugytoja atleido skambutį.

Stivenas įėjo į vidų. Jis buvo pasiryžęs pasikalbėti su motina vienas. Jis pradėjo sprintą.

Anglofonas lipo jam iš paskos.

Jo motina gulėjo be sąmonės, apkabinta patalynės. Nuo jos krūtinės ir rankų driekėsi vamzdeliai ir laidai, vedantys prie daugybės aparatų.

Stivenas pabučiavo ją į kaktą, atsisėdo ir paėmė į savo rankas jos gležną ranką. Aparatai dūzgė ir pypsėjo.

„Ji atrodo gerai, turint omenyje", - iš už kairiojo Stiveno peties pasakė anglofonas.

„O dabar atsistok ir leisk seneliui užimti kėdę. Ir atnešk man puodelį kavos, - pridūrė jis, mesdamas Stivenui kelis banknotus. „Ir gėlių tavo motinai, gražių, į vazą".

Stivenas padarė, kaip jam buvo liepta.

Vienas dalykas, kurį padarė žmogus, tiek metų kasdien būdamas šalia anglakalbių, - jis išmoko laikyti liežuvį už dantų.

„Rosemary, ar girdi mane?" Tedis sušnabždėjo ant lovos gulinčiai moteriai. „Rosemary, tai Tedis."

Moteris nepasikeitė ir nejudėjo. Tedis prisiminė dieną, kai jie pirmą kartą susitiko. Ji buvo tokia gyvybinga, tokia gyva. Vos prieš kelias savaites ji šventė savo gimtadienį. Jis jai atsiuntė jos mėgstamų narcizų.

Laimei, Rosemary sakė, kad iš to laiko, kai įvyko nelaimingas atsitikimas, nelabai ką prisimena. Žinia apie jos mirtį pasiekė internetą. Žiniasklaidos chaoso metu Anglofonas liepė savo draugui, koroneriui, atsiųsti automobilį, kad ją nuvežtų. Toli į šią vietą, kur ji per tam tikrą laiką galėjo pasveikti.

„Dabar, šitaip, ji tikrai nėra gyva", - Tedis murmėjo sau, kai artėjo žingsniai. Stephenas grįžo. Tedis dar net nebuvo kalbėjęs su žmona. Juk taip, kadangi ji nebuvo mirusi   Tedis vis dar buvo vedęs vyras. Pusė visko, kas jam priklausė, priklausė nesąmoningai moteriai ir jo įpėdiniui.

„Kaip jai sekasi?" Stivenas atsiklaupė prie motinos lovos ir dar kartą paėmė jos ranką į savo.

„Ji kvėpuoja, bet ne savo noru. Pats laikas pasikalbėti apie tai, kad leistume jai išeiti ramybėje".

„Bet tu negali. Ji mano motina, ir aš tau to neleisiu".

„Kalbėk tyliau. Tu, įžūlus imbecile!" Tedis sušuko.

Rozmarija atmerkė akis. Ji pravėrė burną.

„Ji bando kalbėti!" Stepono skruostais riedėjo ašaros. „Mama, aš čia, tai Stephenas. Tavo sūnus Stephenas. Jei girdi mane, paspausk man ranką".

Jis laukė sulaikęs kvėpavimą, bet ji taip ir nepaspaudė jam rankos.

Vietoj to ji suspaudė Tedžio ranką.

SKYRIUS 38

Grįžęs į namus Ribbis jautėsi vienišas. Ji norėjo apsilankyti bibliotekoje, bet neturėjo rakto. Ji galvojo paklausti Tibbleso, ar jis kur nors turi kopiją, bet nusprendė to nedaryti.

Ribbis paėmė prieškambaryje stovintį telefoną ir ketino paskambinti Martai.

Iš niekur nieko pasirodė Tibblesas. „Ar galiu jums padėti, ponia?“

„Taip. Norėčiau paskambinti mamai ir, atrodo, pamiršau savo mobilųjį telefoną.“

„Įsikūrimo laikotarpiu negalima skambinti telefonu, panele“.

„Bet kodėl?“

Ar mes esame laikomi kalėjime?

„Vykdau savo šeimininko nurodymus. O dabar, jei dar nieko nėra...“

„Na, yra dar kažkas. Norėčiau gauti raktą nuo bibliotekos, esančios toliau, kad galėčiau nueiti ir dar kartą pasižiūrėti.“

„Nėra jokio rakto, kuriuo galėtumėte naudotis, ponia. Galite eiti pasivaikščioti arba naudotis namų patogumais, pavyzdžiui, savo asmenine biblioteka. SPA centras atpalaiduoja, jei norėtumėte, kad parodyčiau, kur jis yra".

„Ne, ačiū. Palauksiu, kol grįš Tedis, eee, ponas anglakalbis".

„Buvau atėjęs pas jus pasikalbėti dėl pono Anglofono. Jis buvo sulaikytas dar vienai dienai. Turiu nurodymą pasirūpinti, kad jaustumėtės kaip namie. Praneškite man, jei bus dar kas nors, ponia".

„Tokiu atveju einu pasivaikščioti. Kaip toli yra artimiausias kaimas?"

Tiblis priėjo arčiau Ribbio, pasilenkė ir sušnabždėjo. „Per toli eiti pėsčiomis, panele, ir bijau, kad automobilis ir vairuotojas yra pas poną anglakalbį. Ištyrinėkite sodo teritoriją, praneškite mums, kada norėtumėte papietauti". Jis nuėjo.

„Ačiū, - sumurmėjo Ribbis. Ji apsisuko ir kovojo su noru ką nors kibti. Vietoj to ji išėjo pro duris.

Aš pasiilgau mamos.

Mums vis tiek geriau be tos raganos! Pažiūrėk, kokioje vietoje gyvename, ir jei teisingai sužaisime kortomis, galime čia kažką nuveikti. Nors jis šiek tiek keistas, Tedis labai tave mėgsta. Viskas, ką tau reikia daryti, tai žaisti kartu, kol išsiaiškinsime, koks yra jo žaidimas.

Ką turite omenyje, jo žaidimas? Jis nori, kad būčiau jo kompanionas. Jis labai mielas. Galėčiau jį įsimylėti. Jei nustotum daryti insinuacijas. Kodėl esi toks įtarus?

Tai nuojauta. Tarsi jis jau būtų daręs tokius dalykus anksčiau.

Jis toks mielas ir švelnus.

Jis rūpinasi tavimi. Vis dėlto po to, kas nutiko prieš tai, kai jis parodė tau bibliotekos kopiją, žinai, kai buvai iš jo išėjusi? Būk budri. Sutramdyk jį. Priversk jį eiti lėtai. Priversk jį laukti. Spėliok.

Jo prisilietimas gana švelnus.

Po to, kai ji kurį laiką tyrinėjo, Ribbis pažvelgė į priekį, o ten nebuvo nieko, tik vanduo. Už jos - Tedžio namas. Paskui mylias ir mylias nieko.

Ji galvojo apie keletą idėjų, ką norėtų pristatyti bibliotekoje. Pavyzdžiui, vaikų klubą. Vietą, į kurią vaikai galėtų eiti šeštadienio rytą. Klausytis jiems skaitomų pasakų, žaisti žaidimus. Tai būtų saugi erdvė, kurioje tėvai galėtų pailsėti. Taip, tai buvo geriausia jos idėja! Ji taip pat norėjo pasikalbėti su Tedžiu apie tai, kad šis atnaujintų savo pasirodymus vietinėje ligoninėje. Ji pasiilgo visų savo vaikų ir norėjo sužinoti, kaip jiems sekasi. Jos gyvenimas taip pasikeitė, ir ji jautėsi šiek tiek prislėgta.

Tai tik pradžia, pagalvojo Ribby, kai bangų rūkas bučiavo jos veidą.

Į bulvarą įvažiavo automobilis ir pralėkė pro pat ją.

Įdomu, kas tai?

Tai buvo moteris.

Taip. Lankosi pas Tibblį, kai jo šefo nėra namie. Įdomu.

Gali būti, kad tai nieko tokio, bet vėlgi. Jei jis ką nors sumanė, Tedis norėtų apie tai žinoti.

Būtų smagu tai sužinoti.

Eime!

SKYRIUS 39

Prasidėjo pragaras. Stepheno mamai suspaudus Tedžio ranką, jis suspaudė ją atgal. Jis manė, kad tai daro nepastebimai, kol pacientas pasakė: „Teddy, liaukis, po velnių, tu mane skaudini!"

„Mama, o, mama, tu prabudai. Geriau tegul kas nors čia įeina." Jis paspaudė domofono mygtuką. „Sesele, sesele, ateikite į 208 kambarį! Prašau!" Stivenas nusišluostė ašaras ir pabučiavo mamą į abu skruostus.

„Nustok mane šluostyti, berniuk", - pasakė Stepheno mama, apžiūrinėdama jį. „Aš nežinau, kas tu esi. Tedis, pasakyk jam, kad jis eitų šalin, kad galėtume pabūti vieni. Išvesk jį iš čia!"

Jos neigimas perrėžė jį. „Bet, mama, tai aš, Stephenas, tavo sūnus". Jis palietė jos ranką, kažką į ją įmetė. „Tu man padovanojai šį Švento Kristoforo medalioną. Matai? Ant jo užrašytas tavo vardas, mama. Perskaityk jį."

Ji pažvelgė į papuošalą ir garsiai perskaitė: „Steponui su meile nuo mamos. Hmmfff. Na, aš tavęs neprisimenu. Ištrauk jį iš čia, Tedis!"

Stivenas išėjo kovodamas su noru kumščiais daužyti ligoninės sienas.

SKYRIUS 40

Ribbis nuskubėjo laiptais aukštyn.

Ji atidarė duris. Į akis krito didelis moters, vilkinčios ilgą, saulėgrąžų raštais margintą sijoną, užpakalis. Drabužis šluostėsi grindis, kai ji ėjo paskui Tiblį. Jos ansamblį papildė didelė skrybėlė su švarku ir nefritinė palaidinė ilgomis rankovėmis su plazdančiais rankogaliais. Nors ji stovėjo už Tibbleso, atrodė, kad vadovauja pokalbiui.

Eikime iš čia. Ji atrodo nuobodesnė už Tibblį.

Ne, Tedis liepė man jaustis kaip namie. Taigi, prisistatyti, jau nekalbant apie naujokų patikrinimą ir pasveikinimą, derėtų.

Tai Tibbleso darbas.

Ribbis nusprendė pertraukti; norėdama atkreipti jų dėmesį, ji sušuko: „Sveiki!".

Abu pasisuko jos link, Tibblesas kryžiumi, o moteris pravėrė burną, nes buvo įpusėjusi sakinį.

Ribbis nuskubėjo prie tos vietos, kur jie stovėjo žvilgčiodami. Ištiesusi ranką naujajam svečiui, ji tarė:
- Mano vardas Andžela. O jūs esate?"

Moteris užčiaupė burną ir pažvelgė Tiblio kryptimi.

„Ak, ponia Andžela. Jūs sugrįžote, - pasakė Tibblesas. „Tikiu, kad jums patiko pasivaikščioti?" Jis nelaukė atsakymo ir nebandė supažindinti abiejų moterų. „Pietūs patiekiami bibliotekoje. Esu gavęs griežtą pono Anglofono įsakymą pasirūpinti jo svečiais. Mėgaukitės pietumis. Jei jums ko nors prireiktų, praneškite mums."

Tibblesas, uždėjęs moteriai ranką ant nugaros, nusivedė ją koridoriumi į savo kabinetą. Durys užsitrenkė.

Hmpft! Jis toks valdingas visažinis.

Kodėl mes apskritai norėtume su ja leisti laiką? Ji atrodė taip, tarsi galėtų bet ką paversti akmeniu! Arba nudėti iki mirties.

Tikriausiai esi teisus.

Pažiūrėkime, kas yra pietų meniu.

Ji nuėjo į biblioteką. Pakėlusi sidabrinį dangtį, ji rado sumuštinį su omaru, apteptą majonezu. Šampano butelis buvo atšaldytas.

Ribby užkandžiavo ir valgydama apžiūrinėjo knygas. Vienas tomas patraukė jos dėmesį. „Burtai tamsiaisiais amžiais". Ribbis paėmė jį į rankas.

Oho, ar tai pajutai?

Tikrai pajutau. Ji, kvėpavo. Ribbis pavertė puslapius. Jame pilna juodosios magijos. Užkalbėjimai ir užkeikimai. Puslapiai labai trapūs. Dauguma paveikslėlių piešti ranka.

Manau, kad popierius pagamintas iš odos.

Ne iš žmogaus odos?

Negaliu tvirtai pasakyti, kad taip, bet tai įmanoma. Rašalas ant puslapių gali būti kraujas.

Žmogaus kraujas? Fuuuuu.

Manau, kad turėtumėte jį grąžinti atgal.

Esu matęs daug senų knygų, bet nė vienos tokios, kaip ši. Nuo jos dreba rankos. Be to, tai tik knyga. Kas galėtų pakenkti?

Man nuo jos bėga šiurpas.

SKYRIUS 41

„Aš esu čia dėl tavęs, mano brangioji Rože“, - sušnabždėjo Tedis, laikydamas ją už rankos.

„Užkniso nesąmones“, - pasakė Rozmarija. „Mano vaikinas yra už ausų.“

Tedis nusijuokė. „Ak, malonu, kad grįžai. Prašau tęsti.“

„Pirmiausia, Teddy, - pasakė Rosemary. Ji pasilenkė arčiau jo. „Aš noriu iš čia išeiti, šiandien, rytoj, netrukus. Aš įvykdžiau tavo norą dėl mūsų sūnaus. Leidau, kad mane apnuodytų narkotikais, panardintų, padarytų viską, išskyrus lobotomiją, kad mano sūnus būtų saugus ir sveikas, o dabar atėjo laikas. Stivenas jau vyras, ir jis turi žinoti, kas yra jo tėvas, ir kodėl mes jam to niekada nesakėme.“

„Rožė, mūsų susitarimas yra toks, kad sūnus gauna penkiasdešimt procentų visko. Su viena sąlyga. Sąlyga ta, kad jis niekada nesužinos, jog esu jo biologinis tėvas, - pasakė Tedis. Jo balsas baigėsi šiurkščiai, beveik kaip barnis. „Po incidento bibliotekoje tu sutikai išvykti. Leisti man ramiai gyventi toliau, jei tavo sūnus, mūsų sūnus, bus aprūpintas. Aš laikiausi savo susitarimo dalies, o tu... tu neturi kito pasirinkimo, kaip tik laikytis savo. Priešingu atveju mano pasiūlymas bus atšauktas. Tai numatyta mano testamente. Jei jis sužinos, jis nieko negaus. NIEKO!"

Iš kambario išėjo pro šalį einanti slaugytoja. „Šššššššš."

„Atsiprašau, - tarė Tedis.

Rozmarija sušnabždėjo: - Aš sutikau, bet negaliu gyventi čia, šioje ligoninėje... šiame kalėjime. Būti stebima dvidešimt keturias valandas per parą, septyniasdešimt septynias dienas, kaip gyvūnas narve. Noriu, kad mūsų sūnus gautų tai, ko nusipelnė, bet mane žudo kiekvienas kartas, kai sakau jam, kad nežinau, kas jis yra. Motinai skaudu matyti savo vaiką kenčiantį skausmą".

Anglofonas padavė jai savo nosinaitę.

Ji tęsė: „Tai vienintelis būdas, kaip galiu su tavimi pasikalbėti viena. Tęsti šią gudrybę, o aš nuo to pavargau. Noriu savo gyvenimo. Priešingu atveju palaidok mane čia ir dabar, kad jam nebereikėtų pas mane ateiti. Aš negaliu to pakęsti! Negaliu daugiau taip gyventi". Rozmarija pakėlė rankas, kad užsidengtų veidą.

„Vadinasi, todėl ir išgėrei tas tabletes, kad atsikratytum savęs! Gaila, kad tau nepavyko. Labai gaila."

„Taip, labai blogai. Būčiau buvusi laiminga daugiau niekada tavęs nematyti."

Anglakalbis atsistojo. „Dabar aš einu ir palieku tave čia". Jis atsuko nugarą buvusiai žmonai ir meilužei ir pasuko durų link.

„Jei dabar išeisi, aš jam pasakysiu. Aš jam *pasakysiu*."

„Ir priversi jį viską prarasti?" Jis grįžo prie jos lovos. „Tu jam nesakysi. Tu jau per daug paaukojai." Jis suabejojo, bakstelėdamas kaulėtu pirštu į smakrą. „Paprašysiu slaugytojos, kad kasdien išvestų tave pasivaikščioti, kad galėtum pakvėpuoti grynu oru, jei tai padės. Ir knygų. Galiu tau atsiųsti knygų. Sudarykite sąrašą. Mano biblioteka yra tavo biblioteka."

„Ačiū, Teddy. Ačiū. Taip, atsiųsk man naujausių romanų. Žurnalus. Spėliones. Net laikraščius. Mums čia neleidžia žiūrėti naujienų... Net nežinau, kokie dabar metai".

„Tai 2016-ieji. Mes čia laikysime tave ant grandinės, bet atlaisvinsime apykaklę. Pasirūpink, kad nesukeltum dar vienos scenos su bandymu nusižudyti. Aš laikysiuosi savo susitarimo dalies, jei tu laikysiesi savo. Kol kas labos nakties, mano Rože. Aš negrįšiu. Pasirūpinsiu, kad gautum viską, ko tau reikia, jei nusiųsi Tibblesui laišką su žyma „konfidencialu".

„Ačiū, Teddy. Ačiū, - ištarė Rozmarija. Besisukančios durys burbtelėjo Tedžiui išeinant, o po akimirkos sugrįžo ir Stivenas.

„Ar tau viskas gerai, mama?" Stephenas paklausė eidamas link jos lovos.

„Jaučiuosi šiek tiek geriau. Atsiprašau, kad tave taip išgąsdinau. Žinoma, aš tave pažįstu. Tu esi Stephenas, mano berniukas.“

„Jei tu manęs nepažintum, aš...“

„Dabar tylėk. Tai buvo narkotikų sukeltas apsileidimas. Aš vis dar sveikstu.“

„Taip. Dienos šviesoje viską matai kitaip?“

„Matau, Stivene, ir ketinu labiau stengtis pasveikti, kad galėčiau iš čia išeiti. Ketinu vėl pradėti skaityti. Galbūt net vėl rašysiu. Vieną dieną jie mane išleis iš čia. Tu galėsi parodyti man savo gyvenimą.“

„Kad pasveiktum, mama, tau reikia kalbėti apie tai, kas nutiko. Prieš visus tuos metus. Bibliotekoje.“

„Stivenas. Stephen. Stephen. Stephenas, - Rozmarija vis kartojo jo vardą. Stivenas ją purtė, bet ji dingo.

Stephenui vėliau buvo sunku susikaupti.

Jo mintyse kartojosi motinos kartojamas jo vardas. *Stephenas. Stephenas. Stephenas.* Dabar jis visada girdėdavo ją taip sakant. Kiekvieną vakarą. Kiekvieną dieną.

Ji šaukė jo vardą ir niekada nežinojo, kad jis bando atsiliepti.

SKYRIUS 42

Ribbis sėdėjo sukryžiavęs kojas ant bibliotekos grindų. Jos akį patraukė kita knyga: *Viskas, ką kada nors norėjote sužinoti apie juodąją magiją (bet bijojote paklausti)*. Ji nusijuokė iš pavadinimo ir silueto ant galinio viršelio.

Koks kvailys.

Įdomu, ką anglakalbė daro su šiomis keistomis knygomis?

Jis pasakė, kad tai mano biblioteka.

Taip, tai irgi keista. Kodėl jis jas įdėjo į savo biblioteką.

Čia daugybė knygų, juk jis negalėjo žinoti, kurios iš jų išsiskiria, kad man norėtųsi pažvelgti į vidų.

Tave iškart patraukė tos dvi. Beveik taip, tarsi jie būtų buvę apšviesti.

Ak, tu per daug sureikšmini. Tiesiog klausykitės:

Tu irgi gali tapti Šešėliavimo ekspertu. Viskas, ko tau reikia, tai atkakliai dirbti. Pirmiausia pasirinkite objektą, kuriam norite uždėti Šešėlį. Atkreipkite dėmesį: šešiaženkliai yra neigiami dalykai. Neuždėkite užkeikimo ant ko nors, ką mylite (nebent tai būtų meilės ir neapykantos santykiai arba jums būtų malonu matyti, kaip jums brangus žmogus kenčia.)

Pasirinkę savo objektą, pradėkite rinkti jo asmeninius artefaktus. Plaukus nuo šukų, šepečio ar pagalvės. Pirštų nagus. Kojų nagus. (Pastaba: prašome išmesti!) Žiedai. Laikrodžiai. Nebūkite dėl to akivaizdūs. Nepamirškite jų paslėpti saugioje vietoje.

Speciali pastaba: pasipraktikuokite prieš veidrodį, kaip atsakysite, kai paklaus: „Ar matei mano laikrodį?“. Ypač jei nesate itin geras melagis. Visada turėkite pasiruošę atsakymą. Alibi. Būkite pasirengę mesti apkalbas.

Ribbis pabandė įpilti dar vieną taurę šampano: butelis buvo tuščias.

Ji įkišo rodomąjį pirštą į tą puslapį, kuriame buvo palikusi. Namuose buvo tylu, beveik per daug tylu, kad jai patiktų. Ji nušliaužė laiptais kaip neklaužada vaikas ir visiškai apsirengusi įlipo į lovą.

Kokia lengvutė.

Atsibusk, Ribbi. Tai Stephenas. Atsibusk.“

Ribbis užsidengė, tikėdamasis rasti Stiveną, bet jo ten nebuvo.

Tai buvo sapnas. Gaila.

Jai svaigo galva. Prakaitas nuo kaktos bėgo ant knygos viršelio. Kybančiomis kojomis ji nunešė ją koridoriumi į vonios kambarį. Dėmė jau buvo susigėrusi. Ji ją ištrynė veido šluoste.

Ji išsitraukė džiovintuvą ir nusitaikė į drėgną vietą. Grįžusi į savo kambarį padėjo knygą ant naktinio stalelio, kad išdžiūtų.

Dabar, kai nebeturėjo į ką sutelkti dėmesio, pykinimas pakilo ir privertė ją svyruoti nuo šono ant šono. Ji giliai įkvėpė, bandydama kovoti su noru atsikvėpti, bet tai nepadėjo. Ji nubėgo į koridorių, vos spėjusi laiku. Išsiskalaudama burną ir išsivalydama dantis ji pasijuto šiek tiek geriau.

Kadangi galva vis dar svaigo, ji grįžo į savo kambarį. Ji įlipo atgal į lovą ir užsitraukė antklodę ant galvos.

SKYRIUS 43

Negalėdamas miegoti motelio numeryje, Anglofonas apsėstas galvojo apie Angelą. Jis turėjo daug darbo, o laikas bėgo. Pirmiausia jis turėjo pranešti pasauliui, kad ji yra jo naujoji bibliotekininkė ir būsima žmona. Ji jau buvo jo užburta, lengvai įtikinama, o jo poreikis jai kasdien augo.

Metų metus jis ieškojo tinkamos partnerės - žemės angelo. Jo Andžela atitiko šį reikalavimą. Jos nesavanaudiškumas dirbant su vaikais ligoninėje, jos naivus požiūris į vyrus. Jau nekalbant apie tai, kad ji, be jokios abejonės, buvo trisdešimt penkerių metų mergelė. Šiais laikais tai praktiškai negirdėta. Puiki kandidatė studijuoti jo naujai knygai. Ir vis dėlto, po jų vestuvių, po... jis svarstė, ar ji pasirodys esanti tokia pat, kaip ir visos kitos.

Jis įsijungė televizorių ir likusią nakties dalį praleido žiūrėdamas serialo „*Supernatural*" pakartojimus .

SKYRIUS 44

Kitą rytą suskambo Stepheno pypsėjimas. Jį kvietė ponas anglakalbis. Stivenas nekreipė dėmesio į vieną pyptelėjimą, bet paskui pasigirdo du ilgi pyptelėjimai ir galiausiai dar trys. Iš patirties jis žinojo, kad leisti Anglofonui laukti buvo neprotinga.

„Bičėėėėėėėėėėėėėėėėėėėėė". Ponas anglakalbis prarado kantrybę.

Stephenas krūptelėjo. Jis negalėjo sau leisti prarasti darbo kartu su visa kita.

„O, gerai", - sušuko Stivenas uždarydamas už savęs motelio duris. Jis užsuko už kampo ir pamatė, kad S. Anglofonas jo laukia prie limuzino.

„Pone, atsiprašau, kad privertėte laukti, pone", - tarė Stivenas.

„Paskubėkite, negalėjau užmigti šiame prakeiktame motelyje ir noriu grįžti namo miegoti savo lovoje. Ateikite dabar. Daugiau nieko negalime padaryti dėl jūsų motinos".

Stivenas atidarė anglofonui duris. Jis palaukė, kol šis užsisegė saugos diržą, tada grįžo į vairuotojo vietą. Jis užvedė automobilį ir nuvažiavo. Pažvelgė į

Anglofoną galinio vaizdo veidrodėlyje. „Prieš kelias akimirkas skambinau į ligoninę, atrodo, kad motinos būklė gerėja. Jie sakė, kad ji gerai išsimiegojo ir suvalgė pusryčius".

„Ji yra geriausiai prižiūrima", - pasakė Tedis.

„Ačiū, kad   "

„Nėra už ką, Stivenai."

SKYRIUS 45

Bėgo savaitės, kurios netrukus virto mėnesiais.

Anglakalbis didžiąją laiko dalį buvo išvykęs. Kai jiedu su Ribby būdavo kartu, ji prašydavo dalykų, kurie, jos manymu, padarytų jos egzistenciją visavertiškesnę.

„Norėčiau išmokti vairuoti", - prašydavo ji per vakarienę.

Anglas servetėle nusišluostydavo burnos kamputį. „Bet tu jau turi vairuotoją".

„Jis didžiąją laiko dalį būna su tavimi išvykęs", - sumurmėjo ji.

Neprašyk jo, pasakyk jam. Pasakyk, kad nuobodžiaujame iš nuobodulio. Pasakyk, kad mes...

„Leisk man pagalvoti apie tai, - atsakytų jis. Jis niekada to nedarė.

Dieną Ribbis daugiausia laiko praleisdavo bibliotekoje. Ji perstumdė daiktus, pertvarkė juos. Tačiau tai buvo tyli ir vieniša vieta. Būdama ten, ji jautėsi dar vienišesnė. Buvo per daug tylu, ir ji ilgėjosi raminančių vandens fontano garsų Toronte.

Ribbis daugiau nieko nekalbėjo apie mokymąsi vairuoti. Kitą kartą, kai jis sugrįš, ji turėjo kitų prašymų.

„Norėčiau užsisakyti keletą daiktų, skirtų bibliotekai. Turiu omenyje pagrindinę biblioteką", - prašydavo ji.

„Ko tik širdis geidžia", - atsakydavo anglakalbis.

„Nupirksiu kompiuterį, nešiojamąjį kompiuterį..."

„Nereikia. Galite naudotis kompiuteriu Tibbleso kabinete". Jis gurkštelėjo kavos. „TIBBLES!" Atėjo jo tarnas. „Leiskite poniai Angelai pasinaudoti jūsų kabinete esančiu kompiuteriu, kai tik ji norės užsisakyti daiktų bibliotekoms."

„Taip, pone", - atsakė Tiblsas. Jis pažvelgė į Ribbį, nusilenkė ir išėjo.

Kitą dieną Ribbis paprašė leisti pasinaudoti kompiuteriu ir buvo įvestas į Tibbleso kabinetą. Jis visą laiką stovėjo jai už nugaros, ir jai buvo sunku susikaupti, o ką jau kalbėti apie tai, kad būtų galima ką nors užsisakyti. Galiausiai ji atsisakė šios idėjos.

Kitą kartą per vakarienę: „Norėčiau užsisakyti automobilį, kad mane nuvežtų į Simcoe ligoninę ir galėčiau aplankyti sergančius vaikus".

„Tai tokia maža ligoninė, visai nepanaši į tai, prie ko esi pripratusi. Be to, jūs turite biblioteką, o jūsų pareigų padaugės, kai ruošiamės pradėti atidarymą", - atsakė anglakalbis.

Aš vis tiek nenorėjau ten eiti.

Liūdna, kai jo nebuvo, ir liūdna, kai grįžo. Jos naujasis gyvenimas buvo ne toks, koks jis atrodė.

SKYRIUS 46

Tąkart Tibblesas laukė lauke, kai grįžo anglakalbis.

Stephenui išėjus, anglakalbis bandė išeiti visiškai apsirengęs.

„Aš pilnas pupelių, Tibblesai“.

„Tikrai taip, bet kodėl?“

„O, reikalai gerėja. Papasakosiu tau vėliau“.

Tibblesas primygtinai reikalavo nusivilkti šeimininko drabužius. Jis juos pakeitė mėgstamiausia anglofono raudono atlaso pižama.

Šeimininkui įsitaisius po antklode, Tibblesas įjungė muzikinę dėžutę. Iš aparato pasigirdo *„ Lullaby“ ir „Goodnight“* choras.

Penki vėjai turėtų užtekti, pagalvojo jis.

Tibblesas pasiėmė Anglofono drabužius ir išėjo iš kambario. Jis pažvelgė į laikrodį. Jo šeimininko prašymu po kelių valandų turėjo pradėti dirbti nauja mergina. Jis grįžo į savo kambarį.

SKYRIUS 47

Ribbis krūptelėjo ir išsitempė. Virš jos ant lubų nesibaigiančiais ratais vaikščiojo į vaiduoklius panašios figūros. Ji smalsiai juos stebėjo.

Čia jautiesi kaip namie, atsipalaidavusi, bet privalai būti budri. Būk atsargi, nes Tedis nėra žavusis princas. Jis labiau panašus į žavųjį senelį.

Tai nemandagu, o tu esi paranojikė.

Ribbis nužvelgė jos pažastis ir nuėjo į dušą. Apsirengusi ir džiovindama plaukus, Ribby vėl pagalvojo apie Martą.

Kaip gali pasiilgti to seno maišo?

Kad ir kas nutiktų, ji vis tiek yra mano mama.

Tu per daug patikli! O kartais esi sentimentalus kvailys.

Jaučiu, kad turėčiau jai paskambinti. Ji buvo įsitikinusi, kad viskas atsitrenks į ventiliatorių.

Ji žino, kur tu esi; jei jai tavęs prireiks, ji paskambins.

Ribbis grįžo į kambarį ir pažvelgė pro langą. Šalia limuzino ji pastebėjo Stiveną.

Jos mintis nutraukė beldimas į duris. „Kas čia?"

„Ar šį rytą norite pusryčiauti savo kambaryje, panele?“

„Ar ponas anglakalbis vis dar išvykęs?“

„Jis grįžo, bet yra nedarbingas. Kadangi pietaujate viena, ar norėtumėte valgyti sode?“

Ribbis atidarė duris ir pamatė jauną merginą draugišku veidu. „Tai puiki idėja. Jūs naujokė, ar ne? Koks tavo vardas?“

„Taip, esu. Aš esu A-Abbey, ponia. Mano vardas Abbėja.“

„Na, Abbey, džiaugiuosi galėdama su jumis susipažinti, - Ribby padarė pauzę, nes išgirdo, kad kažkas artėja. Tai buvo Tibblesas.

„Ar galiu būti naudingas?“

„Ne, ačiū. Abbėja viską kontroliuoja.“

Tibblesas žvilgtelėjo Abbės link ir mergina sudrebėjo. Jis nusilenkė ir dingo už kampo.

„Tai mano pirmoji diena. Ačiū, ponia.“

„Už ką?“ Žebriukas šypsodamasis paklausė. „Kadangi abu esame čia gana nauji, galime mokytis kartu.“ Ji pakvietė mergaitę į savo kambarį.

„Aš viską paruošiu, ponia. Už penkiolikos minučių?“ Abė pasilenkė. Jos akys nusišypsojo, kai Ribbis vėl prakalbo.

„Taip, netrukus būsiu“, - pasakė Ribbis ir uždarė už savęs duris. Ji pakvietė Abbė atsisėsti ir prisijungti prie jos.

Ji yra pagalbininkė, Ribi, nebūk absurdiška.

„Bet, ponia, aš negaliu, - pasakė mergina, akimis judindama šonus, tarsi tikėdamasi, kad bet kurią akimirką pasirodys Tiblis.

„Net jei tai buvo įsakymas?" Ribbis sumirksėjo.

Ar bandai šią merginą atleisti iš darbo?

„Ponia, tai būtų neteisinga. Tibblesas yra mano viršininkas, - sušnabždėjo ji.

„Aš suprantu. Tai, ko Tibblesas nežino, jam nepakenks, tiesa? Rytoj atneškite pusryčius į mano kambarį, jei ponas anglakalbis nevalgys".

„Man būtų malonu, - su palengvėjimu tarė Abė.

Tu neprašai pagalbos valgyti kartu su tavimi. Kvailas kvailys. Aš irgi negaliu pakęsti Tibbleso, bet jis - dešinioji Anglofono ranka.

Man tai nerūpi.

Noriu tik pasakyti, kad Tedžiui brangiajam tai nepatiks.

Peržengsiu tą tiltą, kai prie jo prieisiu.

SKYRIUS 48

Po kelių valandų miego anglofonas išsikvietė Tibblį.

„Vakarėlis! Šį vakarą. Čia. Šiandien. Padavėjai. Štai svečių sąrašas. Pasakyk, kad jie privalo dalyvauti... Turiu omenyje visus, kurie yra kas nors. Kvietimus nedelsdami išsiųskite kurjeriu arba įteikite asmeniškai. Mano šoferis jūsų paslaugoms. Paskambinkite šiems dešimčiai svarbiausių svečių. Jie privalo dalyvauti. Suprantama?"

„Taip, tai bus padaryta. Vadinasi, nusprendėte, kad ji yra ta vienintelė?"

„Laukiau tinkamo laiko, ir šiandien yra ta naktis. Jaučiu tai savo kauluose. Atėjo metas visiems ir kiekvienam papasakoti apie Bibliotekos atidarymą. Kartu pristatysime naująją vyriausiąją bibliotekininkę, mano sužadėtinę".

„O poniai Angelai, ar man pranešti jai apie jūsų planus?"

„Ji žino apie mano ketinimą pranešti apie naujas pareigas ir mūsų sužadėtuves".

Tiblis papurtė pagalvę ir užkišo ją už Angelo galvos.

„Noriu ją visa tai nustebinti. Pasakyk mados komandai, kad būtų čia 17 valandą ---ne anksčiau ir ne vėliau. Vakarėlis prasidės lygiai aštuntą valandą vakaro. Pavėlavusiems nebus leista įeiti. Užtikrink, kad jie suprastų, jog „PROMPT" reiškia „PROMPT", - pasakė Tedis. „Kol kas esu gerokai per daug įsiaudrinęs, bet man reikia pailsėti. Prašau palikti mane iki trečios valandos. Tuo metu sode paruoškite poniai Andželai ir man popietės arbatą".

„Taip, pone, - nusilenkė Tibblesas. „Ar norėtumėte, kad įjungčiau muzikinę dėžutę ir padėčiau jums vėl užmigti?"

„Žinoma, žinoma, Tibbles. Ačiū. Trys pasukimai turėtų pakakti, juk tai tik miegas."

Įvyniojęs muzikinę dėžutę, Tiblis pasilenkė ir išėjo iš kambario. Jis murmėjo sau, pakeliui laiptais žemyn tikrindamas, ar nėra dulkių ant turėklų.

Jų ten nebuvo.

Tiblis atsisėdo fojė ir peržvelgė vakarėlio detales. Jis jau buvo pasirūpinęs maisto tiekėju. Viskas ėjo į pabaigą.

Kiek vėliau anglakalbis bandė užmigti. Pasigirdo jo asmeninės linijos skambutis. Jis laukė, kol įsijungs atsakiklis. Kai tai neįvyko, jis pakilo iš lovos, kad atsilieptų.

„Labas, Tedis, - pasakė Marta. „Žinau, kad sakei, jog turėčiau tau skambinti šia linija tik skubos atveju.“

„Aš klausausi.“

„Man reikia tavo pagalbos.“

„Kaip?“ Tedis paklausė.

„Esu kalėjime, kaltinamas savo sesers ir ją išprievartavusio vyro nužudymu. Prisiekiu, kad to nepadariau. Prisiekiu.“

„Suprantu, bet nežinau, kuo galėčiau tau padėti. Ar reikia, kad pasamdyčiau advokatą?“ Anglakalbis žengė žingsnį. Dėl nutraukto snaudulio jis supyko.

„Skambinu tau, nes dėl to nusileidžiu. Pripažįstu kaltę ir mano advokatas sako, kad netrukus teisėjas mane nuteis“.

„Kaip tavo bėda gali būti susijusi su manimi? Aš esu užimtas žmogus.“

„Prieš trisdešimt ketverius metus jūs pasigrobėte jauną merginą. Ji buvo visa šlapia. Ji buvo įstrigusi kelyje vėlai vakare".

„Ne, neturiu įpročio paimti keleivių į savo limuziną".

„Jūs vairavote. O, jūs neprisimenate. Bet aš prisimenu. Tai buvau aš. Tu mane pasiėmei ir mes kartu... Tu esi Ribbio tėvas".

Anglofonas netikėdamas krito ant lovos. Jis laužė galvą, bandydamas prisiminti. Tai buvo apgaulė. Jis žinojo, kad tai buvo triukas. „Kokį automobilį vairavau?"

„Tai buvo „Mercedes Benz". Pilkos spalvos."

Tai buvo tiesa.

„Tą naktį tu išgelbėjai man gyvybę ne vienu būdu. Turi manimi patikėti. Turiu žinoti, kad ja pasirūpinsi. Ji tavo dukra. Ar padarysi tai dėl manęs? Ir ar pažadėsi man, kad niekada jai nepasakysi, jog esu čia?"

„Nežinau, ką atsakyti. Esu be žodžių." Jis žengė žingsnį. „Kam prisipažinti dėl to, ko nepadarei? Kodėl neleidai savo dukrai tavęs aplankyti?"

„Tai viskas, ko iš tavęs prašau."

„Palikite tai man. Leiskite man apie tai pagalvoti. Jei ji mano dukra..."

„Ji yra. Tikrai." Ji padarė pauzę. „Ir ačiū."

Anglofonas užgniaužė telefoną.

Ta įžūli šliundra. Kaip ji drįsta taip su manimi elgtis?

Tedis negalėjo užmigti. Jam svaigo galva. Tam tikrais metų laikais jis buvo linkęs į migreną, o Martos žinios jam sukėlė siaubą.

Jis paskambino Tibblesui.

Tibblesas iš karto suprato savo šeimininko būklę. „Štai, štai, - pasakė jis, - po kelių valandų viskas pagerės". Jis pasiūlė šliurkštuką viskio ir miego tabletę. Anglofonas vienu mauku išgėrė, tada pastūmė stiklinę atgal savo tarnui.

Kai Anglofonas nusiramino ir nurimo, Tibblesas susuko muzikinę dėžutę ir sutvarkė kambarį.

„Ką nors dar, pone?"

Anglofonas jau kietai miegojo.

Tiblis nusišypsojo ir uždarė už savęs duris.

Tibblesas, galvodamas apie savo naujausią darbuotoją Abėją, dar kartą patikrino vakarėlio darbų sąrašą. Anksčiau jis atkreipė dėmesį į dvi jaunas moteris, kurios šnabždėjosi. Tai galėjo būti gerai arba blogai. Jis žinojo, kad nėra populiarus, ir vis dėlto jo atsidavimas anglofonui neturėjo ribų.

Abbėja atvyko su didelėmis rekomendacijomis iš vieno miesto namų ūkio. Vietinė mergina, kuri, kaip jis tikėjosi, prižiūrės ponią Andželą.

Radęs ją sode, jis buvo smalsus ir susijaudinęs. „Ponia Angela, kaip atsitiko, kad šiandien pusryčiaujate sode?"

„Tai buvo m-m-mano idėja", - prisipažino jį pertraukdama Abė. „Toks gražus rytas!"

Tiblis pažvelgė į ją kreivu žvilgsniu ir toliau kreipėsi į Ribbį. „Popietės arbata taip pat bus sode. Ponas anglofonas norėjo, kad tai būtų staigmena, todėl prašome elgtis nustebusiai. Jis prie jūsų prisijungs."

„O, atleiskite. Negalima pakankamai pietauti lauke, kai oras toks geras kaip šiandien, - pasakė Ribbis, mirktelėdamas Abbei.

„Tada labai gerai, - atsiprašydamas tarė Tiblis.

„Vau! Nedaug trūko, - tarė Abbėja, šluostydamasi kaktą.

„Nesijaudink, Abbey, aš galiu susitvarkyti su senuoju Tibblesu. Ir toliau siūlyk idėjas. Pasakysiu už tave gerą žodį ponui anglakalbiui".

„Ačiū, ponia, - tarė ji, negalėdama nuslėpti jaudulio balse.

„Jokių tų ponios ar pono Abbėjaus dalykų, ne tada, kai esame vieni. Juk mes esame draugai."

„Draugės", - abi merginos ištarė vienu balsu.

Užčiaupk mane šaukštu.

SKYRIUS 49

Anglofonas pabudo iš snaudulio ir pasikvietė Tibblį.

Įprastą dieną Anglofonas vieną kartą patraukė iškvietimo virvę. Jei tai buvo skubus atvejis, jis traukė virvutę du kartus. Šiandien jis traukė tris kartus.

Tiblis suklupo ant kojų, kai metėsi koridoriumi. Jis norėjo, kad galėtų skraidyti. Ant rankų jis nešėsi visus savo planus ir sezono vakarėlio patvirtinimus. Viskas buvo tobula. Jis pasiekė daugiau, nei buvo užsibrėžęs. Buvo patvirtintas visų visuomenininkų dalyvavimas. Jis negalėjo sulaukti, kada galės Anglofoną supažindinti su detalėmis.

Tibblesas pasibeldė, tada įkišo galvą į vidų. Anglofonas vis dar gulėjo lovoje. Antklodė buvo užtraukta iki kaklo, o jo veido oda buvo pieno baltumo.

„Tibblesai, man blogai, visai blogai. Man sukasi galva ir aš bijau...“

„Atsiprašau, pone, - pertraukė Tibblesas, - gal galėčiau jums atnešti dar tablečių?“

„Ne, ne, Tibbles. Tai ne toks galvos skausmas, kuris greitai praeis. Likusią dienos dalį būsiu be darbo. Noriu pabūti vienas. Tamsoje."

„Bet šį vakarą, pone, - paprieštaravo Tibblesas. „Vakarėlis."

„Atšaukite jį."

„Bet..."

„AŠ PASAKIAU, KAD C-A-N-C-E-L JĮ!"

„Labai gerai, pone", - tarė Tiblis, tramdydamas pyktį gerklėje ir pasilenkęs išėjo iš kambario. Jis uždarė duris ir išėjo.

Tibblesas paskambino Vivekai Hartman į „The Local Voice". Jis paprašė jos pagalbos skelbiant žinią.

„Padarysiu viską, ką galėsiu, kad padėčiau, - pasakė ponia Hartman.

„Ačiū", - atsakė Tibblesas.

SKYRIUS 50

Vivekė baigė pokalbį su liūdnai pagarsėjusiu Teodoro P. Anglofono tarnu Tibblesu. Ji nuskubėjo į miesto redaktoriaus Frenko Munsono kabinetą ir papasakojo jam naujausias žinias.

„Taigi, tu nori man pasakyti", - tarė stambaus sudėjimo Munsonas, rūkydamas iš savo pypkės. „Paskutinę minutę atšauktas anglakalbis renginys?"

„Anglofonas serga."

„Mačiau jį mieste ir jis sveikas kaip arklys. Sklinda kalbos, kad jis susipyko su jauna mergina, kurią parsivežė iš miesto. Ji gyvena pas jį. Dievas žino, ką Anglofonas veikia, - pasakė Munsonas, tada išpūtė dūmų žiedą ir stebėjo, kaip jie rūksta.

„Na, teks palaukti, kol tai sužinosime. O kai jie persikels, būtinai ten nuvažiuosiu ir parūpinsiu tau sensaciją. Galbūt patikrinsiu merginą. Įdomu, ar ji žino apie anglakalbių istoriją?"

„Paskutinės žmogžudystės jam niekas negalėjo prikišti, bet jis buvo įtariamas. Jei ne jo pinigai, kuriais jis visiems atsilygino, jie būtų jį apkaltinę. Juk moteris buvo nužudyta jo patalpose. Jie du vieninteliai turėjo raktus nuo bibliotekos. Jis taip pat atrodė velniškai kaltas. Aš, pavyzdžiui, tikrai norėčiau, kad ši byla būtų išpūsta ir moteris sulauktų teisingumo".

„Mano tėtis manė, kad anglas tikrai kažką slepia. Tiesos tikriausiai niekada nesužinosime, - apgailestaudama kalbėjo Vivekė. „Ši nauja mergina ten su juo, man ji nepatinka".

„Ta vargšė mergaitė!" pasakė Munsonas, nebegalėdamas nuslėpti susijaudinimo dėl šios naujos informacijos. „Įeikime ten ir pažiūrėkime, ką galime išsiaiškinti. Ei, kodėl nepradėjai vaikščioti tuo keliu, pažiūrėk, ar nepamatysi jos. Išsiaiškink situaciją. Ar gali tai padaryti, Hartmanai?"

„Padarysiu, ką galiu. Noriu, kad viskas vyktų tyliai, - įsitikinusi Vivekė.

„Jei kas ir gali išsiaiškinti, kas vyksta, tai tik tu, - tarė Munsonas, užgesindamas uždegtą cigaro dalį.

„Ar tavo žmona vis dar juos normuoja?" Vivekė pasiteiravo šypsodamasi.

„Taip, bet tai, ko ji nežino, jai nepakenks".

„Righto." Viveca pasuko link išėjimo.

Munsonas įdėjo iš dalies surūkytą cigarą atgal į celofaninę pakuotę. „Aha, ir kartą per dieną pranešk man apie tai   pabandykime prisijaukinti šį šunsnukį".

„Taip, pone", - Vivekė uždarė už savęs duris.

Ji jautėsi nepaprastai laiminga dėl pokalbio su Munsonu, nes jis labai tikėjo jos sugebėjimais. Ji atėjo neturėdama daug patirties, bet turėdama ryšių ir didelį norą tapti reportere. Nuo korektūros iki socialinio puslapio ji buvo prasiskynusi kelią aukštyn, bet norėjo daugiau.

Tai mano šansas ir aš jo nepaleisiu!

Vivekė, kuri viena gyveno dviejų aukštų daugiabutyje Port Doveryje, sėdo į automobilį ir išvažiavo namo. Ji užlipo laiptais aukštyn, galvodama apie tai, kaip džiaugiasi, kad gyvena viena. Ji planavo ramų vakarą.

Jai buvo netikėta grįžti namo ir rasti laukiantį tėtį. Jos tėvas gyveno Brantforde, už keturiasdešimt penkių minučių kelio.

„Labas, tėti", - tarė Vivekė.

„Viv, malonu tave matyti. Tikėjausi, kad šiandien vakare galėsime pavakarieniauti, - pasakė Frenkas Hartmanas. Iš už nugaros jis parodė didelę gėlių puokštę. „Pagalvojau, kad jos galėtų praskaidrinti jūsų stalą".

„Šįvakar pupelės su skrebučiais, tėti," - pasakė Vivekė. Jis atsistojo, o ji pabučiavo jį į pliką viršugalvį.

„O, tada tai gurmaniškas valgis." Frenkas irgi nusijuokė ir pasislinko į šalį, kad dukra galėtų praeiti ir atrakinti lauko duris. „Žinai, Viv, jei gautum savo brangaus seno tėčio rakto kopiją, tada galėčiau paruošti mums ką nors gurmaniško ir nustebinti tave. Kiaušinienę ant skrebučio."

Jie nusijuokė, džiaugdamiesi, kad yra vienas kito draugijoje.

„Bet, tėti, - pajuokavo Vivekė, - o kas, jei aš būčiau išėjusi į pasimatymą? Tu jaustumeisi siaubingai, kad trukdai, o aš jausčiausi tokia kalta."

„Ak, jei turėtum pasimatymą, džiaugčiausi, kad išeini. Didžiuojuosi tavimi, Viv, bet manau, kad tame visuomenės puslapyje esi švaistoma. Tu nusipelnei daugiau.“

„Žinau, žinau, tėti“, - pasakė Vivė, kai į mikrobangų krosnelės indą įmetė keptas pupeles ir nustatė laikmatį dviem minutėms. Ji įkišo dvi riekes duonos į skrudintuvą ir nuspaudė svirtį žemyn. „Dvi minutės iki vakarienės. Cabernet Sauvignon, gerai? O gal tau labiau patinka „Chardonnay“?“ Kai dvi minutės baigėsi, ji pamaišė pupeles, tada vėl įkišo jas į mikrobangų krosnelę dar trisdešimčiai sekundžių.

„Man tiktų butelis alaus.“ Frenkas atsidarė skardinę alaus. „Šaltas alus ir keptos pupelės ant skrebučio su HP padažu šalia - gurmaniškiau už tai nebūna!“

Vivekas patepė skrebučius sviestu, tada ant riekelių užpylė keptų pupelių. Tai buvo britiškas patiekalas, mėgstamiausias jos mamos patiekalas. Juo dažnai dalydavosi su tėvu. Neminint jos vardo, atrodė, kad motina sėdi prie stalo kartu su jais.

Frenkas iš stalčiaus ištraukė stalo įrankius, ir jie susėdo valgyti.

„Taigi, kas naujo pas tave?“ - paklausė jis.

„Nieko ypatingo, išskyrus darbą. Rašau naują istoriją. O tu, tėti? Kas naujo pas tave?“

„Mano gyvenimas tas pats, tas pats, bet ta nauja istorija skamba įdomiai. Papasakok man daugiau.“

„Nemėgstu su tavimi kalbėti apie reikalus, tėti. Be abejo, turi turėti ką nors įdomaus man papasakoti.

Kas vyksta tavo sode? Ar senoji ponia Vorner vis dar persekioja tave po apylinkes?"

Frenkas padėjo peilį ir šakutę ant lėkštės šono. Išgėrė kelis gurkšnius alaus.

„Atsiprašau, dabar tave sugėdinau." Vivekė įpylė į taurę vyno ir gurkštelėjo. „Gerai, pakalbėsime apie mane. Apie darbą. Mano istorija yra apie Teodorą Anglofoną".

„Ką jis veikia šį kartą?"

„Juokinga, kad taip sakote. Ar vis dar dažnai jį matai, tėti?"

„Pastaruoju metu ne. Nuo to incidento bibliotekoje jis gana atsiskyręs. Jis išvyksta į miestą, kur nėra taip gerai žinomas. Girdėjau, kad pas jį gyvena dar viena jauna mergina, Viv. Ar tai tiesa?" Jis išgėrė dar vieną gurkšnį alaus, įsmeigęs akis į Viv veidą.

„Tiesa, ir mano viršininkas paprašė manęs sužinoti apie ją".

Frenkas gurkštelėjo, vos neužsspringo. „Na, nenorėk anglofono kaip priešo, ne šiame mieste, Vivai. Taigi, elkis atsargiai. Atmink, kad daugiau musių gali sugauti medumi nei actu. Senas posakis, bet visiškai teisingas." Jis atsikvėpė, norėdamas išgryninti mintis, ir vėl suvalgė kąsnį maisto.

„Žinau, tėti. Aš taip pat nenoriu rizikuoti šia galimybe. Kaip ir sakei, man reikia pasitraukti iš socialinio puslapio ir imtis ko nors kito, ko nors sudėtingesnio. Kažką labiau MES." Ji judino maistą po lėkštę, mintimis pasinėrusi į naujos istorijos, galinčios pakeisti jos gyvenimą, perspektyvą.

„Padėsiu, kuo galėsiu. Bet visada maniau, kad ta moteris, kuri mirė bibliotekoje, buvo anglofono aplaidumas. Turėjo būti kažkas nuslėpta. Nesuprantama, kodėl kažkas būtų apiplėšęs biblioteką ir ją surišęs. Galbūt mes padarėme tai moteriai blogai, leisdami jam pasakyti apie ją tai, ką jis pasakė. Niekada nesijaučiau dėl to teisus, nors su anglufonu buvome pažįstami daugelį metų. Nuo to laiko jis nebuvo savimi   bėgiodavo pas moteris, parsivesdavo jas atgal. Išveždavo jas į pasimatymus, demonstruodavo kaip parodos žirgus. Tai tiesiog gėdinga, - pasakė jis, šniurkščiodamas, tarsi į šnerves būtų įsiskverbęs blogas kvapas.

„Aš žinau, tėti. Ačiū už patarimą. Dabar esu pavargęs ir noriu eiti miegoti. Ar tu nakvosi?"

„Po dviejų alaus tikrai nenorėčiau vairuoti".

„Tuomet - svečių kambarys. Palik indus."

„Reikėtų įsigyti indaplovę."

„Aš jau turiu! Laba naktis, tėti, - pasakė Viveca ir pabučiavo tėvą į skruostą.

„Laba naktis, meile."

SKYRIUS 51

Po pusryčių grįžtant į kambarį, koridoriuje suskambo telefonas ir Ribbis pakėlė ragelį.

„Stivenas?" Moteriškas balsas padarė pauzę. „Stivenas?"

Ribby pravėrė burną, bet Tibblesas dar nespėjus nieko pasakyti išplėšė telefoną jai iš rankų.

„Sveiki?" Tiblis laukė. „Čia anglakalbė rezidencija". Kažkas ten buvo. Jis girdėjo, kaip jie kvėpuoja. „Ponia Angela, šiuose namuose neturite atsiliepti telefonu. Jūs esate, gyventojas, o mes esame personalas. Prašome leisti mums dirbti savo darbą".

„Atsiprašau, Tibblesai."

Tiblis suspaudė telefoną rankoje. „Ar žmogus kitame gale ką nors pasakė?"

„Nieko", - pasakė Ribbis nueidamas.

„Jei norėtumėte kompanijos, panele, Abbėja yra jūsų paslaugoms".

„Ne, ačiū. Noriu pasivaikščioti viena."

Jai nuėjus, Tiblis vėl pridėjo telefoną prie ausies. Plikai kvėpavo. „Rosemary?"

„Taip."

„Sakiau tau, kad čia neskambintum.“

„Žinau, bet esu beviltiška. Turiu ištrūkti iš šios Dievo pamirštos vietos. Aš einu iš proto.“

Tiblis žingsniavo, kalbėdamas kuo tyliau. „Tu tiesiog privalai paprašyti, kad jis tau padėtų“.

„Prašiau, ir jis pasisiūlė atsiųsti man keletą knygų. Man nereikia knygų, kad mane išblaškytų, man reikia iš čia ištrūkti. Galėčiau išvykti į užsienį. Niekas manęs nepažintų.“

„Aš negaliu tau padėti. Aš turiu eiti.“ Jis paliepė padėti telefoną.

„Palauk!“ Rozmarija sušuko.

Jis vėl pridėjo telefoną prie ausies. „Žinai, ką jis man padarė.“

Tiblis suabejojo. „Turiu eiti. Daugiau čia neskambink.“ Jis pakabino ragelį.

Tiblis priėjo prie priekinio lango ir pažvelgė pro jį. Ribbis sėdėjo ant kėdės verandoje. Jis nuėjo į virtuvę.

Kaip manai, ar turėtume pasakyti Stivenui apie skambutį?

Nesu tikras.

Galbūt skambinusiajam nepatinka ir Tibblesas.

Hm, gali būti, kad esi teisus.

Ribbis parodė sau į limuzino pusę. Priartėjusi ji spėjo pamatyti už vairo miegantį Stiveną, užsidengusį akis šoferio kepuraite.

Ribbis pasilenkė pro atvirą langą.

Jei jau reikia jį pažadinti, tai bent jau pabučiuokite. Niekas nesužinos.

Ji pravėrė gerklę. Ar tu praradai protą?

Pažiūrėk į tas lūpas. „Pabusk, pabusk, - pasakė Andžela, kai Stivenas sujudėjo ir nusiėmė kepurę nuo veido.

Stivenas dukart apsidairė.

„Prieš kelias akimirkas moteris telefonu klausė apie tave".

„O?"

„Tibblesas išplėšė man jį iš rankų. Tada ji turbūt pakabino ragelį".

Stivenas suspaudė vairą.

„Ji pasakė tik tavo vardą."

„Ar tu jam pasakei, kad ji manęs klausė?"

„Ne."

„Ačiū, kad pasakėte." Jo ranka palietė Ribbio alkūnę. „O, atsiprašau."

„Uh, viskas gerai." Ji padarė pauzę ir pasilenkė, smalsumas ją užvaldė: „Taigi, žinai, kas tai buvo?"

„Taip, ponia. Tai buvo mano mama."

SKYRIUS 52

Tibbleso griežta ir griežta voratinklio jausmo versija dilgčiojo. Jis buvo įsitikinęs, kad Andžela melavo, bet kodėl? Jis priėjo prie lango priekiniame kambaryje, kai Andžela ėjo tolyn. Jis toliau ją stebėjo. Ji sustojo pasikalbėti su Stivenu. Įdomu. Kada jie tapo draugais? O gal jie buvo susidraugavę?

Tada jis suprato, kas vyksta. Kai ponia Andžela atsiliepė į telefono skambutį, kalbėjo Rosemary. Tiesą sakant, ji ištarė Stepheno vardą, o dabar ponia Angela buvo išėjusi ir perdavė šią žinią. Dar įdomiau.

Tibblesas pagalvojo, kad geriausia būtų vaikiną užimti. Jis nusprendė paskirti Stephenui užduotį.

Anglofonas buvo labai aiškus. Jam nevalia buvo trukdyti. Jis jį užpildys, atėjus laikui. Galbūt net tiktų pagyrimas ar net piniginis atlygis.

Tiblis toliau ėjo per namus ir rado Abėją sunkiai valančią dulkes. Jis įkalbėjo ją išeiti į lauką ir palaikyti kompaniją poniai Andželai pasivaikščiojimo metu.

„Jei ji išėjo viena, pone Tibblesai, ponia Andžela tikriausiai nori būti viena".

„Ar ji liepė tau neprisijungti prie jos?" Tibblesas paragino ją padėti dulkių šluostę ir nusimesti prijuostę.

„Ne, pone, - atsakė Abė. Jos kojos šlepsėjo, kai ji ėjo paskui.

Tibblesas sušuko: „Pakelk kojas, tu, kvaila mergaite".

Jis palydėjo ją iki priekinių durų ir išvedė pro jas.

„Taip, pone Tibblesai, - tarė Abbėja.

Negalėdama pastebėti Andželos, ji paklausė Stiveno, kur ji yra.

Stivenas parodė pirštu. „Manau, kad ji norėjo pabūti viena".

„Taip ir pasakiau ponui Tibblesui, jis primygtinai reikalavo."

Stivenas nusijuokė.

Stephenas stebėjo, kaip Abbey nueina, galvodamas apie Tibblesą. Nenuostabu, kad namuose buvo tokia didelė darbuotojų kaita. Kiti nebuvo tokie kaip jis. Kiti nebuvo skolingi anglofonui viską. Be Anglofono jis niekada nebūtų galėjęs sau leisti išlaikyti motiną tokiame brangiame globos centre.

Jo žvilgsnis sekė Abėją, kuri artėjo prie Angelo, dabar žvelgiančio į vandenį. Jai artėjant prie krašto, apsauginis instinktas privertė jį susirūpinti, kad ji gali nukristi.

Suskambėjo jo telefonas. Tibbleso iškvietimas. Jis nuėjo į vidų.

„Stivenai, man reikia, kad pasiimtum keletą daiktų, - pasakė Tibblesas, atsistojęs virš Stiveno, kad įtvirtintų savo autoritetą. „Ponas anglakalbis negaluoja. Štai sąrašas."

Tibblesas padavė jį. Stivenas žvilgtelėjo į raštelį prieš įsidėdamas jį į striukės kišenę.

„Turėsi ką veikti, nes esi laisvas".

„Jokių problemų, pone Tibblesai." Stivenas išėjo. Jis pasiims daiktus ir tuoj pat grįš atgal, kai tik patikrins motiną.

SKYRIUS 53

Kitą dieną Viveca nusprendė nuvykti į anglakalbę vietovę. Ji pasirinko vaizdingą maršrutą palei pakrantę. Ji pravėrė langą ir užsidėjo akinius nuo saulės. Saulė buvo aukštai, debesų nedaug. Pakelėse buvo išsibarsčiusios laukinės gėlės, violetinės, geltonos ir mėlynos spalvos.

Važiuoti buvo pakankamai malonu, eismas buvo nedidelis. Pasukusi už posūkio į vietą, iš kurios atsiveria įspūdingiausias vaizdas, ji pastebėjo jauną moterį, kurios niekada anksčiau nebuvo mačiusi.

Tai turi būti ji. Ji sulėtino greitį iki šliaužimo.

Antroji mergina susitiko su pirmąja. Jaunesnė. Tuomet abi apkabino ir ėjo taku.

Vivekė sustojo ir pastatė automobilį po labai lapuotu klevu. Ji nuėjo tam tikrą atstumą avėdama aukštakulnius batelius, taip sumažindama tarpą tarp savęs ir abiejų moterų. Kai buvo pakankamai arti, kad jos galėtų ją išgirsti, ji sušuko: *„Au!"* ir nusileido žemyn.

Jos jos negirdėjo. Ji pabandė dar kartą. „HELP!"

Abi merginos atsisuko ir nuėjo prie jos. Ji įsikišo į rankinę ir paspaudė įrašą. *Gerai, vaikeli, jos jau ateina, tad geriau, kad tai būtų gerai.* Viena ranka ji patrynė kulkšnį, kad kraujas iškiltų į paviršių, o kita nusišluostė krokodilo ašaras.

„Ar tau reikia greitosios pagalbos?" Ribbis paklausė.

„Oi, aš tokia nevykėlė", - pasakė Vivekė. Ji pabandė atsistoti. „Mano kulkšnis, manau, kad ji patempta. Maniau, kad visą naktį būsiu įstrigusi lauke, o aplink mane kauks kojotai, kol nepastebėjau jūsų dviejų."

„Kokia vaizduotė, - pasakė Ribby, pasilenkusi pažiūrėti.

Abbėja padarė tą patį. Ji atrodė šiek tiek raudona.

„Beje, mano vardas Vivekė, Vivekė Hartman". Ji ištiesė ranką.

„Aš esu Abbėja, o tai Andžela. Malonu su jumis susipažinti".

Aplink Vivekos galvą praskridusi čiauka erzino ją klyksmu. Ji ją atstūmė.

„O, ar galiu?" Abė paklausė.

Viveca linktelėjo galva.

Abbėja pasilenkė ir kelias sekundes ją masažavo. „Štai taip, ar jau geriau?"

„Taip, ačiū", - tarė Viveca.

„Kur tavo automobilis?" Ribbis paklausė.

„Pastatiau jį ten, pavėsyje." Abbis padėjo Vivekai bandant atsistoti. Kai ji atsistojo, pasakė: „Matote, aš esu žurnalistė ir rengiu reportažą apie gamtos stebuklus. Girdėjau, kad iš čia atsiveria įspūdingas vaizdas.“

„Taip ir yra, - tarė Ribbis. „Kitą kartą turėtumėte apsiauti tinkamesnius batus.“

Taip, kaip ir tada, kai ėjai visą kelią iš bibliotekos. Užsičiaupk.

Jie padėjo Vivekai įlipti į automobilį.

„Buvo malonu su jumis susipažinti ir labai ačiū, kad padėjote šiai į nelaimę patekusiai merginai. O, štai mano vizitinė kortelė, jei kada nors norėtumėte susisiekti.“

„Ačiū. Ar tikrai galite vairuoti?“ Abbėja paklausė.

„Taip, ačiū. O, kadangi tai netoliese, norėjau pasidomėti, ar jūs, merginos, ką nors žinote apie biblioteką. Girdėjau, kad ji galbūt vėl atsidarys?“

„Ne, mes nieko apie tai nežinome, - atsakė Ribbis.

„Na, ji buvo uždaryta daugelį metų. Dėl įtartinų aplinkybių. Tai verčia susimąstyti apie naująjį bibliotekininką.“

„Ką jūs užsiminėte?“ Ribbis paklausė.

„Tik įdomu, ar ji, t. y. naujoji Bibliotekininkė...“

„Kodėl manai, kad naujoji Bibliotekininkė yra moteris?“ Ribbis paklausė.

„O, gandai. Tikrai norėčiau su ja pasikalbėti. Gal net duoti interviu laikraščiui“.

„Atsiprašome, negalime jums padėti. Dabar turime grįžti. Sėkmės rengiant straipsnį.“

„Tikiuosi, kad tavo kulkšnis greitai pasveiks, - pridūrė Abbėja.

„Ak, taip, ačiū už pagalbą. Tikiuosi, kad kada nors vėl pasimatysime.“

Kai Vivekė įsėdo į savo automobilį, Abbėja ir Ribbis išėjo.

„Labai keista, - pasakė Ribbis, žvilgtelėjęs atgal per petį.

„Daugiau apie tai negalvočiau“, - atsakė Abbėja.

„Žinau, - suraukusi kaktą tarė Ribbis. „Man atrodo, kad ji jau žinojo, kas aš esu. Tarsi ji būtų dalyvavusi žvejybos ekspedicijoje.“

„Tu teisus, bet dabar jos jau nebėra. Be to, galiu lažintis, kad Tiblis ten, gale, laukia manęs. Nemanau, kad jis tikėjosi, jog manęs taip ilgai nebus namuose“.

„O, jis norėjo, kad tu mane sektum. Tu esi jo mažoji šnipė, - pasakė Ribbis, apkabinęs Abbės petį.

„Niekada nebūčiau, - pasakė ji, apstulbusi dėl tokio pasiūlymo.

„Žinoma, bet jis nežino, kad mes draugai“.

„Na, aš tikrai jam nepasakosiu apie tą reporterį“.

„Pasakysiu ponui anglakalbiui, kad mes su ja susitikome čia, viršuje. Tai ne Tibbleso reikalas.“

Jie aplenkė takelį, vedantį prie dvaro fasado, ir įėjo į vidų.

SKYRIUS 54

Stephenas atvyko į ligoninę ir paprašė pasimatyti su motina. Jo prašymas buvo atmestas. Jis susijaudino ir sukėlė sceną.

Du stambūs stambaus kūno sudėjimo išgertuvių tipo darbuotojai pakėlė jį nuo žemės iš už nugaros ir išvedė iš patalpų.

„Paskambinkite mano darbdaviui, ponui Teodorui Anglofonui. Paskambinkite jam!"

„Žinoma, mes tai padarysime", - pasakė mažesnis iš dviejų vyrų, kai Stepheno kūnas su trenksmu nusileido ant asfalto.

Jo padangos girgždėjo, kai jis nuvažiavo nuo ligoninės. Jis grindimis buvo nuvažiavęs iki pat dvaro. Jam nerūpėjo, kiek akmenų pakeliui atšoko nuo automobilio.

Viveca trenkė rankomis į vairą. Jos planas nepasiteisino. Ji tikėjosi, kad nesugadino viso sandorio.

Turiu įspėti tą merginą, todėl teks pasikalbėti su tėčiu ir sužinoti, ar jis gali padėti man įkelti koją į duris, pagalvojo Vivekė. Jei ir toliau taip elgsiuosi, manęs niekada nepaaukštins.

Ji nustatė savo telefoną taip, kad bet koks skambutis būtų automatiškai perjungiamas į garsiakalbį. Išvažiuodama iš stovėjimo vietos po medžiu, ji pasislinko arčiau savo sėdynės. Jau beveik visą kelią grįžtant atgal, suskambo jos telefonas ir atidarė liniją.

Atvažiuojantis juodas tempiamas limuzinas kirto ašinę liniją ir įvažiavo į jos eismo juostą.

Limuzino vairuotojo akys išpūtė akis, ir jis tuo pat metu, kaip ir ji, suktelėjo vairą. Abu automobiliai prasilenkė per centimetrą vienas nuo kito.

„Vau! Žiūrėkite! Tu, beprotiškas bastardas!" Vivekė sušuko.

„Tikrai tikiuosi, kad kalbi ne su manimi", - pasakė Munsonas.

„Ech, ne, viršininke, tai buvo anglofono šoferis. Jis vos manęs neišvežė!"

„Kas jam atsitiko?"

„Neįsivaizduoju, bet tikrai džiaugiuosi, kad važiuojame priešingomis kryptimis".

„Taigi, ar radai ją?"

„Radau."

„Ir?"

„Aš iš to padariau nedidelį spektaklį. Apsimečiau, kad išsinarinau kulkšnį."

„Oho, vaikeli. Ar ji nusipirko?"

„Atrodė pakankamai įtikinamai."

„O kokia ji buvo?"

„Jos vardas Angela. Atrodė maloni, nors ir naivi".

„Vadinasi, ne socialinė alpinistė? Ar vietinė?"

„Ne, visai ne. Ji kitokia. Manau, kad jai apie trisdešimt, rami, švelniai kalbanti. Tikiuosi, kad nepersistengiau ir jos neatstūmiau".

„Prakeikta, Viveca, tavo socialinio puslapio mokymai turėtų išmokyti, kaip elgtis kebliose situacijose. Tikiuosi, kad nesugadinai, o jei sugadinai, PATAISYK TAI".

„Žinoma, viršininke, - pasakė ji, kai jis atsijungė. Ji nuėjo namo.

G rįžęs į namus, Stefanas nusprendė eiti tiesiai į vidų ir prisipažinti anglofonui. Jei jis prisipažins, kad yra neatsargus, tada Anglofonas bus supratingas. Anglofonas turėjo silpnybę jo motinai. Jis padėtų ją sutvarkyti.

Kita vertus, jei paminėtų skambutį, jis išduotų ponią Angelą; kad ji atėjo pas jį ir papasakojo apie skambutį.

Taigi, negaliu užsiminti apie skambutį. Turėsiu jam pasakyti, kad nujaučiu, jog mamai gresia pavojus. Sūnaus instinktas. Turėjau nueiti ir pamatyti ją tada ir ten. Be abejo, anglakalbis galės man atleisti.

Stivenas įėjo į vidų. Aplink nebuvo nė vieno žmogaus. Jis grąžino savo postą.

SKYRIUS 55

Anglofonas pabudo ir sušuko Tibblesui.

Tibblesas buvo virtuvėje ir apklausinėjo Abbį. Jo dėmesį nukreipė nuolatinis Anglofono skambutis.

Tibblesas parodė pirštu Abbei į veidą. „Mes dar nebaigėme! Nejudėk! Tai įsakymas!"

Jam priėjus prie Anglofono durų, viduje kažkas kietai trinktelėjo. Tiblis pastūmė duris ir išvydo tikrą vaizdą.

Labiau nei paprastai nekantrusis Anglofonas nuo lubų buvo nuėmęs skambinimo aparatą. Jis sėdėjo raudonu veidu tarp tinko ir nuolaužų.

„Atsiprašau, pone, - tarė Tibblesas.

Anglofonas užsimerkė ir sušuko. „Žinoma, tu, Tibblesai. Tu visada atsiprašinėji, bet tai nesvarbu. Dabar pasakyk, kodėl ligoninė paskambino man asmeniniu numeriu ir skundėsi dėl vieno iš mano darbuotojų?" Jis padarė pauzę dėl efekto, o kai iš Tibbleso nesulaukė jokios reakcijos.

„AŠ, AŠ..."

„Stivenas sukėlė nemažai triukšmo."

„AŠ, AŠ..."

„Tu, Tibblesai, ką gali pasakyti savo vardu? Kodėl siunčiate mano darbuotojus galynėtis *mano laiku?* O gal mano šoferis iš mano patalpų išvažiavo savo noru? Paaiškink, žmogau!"

„Aš, mums reikėjo kai kurių daiktų buičiai. Jūs buvote nedarbingas. Stephenas buvo laisvas. Jis turėjo konkrečius nurodymus. Net neįtariau, kad jis piktnaudžiaus mano pasitikėjimu". Jis padarė pauzę. Nuo jo kaktos nubėgo prakaitas. „Tavo pasitikėjimu. Jis yra impertinentas....".

„Tai jis toks, bet tu, Tibblesai, esi nerangus kvailys! Dabar jūs priekaištaujate Steponui. Ateinančias dvi savaites pavesk jam dirbti pjaunant žolę ir parūpink man kitą vairuotoją, kuris jį pakeistų. Ir sumažink atlyginimą. Jis gaus penkiasdešimčia dolerių mažesnį atlyginimą, o tu, kaip jo bendrininkas, taip pat. Pakvieskite ką nors ir sutvarkykite šį daiktą... ir nepamirškite migdomųjų. O dabar eik, kol dar nepadariau šimto!"

Kiek vėliau Ribbis kietai miegojo ant namų bibliotekos grindų, o atverstos knygos rėmėsi į jos formą.

Miego tabletės, kurių anglakalbis paprašė Tibbleso įdėti į jos arbatą, buvo veiksmingos. Jam tereikėjo kelių minučių, kad galėtų paimti mėginį, kol jie tvarkys jo kambarį, ir tada jis būtų žinojęs, ar Andžela yra jo dukra.

Anglofonas stovėjo virš jos ir žiūrėjo į ją, taip jos norėdamas, kad jam skaudėjo. Jis negalėjo būti šios mergaitės tėvas. Tai buvo neįmanoma. Vien mintis, kad jį galėtų traukti jo paties kūnas ir kraujas...

Žvelgdamas į ją, jis prisiminė Martą. Ji sakė tiesą. Jie buvo susitikę anksčiau. Kodėl, kol ji to nepaminėjo, jis jos neprisiminė? Su amžiumi prisiminimai buvo tokie, jie ateidavo ir praeidavo be jokios priežasties.

Jis glostė Ribbio plaukus ir susimąstė. Toliau lietė jos rankos nugarėlę, kai sukiojo jos palaidinės rankovę.

Buteliukas laukė, o adata buvo paruošta.

Pabusk, Ribbi. Atsibusk! Senas bjaurybė yra. Jis....

"Mano brangioji, Andžela, - sušnabždėjo Angelofonas, kai smeigė adatos smaigalį į jos veną. Kraujas tekėjo į buteliuką. Jis pažvelgė į jos žaizdą ir pasilenkęs virš jos liežuviu laižė atsivėrusią žaizdą. Kraujo skonis buvo saldus, kaip ir Angelos. Jis pajuto, kaip sustingsta jo kelnės, ir žinojo, kad turi iš ten dingti. Jam nepatiko matyti ją taip nepatogiai visą naktį gulinčią ant grindų.

Jis surinko mėginį ir užklijavo etiketes ant buteliuko. Jis paėmė jos telefoną, kuris gulėjo ant stalo.

Tiblis stovėjo už durų, kai anglofonas išėjo. „Jūsų užsakyta transporto priemonė laukia nurodymų“.

„Akimirką, - Anglofonas sutvirtino mėginius į šaldytuvo maišelį. Jis padavė juos Tibblesui. „Pasakykite vairuotojui, kad važiuotų tiesiai į laboratoriją. Jau informavau savo ryšininką laboratorijoje, kad tai labai svarbu. Tikiuosi, kad atsakymas bus gautas nedelsiant.“ Jis padarė pauzę. „Kai baigsite, nuveskite ją į jos kambarį. O ir, - jis padavė Tibblesui jos telefoną. „Paslėpk jį kur nors saugioje vietoje, kol pasakysiu kitaip“.

Tiblis linktelėjo galva: „Aš ir anksčiau kartkartėmis jį paslėpdavau, kaip tu manęs prašei, bet tai bus pastoviau.“ Tada jis nuėjo į namo prieangį.

Anglofonas grįžo į savo kambarį. Jis buvo alkanas, bet vėlyva popietės arbata sode tai išspręs. Tuo tarpu jis neturės nė akimirkos ramybės, kol tikrai sužinos, ar įsimylėjo savo dukrą.

SKYRIUS 56

Pavargęs laukti, kol nukris kirvis, Stivenas užtrenkė automobilio dureles ir, pasiėmęs maišelį su daiktais, kuriuos buvo nupirkęs Tibblesui, įsiveržė į vidų. Jis sustojo viduryje žingsnio, kai susidūrė su Tibblesu.

Tibblesas riktelėjo: „Štai ir tu, imbecile! Eik į mano kabinetą, DABAR!"

„Ne dabar, tu pūkuotukas, pasitrauk man iš kelio. Man reikia pasimatyti su anglakalbiu."

Tibblesas pakėlė ranką, norėdamas smogti Stivenui į veidą.

Stivenas blokavo smūgį ir abu vyrai įsmeigė akis. Kelias sekundes Stivenas laikė Tibbleso ranką, paskui ją paleido.

Abu vyrai stovėjo akis į akį, nosimis beveik susilietę, kovodami dėl to, kuris pirmas pasiduos.

„Atsiprašau, Tibblesai, - tarė Stephenas.

„Turėčiau taip pasakyti. Atsiprašymas priimtas. O dabar eik į mano kabinetą ir lauk manęs. Pirmiausia turiu reikalų, o paskui galėsime tai išspręsti."

Tibblesas išėjo iš namų. Jis pasilenkė į atvirą laukiančio automobilio langą, perduodamas anglofono nurodymus. Automobilis pajudėjo. Tibblesas grįžo į savo biurą.

„Sėskis, Stivenai, prašau.“ Tibbles kelias sekundes žingsniavo, kol prakalbo. „Ponas Anglofonas labai susijaudinęs. Pirma, jis pyksta ant manęs, nes leidau jums šėlti jo laiku. Antra, jis pyksta ant jūsų, nes ligoninė skundėsi dėl jūsų sukeltos scenos. Ką, po velnių, tu galvojai?“

„Nujaučiau, kad motina blogai jaučiasi. Turėjau tai patikrinti. Pasitikrinti, ar jai viskas gerai.“

„Melas, visiškas melas, - tarė Tiblas sau po nosimi. „Žinau, kad ponia Andžela tau pasakojo apie skambutį. Ar drįstate tai neigti?“

Stivenas pažvelgė į savo kojas.

„Tavo elgesys viską pasako! Vadinasi, kai paprašiau tavęs nueiti pasiimti kai kurių daiktų, ketinai piktnaudžiauti mano pasitikėjimu.“

„Atsiprašau, Tibblesai. Labai gaila, bet turėjau eiti“.

„Ką gi, ponas anglofonas nušalino tave nuo pareigų dviem savaitėms. Kadangi tavimi pasitikėjau, jis išskaičiavo ir mano atlyginimą. Be to, tu čia būsi šunsnukis   pjausi veją, atliksi bet kokias tau paskirtas užduotis. Man reikia pasamdyti kitą vairuotoją. Jei pasiseks, naujasis žmogus nebus toks įžūlus kaip tu!“

„Apgailestauju, kad tau buvo sumažintas atlyginimas. Nemanau, kad tai sąžininga. Galiu su juo apie tai pasikalbėti“.

„Nepasikalbėsite.“

„Sulaikykite mano atlyginimą, bet prašau nepalikite manęs be transporto priemonės. Leiskite man nueiti ir pasikalbėti su juo. Prašysiu jo atleidimo".

„Ponas anglofonas sako, kad nenori su jumis kalbėtis dvi savaites. Jei jį pamatysite, dirbkite toliau. Parodykite savo atsidavimą. Parodykite jam gailestį. Mums pasisekė, kad jis mūsų neatleido. Laikui bėgant viskas grįš į normalią būseną".

Tibblesas pakėlė telefono ragelį ir nekreipė dėmesio į Stiveno buvimą.

Stivenas, nežinodamas, ką dabar daryti, padėjo galvą į rankas. Tibblesas šnekėjo telefonu. Nuliūdęs jis atsistojo ir išėjo iš kabineto. Išėjo į lauką, kumščius suspaudęs giliai kišenėse.

Kelias valandas vaikštinėjo, gėrėdamasis vaizdais ir svarstydamas viską mintyse.

Jis turėjo sugalvoti, kaip išvilioti motiną iš tos vietos.

Jis turėjo rasti būdą, kaip būti nepriklausomas nuo anglofono.

Jis turėjo perimti savo gyvenimo kontrolę. Jei tik galėtų sugalvoti, kaip.

SKYRIUS 57

Ribbis atmerkė akis. Iš pradžių ji nežinojo, kur yra. Paskutinis dalykas, kurį ji prisiminė, buvo skaitymas bibliotekoje.

Ji bandė atsisėsti, bet jai skaudėjo galvą, o kambarys sukosi. Ji apsikabino ir pastebėjo didelę violetinę dėmėtą mėlynę ant rankos. Ji pabandė prisiminti, kada galėjo atsirasti ši mėlynė. Jai nepavyko.

Andžela taip pat nieko negalėjo prisiminti. Jai kažkas kirbėjo. Silpnas prisiminimas, nepasiekiamas.

Kaip tai galėjo nutikti?

Tikriausiai į kažką įžengė. Tai nebūtų pirmas kartas.

Tiesa, galiu būti nevykėlė.

Nesijaudink dėl to. Tu turi svarbesnių reikalų.

Žebriukas pajuto užuodęs užuominomis minimą kepamos žuvies kvapą ir nubėgo koridoriumi į vonios kambarį, kad jam pasidarytų bloga. Ji nusiplovė veidą ir išgėrė kelis gurkšnius vandens.

Dabar jau geriau?

Manau, kad taip, ačiū.

Kur vis dėlto yra Tedis? Atrodo, lyg jis būtų praradęs susidomėjimą. Turėjai jį kaip ant delno.

Jis užimtas žmogus.

Ribbis nusiprausė ir išsivalė dantis.

Be to, jam nebuvo gerai.

Andželą vis dar kažkas kankino. Kažką, ką ji buvo beveik prisiminusi, bet paskui tai išsprūdo.

Bet juk jis vyras ir tu turi jį sudominti. Šiek tiek paflirtuoti. Pridėk šiek tiek seksualumo. Laikyk jį spėliojančiu ir tikinčiu. Turėkite omenyje, kad nesiūlau artimiausiu metu eiti iki galo. Žaiskite su juo.

Neturiu daug patirties vyrų srityje.

Manau, kad jis širdyje yra raguotas senas dėdulė.

Jis nori, kad kas nors būtų šalia jo. Kieno nors, kuo galėtų pasikliauti.

Jis galėtų rinktis su visais tais pinigais. Taigi, nepražiopsok jo, vaikeli, o jei pražiopsosi, tai suskaičiuok!!!

Tu esi toks bjaurus.

„Ponia Andžela, ponia Andžela, - paskambino Abė, trenkdama durimis.

„Ponas anglofonas laukia jūsų sode".

„Įeikite, Abbey. Nesijaučiu nusiteikusi popietinei arbatai".

„Turite."

Ribby atsisėdo ant lovos laikydama galvą ant rankų.

„Prašau, pasakykite ponui Anglofonui, kad jis su manimi susitiks po valandos".

„Kaip ir norėsite, ponia Angela."

„Kai tik baigsite, grįžkite ir padėkite man pasiruošti".

„Žinoma, ponia Angela. Aš tuoj grįšiu.“

Po kelių akimirkų Abė grįžo į Ribbio kambarį.

„Tikiuosi, kad ponas anglakalbis nebuvo ant manęs supykęs“, - pasakė Ribbis.

„Ne, panele Angela. Jis supranta, kad mes ilgiau užtrunkame, kol pasidarome išvaizdūs, - nusijuokė ji. „O dabar atsisėskite čia ir leiskite man jums padėti“. Abė šnekučiavosi, o Ribbis leidosi pamaloninamas. „Voila“, - tarė ji.

„Ačiū, Abbey.“

„Atrodai nuostabiai!“ Abbėja pasakė, kai jos ėjo koridoriumi ir išėjo į sodą.

Ribbis pastebėjo Tedį, kurio veidą slėpė laikraštis. Ji tyliai atsisėdo šalia jo. Jis jos negirdėjo. Ji nusišypsojo.

Tiblis puolė prie stalo ir pranešė: „Laba diena, panele Andžela“.

Tedis vos nepametė laikraščio, kai atsistojo. „Kiek laiko čia sėdi?“

„Tiesą sakant, tik kelias akimirkas. Ar pasiilgote manęs?“ Ribbis sušnabždėjo, paėmęs jo ranką į savo.

Anglas atitraukė ranką ir tarė: „Man buvo labai, labai blogai“.

Ribbio veido oda sudegė.

Ką gi?

„Bet aš dažnai apie tave galvojau.“

„O ką tu galvojai apie mane?“

„Galvojau apie tave ir biblioteką“.

„Būtent, ir aš turiu keletą idėjų, kurias noriu su tavimi aptarti“.

„Kur pasidėjo Tibblesas? TIBBLES!“

Tibblesas sugrįžo. Abė atsiliko iš paskos. Jie nešėsi padėklus, pilnus maisto ir gėrimų. Anglofono lėkštė netrukus buvo pripildyta maisto, o Ribbis pasirinko stiprios arbatos puodelį.

„Aš galvojau, - pasakė Ribbis, maišydamas arbatą. „Norėčiau skaityti vaikams ir vaidinti jiems bibliotekoje. Norėčiau suplanuoti Vaikų gynimo dieną".

„Ir ką tai reikštų?"

„Autoriai galėtų rengti knygų skaitymus."

„Hmmm, įdomu, įdomu", - pasakė Tedis.

„Taip pat norėčiau, kad dovanotume knygų ligoninėms".

„Taip, man patinka šios idėjos, mano angele, reikės šiek tiek pagalvoti, šiek tiek organizuoti. Kol kas turėtume susitelkti ties biblioteka. Kai pradėsime veikti, galbūt po metų ar dvejų, tada galėsi įgyvendinti tas kitas idėjas. Eik lėtai, Andžela. Atmink, kad tai nėra didelis miestas. Čia kalbame apie kitokius žmones."

„Šeimos yra visur."

„Suprantu, ką tu nori pasakyti, - pasakė Tedis ir paglostė Ribbio ranką kaip vaikui, kurį reikia maldauti.

„Atsiprašau, - nuo įėjimo pasigirdo vyro su kepure rankoje balsas.

„Taip?" "O, suprantu, jūs naujasis vairuotojas."

Tiblas įėjo spragsėdamas kulnais. „Sakiau, kad manęs lauktumėte virtuvėje".

Atsiprašau, - pasakė naujasis vyras, kilstelėjęs kepurę iš pradžių anglofonui, o paskui Tibblesui. Jis pasitraukė iš kambario.

„Ar Stivenas serga?"

„Ne, neserga." Tedis suvalgė gabalėlį kišo. „Jis piktnaudžiavo mano pasitikėjimu. Artimiausias dvi savaites jis sėdės kalėjime".

„Man gaila tai girdėti." Ji gurkštelėjo arbatos. „Norėčiau paskambinti mamai, o mobilųjį telefoną, regis, pamiršau."

„Žinoma. Naudokitės telefonu prieškambaryje. O mes tuo tarpu apžiūrėsime, ar pavyks rasti jūsų telefoną."

Ribby taip apsidžiaugė, kad atsistojo, numetusi servetėlę ant žemės, ir nuskubėjo pas Tedį. Ji puolė prie jo kupina aistros, apglėbė rankomis jo kaklą ir pabučiavo į lūpas. Ji atmerkė akis. Jis žvelgė į ją. Jis buvo šaltas kaip akmuo.

Jis atstūmė ją ir atsistojo. Jo veidas buvo raudonas.

Ribbis išbėgo iš kambario ir užlipo laiptais į viršų. Ji atsirėmė į lovą ir verkdama užmigo.

Vadinate tai seksualu?

SKYRIUS 58

Kitą rytą, kai ji atidarė balkono duris, Ribbis išsitempė ir užsimerkė. Saulės spinduliai šildė jos odą, ir ji pajuto stiprų troškimą būti arčiau krantinės. Ji apsirengė, nusiprausė po dušu, tada užsidėjo skrybėlę, suspaudė skruostus ir išėjo iš dvaro.

Ant tako ji pastebėjo Stepheną. Jis stovėjo nugara į ją, bet ji girdėjo kirpimo žirklių garsus. Jis genėjo rožių krūmus.

„Stivenas, - tarė Ribbis.

Jis ištiesino nugarą ir pakėlė ranką į viršų, kad užstotų saulės spindulius nuo akių.

„Galvojau, gal galėtum mane kur nors nuvežti?"

Jis neatsakė. Vietoj to apsisuko atgal ir vėl ėmėsi sodo darbų. Laukė, kol ji nueis, toliau kirpo ir kirpo. Po akimirkos ar dviejų jis paklausė: „Kodėl aš? Paklauskite senelio. Aš negaliu jums padėti. Aš net pats sau negaliu padėti."

„Bet aš neturiu kam, Stivenai." Ji palietė jo petį. „Aš noriu namo."

Jis staigiai atsisuko į ją, dėl to ji vos neprarado pusiausvyros. „Aš negaliu tau padėti. Prakeikta.

Norėčiau, tiesą sakant, norėčiau, bet aš… Nuo manęs priklauso kiti žmonės. Aš negaliu tau padėti. Dabar eik šalin!“

Ribbis atsitraukė, kovodamas su noru verkti. „Aš tik maniau… Atsiprašau, kad trukdau“.

Stivenas ją paleido. Jis leido jai vis labiau tolti, kol pašaukė. Ribbis nekreipė į jį dėmesio. Jis bėgo paskui ją.

„Klausyk, atsiprašau. Jo akys susitiko su jos. „Tiesiog buvau pažemintas pareigose, o aš labai nekenčiu sodininkystės“.

Ribbis įsistebeilijo į sušvelnėjusius jo bruožus.

Jis nervingai žvilgtelėjo atgal į namą, kai pro juos pravažiavo automobilis. Vairuotojas išlipo ir užbėgo laiptais į viršų, kur Tiblis atidarė duris. Po kelių akimirkų automobilis pralėkė pro juos išvažiuodamas.

Ribbis priėjo prie Stiveno.

Stivenas prisiglaudė prie Ribbio.

Jie susitiko kažkur per vidurį.

SKYRIUS 59

Tibblesas įteikė voką anglofonui ir grįžo prie savo pareigų.

Anglofonas stovėjo prie lango ir stebėjo, kaip jo dukra ir sūnus, dabar jau patvirtinę, kad jie vienas į kitą žiūri akimis. Jis jautė, kaip tarp jų tvyro chemija iki pat jo kambario. Jis juokėsi stebėdamas, kaip jie šnabždasi ir keičiasi žvilgsniais.

Jis paskambino skambučiu ir Tibblesas grįžo po kelių sekundžių.

„Tibblesai, - tarė Tedis, - šiandien važiuoju į miestą. Turiu ten sutvarkyti keletą reikalų. Įspėk vairuotoją grįšiu rytoj.

„O kol kas prižiūrėk dėl manęs Stiveną ir ponią Andželą. Žiūrėk, ką jie veikia, bet tegul nežino, kad juos stebi." Jis rodomuoju pirštu palietė nosį. „Apdairumas, mano mielas Tibblesai, apdairumas."

„Žinoma, pone anglakalbį." Tibblesas pasilenkęs išėjo iš kambario.

SKYRIUS 60

„Kuo galiu jums padėti?" Stephenas nusivedė Ribby nuo pagrindinio tako. „Kaip jau sakiau, negaliu padėti net pats sau. Turiu įsipareigojimų."

Tiblis nusitaikė į juos, kai anglakalbis ruošėsi išvykti.

„Ar tai kažkaip susiję su tavo motina?"

„Negaliu pasakyti. Kuo mažiau žinosi, tuo geriau. Kodėl norite išvykti? Ar jis tau ką nors padarė?"

„Net nežinau, ką čia veikiu, - pasakė Ribbis. „Noriu pasakyti, kodėl aš?"

Limuzinas pajudėjo.

„Įdomu, kur jis išvyko?"

„Jis turi naują vairuotoją."

„Žinau, bet jis tik laikinas, - pasakė Stivenas. „Jei tau reikia pabėgti, padaryk tai dabar."

„Kaip aš galiu? Aš neturiu automobilio."

Ribby, tu visiškai panikuoji. Nusiramink.

„Be abejo, tu turi pažinti ką nors, kas galėtų padėti."

„Vakar sutikau žurnalistę Viveką Something."

„Taip, paskambink jai. Paklausk jos."

„O jei ji neatvyks?"

„Patikėk manimi, ji ateis", - pasakė Stivenas.

„Iš kur tu žinai? Kodėl jai turėčiau rūpėti aš?"

„Ar ji tau neuždavė krūvos klausimų apie anglakalbę?"

„Nelabai, - atsakė Ribbis. „Ji sakė, kad rašo istoriją apie gamtos stebuklus".

„Galbūt taip manai, bet patikėk manimi, tu esi istorija. Be žurnalistų, gali garantuoti, kad policija taip pat stebi situaciją".

„Aš to nesuprantu. Kodėl?"

„Viskas, ką galiu jums pasakyti, panele, tai paskambinti jai. Tegul reporteris paaiškina. Bet nieko nesakykite apie mane, jau ir taip turiu pakankamai bėdų. Ir dėl Dievo meilės, neskambinkite iš namų. Tau reikia mobiliojo telefono, o dar geriau, ar gali pasitikėti Abbey? Turiu omenyje, *tikrai* pasitikėti Abbey?"

„Turėjau mobilųjį, bet jį praradau. Kalbant apie Abėją, taip, manau, kad taip, - pasakė Ribbis. „Esu tikras, kad galėčiau jai patikėti savo gyvybę."

„Tuomet pasinaudok ja. Tegul ji nueina ir paskambina reporteriui. Leisčiau tau paskambinti man, bet Tibblesas tikriausiai ją pasiklausė. Padarykite tai šiandien, panele."

„Ačiū, - palietusi jo ranką tarė Ribbis.

„Gerai, pasimatysime, - pasakė Stivenas. Jis žvilgtelėjo į langą, pastebėjo judančias užuolaidas. Tibbles. Jis grįžo prie rožių genėjimo.

Toks mielas užpakaliukas.

Negi niekada negalvoji apie nieką kitą?

Stivenas atsisuko, pažvelgė į Ribbį ir vėl grįžo prie darbo.

Ribbis ieškojo Abbės.

Kai jie beveik susidūrė pagrindiniame koridoriuje, Abbė pasakė: - Tibblesas pasakė, kad turiu tave surasti, TIKRAI. Nežinau, dėl ko čia toks triukšmas. Vien dėl to, kad ponas anglakalbis išvykęs vienai ar dviem dienoms".

„Taip, ką tik mačiau jo automobilį.“

„Aš turiu būti tavo šešėlis.“

Ribbis ir Abbė išėjo pro duris ir ėjo toliau. Kai jie buvo pakankamai toli nuo dvaro, Ribbis tarė: „Noriu iš čia pasišalinti ir man reikia tavo pagalbos“.

„Jei Tiblis sužinos, jis labai supyks. Jis gali net atleisti mane iš darbo.“

„Man reikia, kad kam nors paskambintum. Tą moterį, kurią vakar sutikome, žinai, reporterę?“ Abbėja linktelėjo galva. „Man reikia, kad nueitum prie telefono, ne čia, bet kur kitur, tik ne čia, ir jai paskambintum. Susitarti dėl mūsų susitikimo. Ar tai padarysi?“

„Galiu tai padaryti, - po tam tikrų dvejonių pasakė Abė. „Tiesą sakant, važiuosiu į Fairfieldo ūkį, esantį apačioje kelio, nusipirkti sūrio. Vairuotojas turėjo mane nuvežti, bet dabar turiu eiti pėsčiomis. Iš ten galiu jai paskambinti.“

„Tu esi žvaigždė, - pasakė Ribbis. „O dabar grįšiu į vidų. Smagiai praleisk laiką Fairfieldo ūkyje.“

„Kada turėčiau ją įkurdinti? Turiu omenyje susitikimą su tavimi ir Viveke?“

„Manau, ji žinos, kaip man gali būti sunku. Vis dėlto pasakyk jai, kad ponas anglofonas išvykęs, ir geriausia būtų kuo greičiau".

„Tai planas."

Fairfieldo fermoje Abbėja surinko Vivekos Hartman numerį į laikraštį. „Sveiki, tai aš, Abbėja.“

„Kokia Abbėja?“ Vivekė susiraukė. „Čia Viveca Hartman iš „The Local Times“.

„Taip, aš žinau, h-kaip tavo kulkšnis?“

„Mano kulkšnis? I...“ Vivekė suglumo. „Abėcėlė, o taip. Ką aš galiu tau padaryti? Ar tai Angela? Ar jai viskas gerai?“

„Taip, - atsakė Abbėja, - ir aš labai jaudinausi dėl tavęs, kai taip susirgai, o paskui taip išsisuko kulkšnis.“

„Gerai, - pasakė Viveca, - ten yra dar kažkas, ar tiesa?“

„O, mano taip, - pasakė Abė, - tu tikrai turi būti rami ir nesiartinti prie jo“.

„Abbėja, - tarė Vivekė, - aš, nežinau, ko tu nori ir kuo galiu padėti. Eee, ar ji nori mane pamatyti? Ar Andžela nori, kad aš ten išeičiau?“

„Taip, - atsakė Abė, - ponas anglakalbis išvykęs į miestą. Geriausia būtų kuo greičiau. Aš dabar esu Fairfieldo ūkyje, renkuosi sūrį“.

„Gerai, Abbey, - tarė Viveca, - o gal rytoj, tarp 10 ir 11 valandos ryto?"

„Pasistengsime pabėgti. Prašom laukti mūsų Fairfieldo ūkyje, net jei vėluosime".

„Padarysiu", - atsakė Vivekė.

SKYRIUS 61

2 1.00 val. anglofono limuzinas užsuko už kampo pakeliui į Martos namus. Tai buvo jo mėgstamiausias metų laikas, kai vakare dar buvo šviesu. Tiesa, ji buvo kalėjime, bet jis norėjo pažiūrėti, ar pavyks ką nors sužinoti iš kaimynų. Jis vis dar buvo įsiutęs, kad Marta vėl įsibrovė į jo gyvenimą. Jis buvo atvėręs savo biblioteką ir širdį, o dabar...

Martos namų nebebuvo. Visiškai sunaikintas. Liko tik apdegusių griuvėsių krūva. Jis išlipo iš automobilio, kad atidžiau pažvelgtų. Šoferis stovėjo šalia jo.

Šaligatviu žingsniavo pagyvenusi moteris. Ji vilkėjo aptrintą vonios chalatą. Ji priėjo prie anglofono. Vairuotojas savo kūnu atsistojo tarp savęs ir moters.

„Prakeikta gėda, - tarė moteris, bandydama prieiti arčiau Anglofono. „Tokia gera moteris ir taip išeiti. Tokia liūdna. Ir jos vargšė dukra. Niekas nežino, kur ji yra, o dabar, dabar visas skandalas. Aš nežinau. Aš tiesiog nežinau." Žvilgtelėjusi į limuziną, ji nusišluostė akis rankovės kampučiu.

„Jūs manote, kad čia gyvenusi Marta mirė?"

„Ne, ji nemirė. Jos kaimynė ponia Engle pajuto dūmų kvapą. Ji ištraukė Martos ir Skampo kūnus. Išgelbėjo jų gyvybes, nors Marta nenorėjo gyventi. Ponia Engle įsivaikino Scampą". Ji parodė į namą.

„Kaip tai, kad ji nenorėjo gyventi?"

„Ji buvo pilna tablečių ir alkoholio".

„Prašau tęsti."

„Namas sudegė kaip degtukas. Mes niekada nebuvome draugai. Pas tą moterį nuolat ateidavo ir išeidavo vyrai. Atrodė, kad jos namuose buvo besisukančios durys". Moteris draskėsi, lyg būtų turėjusi blusų. „Geriau eisiu į vidų, kol neužsikrėčiau mirtimi. Labas vakaras, pone." Ji nuėjo.

„Palaukite, pasilikite. Įeikite į mano automobilį ir aš jums duosiu gurkšnį viskio, kad sušiltumėte", - pasakė anglas.

Moteris sustojo. Ji atsisuko į jį. Ji suabejojo, paskui nuėjo.

„Būčiau labai dėkingas už pagalbą, - sušuko Anglofonas. „Padarysiu, kad būtų verta."

„Ech, bet aš, aš jūsų nepažįstu iš Adomo", - pasakė moteris. „Jūs galite būti vienas iš Martos degeneratų draugų. Norinti gauti gabalėlį šito". Ji mostelėjo rankomis ir nusišypsojo, atskleisdama bedantę šypseną.

„Na, aš esu Teodoras Anglofonas, senas Martos draugas. Mus sieja ilga praeitis." Jis įbruko jai į delną dvidešimtinę.

„Ji kalėjime."

Jis mostelėjo jai prieš veidą penkiasdešimtuku, kurį ji pabandė pagriebti.

„Tvirtai, drauge, - tarė anglakalbis. „Pasakyk man ką nors, kas verta penkiasdešimties dolerių. Aš sunkiai dirbu dėl savo pinigų“.

„Galiu tau papasakoti dalykų; tokių, nuo kurių tau susisuktų galva“.

Anglofonas priėjo arčiau ir aštrus kopūstų kvapas privertė jį užsidengti nosį ranka. „Jūsų laukia vežimas.“

Pagyvenusi moteris nusijuokė, kai šoferis atidarė jai duris.

Kai jie buvo viduje, Tedis pripildė stiklinę viskio ir padavė ją moteriai. Ji atsuko ją atgal. Jis vėl pripildė.

„Na, čia gyveno Marta ir Ribbis, o Marta buvo prostitutė, nors, kiek girdėjau, nelabai gerai apmokama.“ Ji nusijuokė. „Mes apie tai žinojome, t. y. visi jos kaimynai žinojo. Mes į tai nekreipėme dėmesio. Kol ji laikėsi atokiau nuo mūsų vyrų, tol gyveno ir leido gyventi. Tada apie tai sužinojo laikraščiai ir atvyko čia patikrinti viešnamio. Ribbio tada nebuvo šalia, telaimina jos sielą. Tačiau vargšė maža mergytė. Ką ji turėjo matyti, kai augo, kai pas ją ateidavo ir išeidavo vyrai.“

„Taip, pereik prie reikalo, kad užsidirbtum tuos penkiasdešimt dolerių, - pareikalavo anglakalbis.

„Kai namas sudegė iki pamatų, jie rado... kažką... pašiūrėje... Vėliau... Kai Marta atsigavo ligoninėje...“

„Imkitės to.“

Moteris ištiesė stiklinę. Kai ji buvo pilna, tęsė. „Štai tada jie ir rado jį, peilį“.

„O, Dieve, - tarė Tedis, pasilenkęs arčiau moters. Jis pripildė jos stiklinę.

„Taigi, štai ji, vargšė Marta, be dukters, be sielos, ir jie apkaltino ją pirmuoju laipsniu. Dviem žmogžudystėmis. Jos sesuo ir vienas iš jos Džonų, manau, kad jis buvo ketvirtadienio. Apie tai rašė visi laikraščiai. Čia buvo beprotybė“.

„Ketvirtadienis?“ Tedis su pasipiktinimu ištarė.

Moteris suabejojo: „Storas, labai, labai, labai, storas. Ne įprasti riebalai. Labai nepatrauklus. Ir dar vedęs.“

„Tęskite pasakojimą. Kas nutiko?“ Tedis nekantriai paklausė.

„Jis buvo miręs. Dūrė peiliu į nugarą. Laikraščiai manė, kad seserys dėl jo susikivirčijo“. Moteris krūptelėjo kaip višta, dedanti kiaušinį, iš nuostabos, kad moterys kovoja dėl tokio prizo.

„Ji sėdi kalėjime ir laukia, kol teisėjas jai paskelbs nuosprendį. Jie mano, kad ji nužudė vyrą ir savo seserį. Paskui nuvertė juos nuo uolos. Jie rado peilį ir vieną jos suknelę, suteptą Carlo Wheelerio krauju, užkastus pašiūrėje už namo.“ Ji sustojo ir laukė, tikėdamasi, kad jos pasakojimo pakaks užsidirbti penkiasdešimt.

„Jūs tikrai padėjote. Štai dar šimtas už jūsų laiką, o likusį butelį taip pat galite pasiimti su savimi.“

Kai moteris neatrodė suinteresuota išlipti, šoferis atidarė duris. Anglakalbis ją truputį pastūmė.

„Dabar jums nereikėjo stumti! Tu, tu!“ - sušuko moteris, atsitraukdama nuo automobilio.

„Važiuokite“, - pasakė ponas Anglofonas vairuotojui, kai šis grįžo į savo vietą. „Nuvežkite mane į kalėjimą.“

„Taip, pone Anglofone.“

Tedis atsilošė ir užmerkė akis.

SKYRIUS 62

Kitą rytą Ribbis ir Abbėja susitiko su Vivekos atstovais Fairfieldo ūkyje.

„Tu atrodai nuostabiai!" Abbėja pasakė.

„Ačiū, Ang," - atsakė Viveca. „Šiandien jaučiuosi pakankamai gerai, kad galėčiau net užšokti ant vieno iš tų žirgų ir pajodinėti. Jei pasirinksite švelnią sielą, jodinėjimas man puikiai tiktų".

„Abė pažįsta visus mūsų žirgus, - pasakė ponia Fairfild. „Nenoriu skubėti, bet turiu atlikti keletą darbų mieste. Taigi, jauskitės kaip namie. Padėkite sau viską, ko jums reikia. Turėčiau grįžti iki pietų, jei norėtumėte pasilikti?"

„Ne, ačiū", - vienbalsiai atsakė trijulė.

„Užsiėmimas, užsiėmimas, užsiėmimas, - tarė Ribbis, o Abė ir Vivekė pritariamai linktelėjo galvomis.

Poniai Fairfield išėjus iš namų, Viveca paklausė: „Kas nutiko?"

Abbėja atsakė: „Aš išeisiu pasivažinėti, o jūs pasikalbėsite".

„Ačiū, Abbey. Tu esi brangakmenis, - pasakė Ribbis, stebėdamas, kaip Abbėja už savęs uždaro duris. Tada

Ribby sutelkė dėmesį į Viveką, kuri atrodė tokia pat susirūpinusi kaip ir ji.

„Kuo galiu padėti?" Viveca paklausė.

„Pirma, ačiū, kad taip greitai atvykote. Esu pervargusi namuose su ponu Anglufonu. Noriu grįžti namo."

„Ir jis tau neleidžia? Jus laiko įkalintą?"

„Ne visai taip. Jis buvo man malonus, kol prieš kelias dienas   nors aš jaučiuosi labai izoliuota, nes jis nuolat išvyksta darbo reikalais. Prieš porą dienų, oi, nežinau, kaip tai paaiškinti, išskyrus tai, kad norėjau išeiti. Be to, dingo mano telefonas. Žinau, kad jis nori, jog pasilikčiau ir atidaryčiau biblioteką, bet įtariu, kad jis kažką nuo manęs slepia. Nežinau, kodėl jam reikia, kad būčiau Bibliotekininkė. Turiu omenyje būtent mane. Aš juk neatsakiau į skelbimą dėl šios pareigybės. Atvirai kalbant, aš išsigandau."

„Pirmiausia papasakok, ką žinai."

„Manau, kad geriau pradėk nuo pat pradžių".

„Anglofonas turi reputaciją moterims. Paprasčiau tariant, jis įsimylėjęs save. Turėdamas visus tuos pinigus, jau nekalbant apie turimą galią, jis gali daryti tai, ko normalus žmogus negalėtų. Pavyzdžiui, jo užnugaryje yra keli Tarybos nariai. Žinia, jis tepa delnus, bet jis toks galingas, kad niekas negali gauti jokių įrodymų apie jį. Kaip kad nutiko Bibliotekoje. Turiu omenyje, kad Stiveno mama buvo surišta ir palikta mirti".

„Ta moteris buvo Stepheno mama?"

Bet Stiveno mama nėra mirusi...

„Nori pasakyti, kad žinai apie tai, kas įvyko prieš tai bibliotekoje?"

„Taip, skaičiau apie tai internete prieš ateidama čia".

„Bet laikraščiuose jie papasakojo ne visą istoriją. Pavyzdžiui, kai žurnalistai atvyko pirmieji ir rado ją, ji buvo gana sunkios būklės. Žurnalistai kalba ir gerai, jie sako, kad ji buvo nuoga, pririšta prie kėdės, su nudegimais ant kūno ir buvo daug kraujo. Vėliau teismo medicinos ekspertai nustatė, kad tai buvo gyvūnų kraujas. Kai kas sako, kad anglakalbė užsiiminėjo juodąja magija. Keisti dalykai."

Ribbis prisiminė siluetą ant knygos apie magiją nugarėlės.

Tai neturi jokios prasmės. Stivenas ją aplanko.

Ir ji jam paskambino.

Vivekė tęsė: - Taip, bet yra ir daugiau. Kai kas sako, kad ji buvo anglofono meilužė. Ji tikrai buvo vienintelis žmogus, kuriam jis patikėjo savo biblioteką".

Tai darosi vis keistiau.

„Mano tėvas su Anglofonu sieja ilgus ryšius, o Stefanas ten gyveno nuo pat vaikystės".

„Taigi, su manimi, kodėl būtent su manimi?"

„Nežinau, bet nekaltinu tavęs, kad nori grįžti namo. Ar neturi jokios šeimos?"

„Taip, - atsakė Ribbis, - mano mama yra mieste. Man reikia jai paskambinti. Tuoj pat iš čia jai paskambinsiu". Ribbis pakėlė telefono ragelį.

„Atsiprašau, numeris, kuriuo skambinate, nebedirba. Padėkite ragelį ir rinkite dar kartą".

Ribbis vėl surinko numerį ir rezultatas buvo toks pat.

„Gal galiu su ja susisiekti už jus? Kad ji atvažiuotų tavęs pasiimti su pastiprinimu, t. y. policininkais. Koks jos vardas?"

„Marta, Marta Balustrada."

„O, Dieve mano!" Vivekė sušuko. „Tu nesi Martos Balustradės duktė!"

Oi, oi, ką dabar padarė brangiausioji mamytė?

SKYRIUS 63

Tedis atvyko į kalėjimą. Marta buvo laikoma vienutėje. Jis pareikalavo su ja pasimatyti. Apsimetė jos advokatu.

Moteris prie stalo perkratė popierius. Anglas trenkė kumščiu į jos stalą, kartodamas savo reikalavimus. „Paskambinkite Frederikui Šmidtui. Paskambinkite merui Braunui. Jie mane pažįsta. Jie leis man pasimatyti su savo klientu, NEDELSDAMI", - riktelėjo Anglofonas.

Buvo skambinama telefonu. Anglofonas vis dar laukė valandų valandas.

„Ar galiu jums pasiūlyti puodelį arbatos?"

„Ne, ačiū", - pasakė Anglofonas, - ‚aš noriu tik pamatyti savo klientą'.

SKYRIUS 64

Tu pažįsti mano mamą?"

„   „Jis laikė tave nuošalyje", - pasakė Viveca. „*Visi* žino apie tavo mamą, nes pastaruoju metu apie ją rašoma spaudoje. Kai žmogus prisipažįsta nužudęs du žmones, įskaitant savo seserį, apie tai rašoma net čia. Jau nekalbant apie kitas jos išdaigas. Pirmas miesto laikraščių puslapis, Andžela!" Ji stebėjo, kaip Ribbio veidas išbalęs kaip lapas. „Atsiprašau, ji juk tavo mama."

„Žudikė? Tu turbūt klysti." Ji padarė pauzę. „Beje, mano tikrasis vardas yra Ribbis Balustrada."

„Tai kodėl?"

„Tai anglakalbis dalykas."

„Jis privertė tave pasikeisti vardą?"

„Ne, Angelė gražesnė už Ribby".

„Viveca irgi nėra visai įprasta ar graži, todėl žinau, ką turi omenyje. Bet grįžkime prie tavo mamos ir žmogžudysčių. Nemanai, kad ji tai padarė?"

Mes žinome, kad ji to nepadarė, nes mes tai padarėme.

Vieną padarėme mes, kita buvo savižudybė.

Ribbis nieko nesakė.

„Klausyk, žinau, kad anglofonas tave čia laikė nuošaliai. Galvoji, kad jis bent jau turės tiek padorumo, kad papasakos tau apie tai, jog tavo motina sėdi kalėjime.“

„Visą laiką praleidau skaitydamas ir tvarkydamas biblioteką. Tuo tarpu mano motina buvo... Dieve mano, dabar turiu eiti pas ją. Ar gali mane nuvežti? Tu turi man padėti. Tu tiesiog privalai!“

Abbėja iškišo galvą iš už kampo ir išgirdo Ribbio prašymą. „Kas vyksta? Kodėl ji tokia nusiminusi? Angela, kas atsitiko? Atrodai taip, lyg būtum mačiusi vaiduoklį!“

„Man šiandien reikia važiuoti į miestą. Dabar. Viveca mane nuveš.“

„Mano tėtis tikriausiai gali mus įsodinti į lėktuvą, ir mes greitai būsime ten. Dar sekundėlę, aš jam paskambinsiu ir paaiškinsiu. Jis gerai išmano teisinius dalykus, tad pažiūrėsiu, ar galės prie mūsų prisijungti.“

„Netoliese yra oro uostas? Kodėl tada Tedis neskrenda į Torontą? Jis tikrai gali sau tai leisti?“

„Bijo skraidyti“, - pasakė Vivekė, kaip tik tuo metu, kai tėtis pakėlė telefono ragelį kitame gale. Ji jam viską paaiškino. Jis sutiko juos pasitikti oro uoste. „Gerai, ponios, važiuojame!“

„Palaukite, - tarė Ribbis, - ar galime užsukti ir pasiimti Stivena? Aš, aš norėčiau, kad jis ten būtų.“

„Žinoma, užsuksime, o jei jis nori atvykti, kuo daugiau, tuo geriau. O kaip dėl tavęs, Abbey? Ar prisijungsi prie mūsų?"

„Ne, dabar negaliu sau leisti prarasti darbo. Tibblesas paprasčiausiai nušvilptų stogą, jei dingčiau visai dienai." Abbėja pažvelgė į laikrodį ir ėmė nerimauti. „Aš jau per ilgai išvykau."

„Įlipk ir aš tave nuvešiu".

„Bet kas dėl Tibbleso?" Abbėja paklausė. „Jei jis manęs ko nors paklaus? Aš nesu gera melagė."

„Tada nieko nesakyk. Mums reikia judėti, pasprukti".

„Gerai, eime", - pasakė Ribbis. Ji buvo išėjusi iš proto iš nerimo dėl Martos. Ji klausė savęs, kaip tai apskritai galėjo nutikti. Ji jautėsi tokia kalta.

Prie namų Stivenas įsėdo į galinę automobilio sėdynę, ir jie pajudėjo, palikdami Abėją stovėti dulkių debesyje.

SKYRIUS 65

Šaltame ir drėgname laukiamajame Tedis vaikštinėjo pirmyn ir atgal kaip tėvas, laukiantis kūdikio. Jo nuotaika kilo sulig kiekviena akimirka, kai buvo priverstas laukti. Šešiasdešimt minučių. Devyniasdešimt minučių. Šimtas dvidešimt minučių. Jokių jos ženklų. Jokių ženklų.

Praėjus kelioms valandoms Tedis išgirdo bildesį, kai raktų saugotojas priartėjo prie durų. „Atsiprašau, - staiga pasakė jis, kai moteris praėjo pro šalį, - aš čia laukiu jau kelias valandas".

„Ponas eee, anglakalbis. Jūsų prašymu paprašiau padaryti išimtį. Ji buvo atmesta. Sekite paskui mane, ir aš jus nuvesiu atgal į registratūrą".

Jis atsiduso ir paklausė: „Ką turite omenyje, kad buvo atsisakyta?"

„Ponia Balustrada laukia nuosprendžio", - sumurmėjo ji. „Dabar esu užimta moteris ir jau vėlu, todėl prašau sekti paskui mane".

Jis padarė, kaip jam liepė, bet nebuvo tuo patenkintas.

Kai Tedis įlipo į limuziną, jis vis dar rūkė. Jis paskambino į „Keturių metų laikų" viešbutį ir užsisakė liukso kambarį, tada liepė vairuotojui jį ten nuvežti.

Pakeliui jis greitai paskambino Tibblesui.

„Tibbles! Man reikia, kad tu paskambintum Andželai ir skubiai!"

„Ji išėjo pasivaikščioti su Abbey. Palaukite akimirką." Tibblesas uždengė telefoną ranka, kai pamatė įeinančią Abbėją. Jis paklausė jos apie Angelo buvimo vietą. Abbėja pasakė, kad jos su Andžela išsiskyrė prieš kelias valandas.

„Pone anglakalbį, matyt, ponia Andžela dar negrįžo".

„Na, *suraskite ją*. Paskambinkite man, kai tik sužinosite, kur ji yra." Jis nutraukė ryšį.

„Gal galėtumėte paprašyti, kad Stephenas ateitų į abatiją? Tai skubu." Tibblesas pasakė.

„Aš nemačiau Stepheno."

„Apsižvalgykite po nuosavybę. Pasakyk jam, kad tuoj pat praneštų man".

Abė apžiūrėjo bendras namo patalpas. Ji klaidžiojo gaišdama laiką ir viduje, ir lauke. Po pusvalandžio ji grįžo be Stiveno. Tuo metu Tibblesas jau ketino sprogti.

„Kur jis yra?"

„Apžiūrėjau viską aplinkui. Jo niekur nėra."

„Viską daryk pats. Viską daryk pats, - sumurmėjo Tibblesas. Jo petys susiliejo su jos petimi, kai jis praėjo pro šalį. „Jei jį ten rasiu, sumažinsiu tau atlyginimą penkiasdešimčia dolerių ir kitą kartą ieškosi, kai paprašysiu!"

„Bet, pone, - Abė pradėjo sakyti daugiau, bet Tiblis užtrenkė už savęs duris.

Tiblis taip pat visur žvalgėsi. Jokių Stiveno pėdsakų. Jokio ponios Andželos ženklo. Jis grįžo į namus ir paskambino anglofonui.

„Tibblesai?"

„Taip, pone, tai aš. Negaliu rasti nei Stiveno, nei ponios Andželos".

„Ar jie kartu?"

„Neturiu supratimo."

„Bet ta mergina tikrai žinos. Jūs man sakėte, kad ji turėjo būti Andželos šešėlis. Paskambinkite jai telefonu."

„Jos nėra po ranka."

„Už ką aš tau moku? Surask ją ir pakviesk prie to prakeikto telefono." Tiblis atkabino telefoną ir nusinešė jį su savimi. Išgirdęs viršuje judesį, jis užlipo į viršų.

Abė tvarkė ponios Andželos naktinį staliuką. Ji paėmė knygą su šešėline figūra nugarėlėje.

Tibblesas įėjo į vidų ir įbruko Abbei į rankas telefoną. Ji numetė knygą ir ji nukrito ant grindų.

„Sveiki, - nedrąsiai ištarė ji.

„Abbėja, - tarė anglakalbis, - man reikia tavo pagalbos ieškant ponios Andželos. Tai skubus reikalas. Kur ji yra?“

„Anksčiau palikau ją vaikštinėti. Ji norėjo pabūti viena.“

„Ir Stephenas. Ar matėte Stepheną?“

„Jis prieš tai genėjo rožių krūmus.“ Jos rankos drebėjo, balsas taip pat.

„Įdėk Tibblesą atgal“, - pareikalavo anglofonas.

„Ji meluoja“, - pasakė Anglofonas Tibblesui. „Išsiaiškink, ką ji žino, ir perskambink man“.

„Bet kaip?“

„Man nerūpi kaip. Bet kokiu būdu. Išsiaiškink ir DABAR!“ Anglofonas šūktelėjo į liniją.

Tiblis suspaudė kumščius ir atsistojo. Jis perėjo grindis ir, atsidūręs akis į akį su Abbeja, trenkė jai atgal.

Netikėtas smūgis nubloškė Abėją atgal ir ji nusileido ant Ribbio lovos. Jis užlipo ant viršaus, ištempė ją ir laikė už rankų bei kojų. Juodas jo batų blizgesys nutrynė antklodę.

„Sakyk man!“ - sušuko jis jai į veidą. Kai ji neatsakė, jis priglaudė jai prie veido pagalvę ir leido jai kovoti. Jis vėl ją pakėlė. Jos akys. Minkštos, kaip briedžio. „Pasakyk man!“ Jis vėl pastūmė pagalvę žemyn, ir ji susiraukė.

Kai jis pakėlė pagalvę, ji pagaliau prisipažino, ir jis leido jai atsisėsti ir atsikvėpti.

Jis paskambino anglofonui, kuris kitame telefono gale išleido džiūgavimą. „Puikiai padirbėta, Tibblesai. Už tavo ištikimybę bus atlyginta."

Tiblis pakabino telefono ragelį ir atsisuko į jauną merginą.

Abė liko gulėti ant lovos ir žiūrėjo į jį tomis pačiomis akimis. „Nustok į mane žiūrėti!" - sušuko jis, stumdamas pagalvę jai į veidą. Iš pradžių ji šiek tiek priešinosi, bet paskui pasidavė. Jis toliau stūmė pagalvę, nes laikas sustojo.

Kai ją ištraukė, mergaitės akys buvo plačiai atmerktos. Ji atrodė rami. Kaip angelas.

Tiblis ėmė drebėti. Jis griebė naktinį staliuką ir pastebėjo ant grindų padėtą knygą. Pakėlė ją ir iškart atpažino šešėlinės figūros akis nugarėlėje. Jos priklausė jo šeimininkui. Akimirką jis sėdėjo ir žiūrėjo į knygos „Viskas, ką kada nors norėjote sužinoti apie juodąją magiją (bet bijojote paklausti)" viršelį. Jo mintys nuklydo į Rozmariją ir jos pagalbos prašymą.

Tiblis atidarė dūmtraukį ir užkūrė ugnį. Jis įmetė knygą ir stebėjo, kaip ji dega.

Jis suvyniojo Abėją į Ribbio antklodę, užsimetė ją ant peties ir išnešė jos kūną į sodą. Po rožių krūmais iškasė negilų kapą. Ją palaidojęs, jis grąžino rožes ten, kur jos buvo, ir papurškė šiek tiek vandens į sodą. Tai buvo graži poilsio vieta.

Grįžęs į vidų, Tibbles nusiprausė ir susitvarkyti. Paskui užsiėmė ponios Angelės kambariu. Jis iš naujo paklojo lovą su šviežiomis paklodėmis, pagalvių užvalkalais ir nauja antklode. Puikiai.

Kai jis atliko visas savo pareigas, tyla tapo kurtinanti. Net jo paties žingsniai garsiai aidėjo ausyse.

Po kurio laiko jis nebegalėjo pakęsti savo paties kvėpavimo garso. Jis atrodė toks garsus, toks triukšmingas.

Jis grįžo į savo kambarį ir apsivilko chalatą, kurį kadaise jam buvo davęs anglofonas. Jis įlindo į apatinį stalčių ir išsitraukė pistoletą.

Sėdėdamas savo mėgstamiausiame krėsle, apsivilkęs mėgstamą rūkomąjį švarką, jis išpūtė sau smegenis.

Niekas nebuvo namie, kad išgirstų šūvį.

Nenatūralus garsas išgąsdino tik paukščius.

SKYRIUS 66

osemary Franklin, Stepheno motinos, jau seniai nebebuvo. Ji įsivaizdavo pabėgimą iš sanatorijos, daugybę kartų apie tai svajojo. Pasitaikius progai, ji ja pasinaudojo ir įlipo į furgono „Clean-it-4-U" galą. Buvo 4 val. ryto, ir ji jau buvo pakeliui.

Mikroautobusas gana ilgai važiavo, o ji buvo pasislėpusi gale. Kai tik jie išvažiavo pro ligoninės vartus, ji persirengė pavogtu drabužiu. Ji taip pat buvo pasiėmusi žiedą su deimantu ir keletą monetų.

Pirmoje stotelėje vairuotojas Gusas išlipo. Rozmarija stebėjo, kaip jis įėjo į užkandinę. Kai krantas buvo laisvas, ji atidarė duris ir pabėgo. Ji pasislėpė prie išorinės sienos tarp pastatų. Iš ten ji galėjo stebėti, kaip Gusas maitina savo veidą, ir laukti, kol jis išeis. Ji užuodė sklindantį malonų šviežios verdamos kavos ir viduje šnypščiančios šoninės kvapą. Vien nuo minties apie tai jos burna apsalo. Tai buvo daug viliojanti pramoga nei bjaurus ligoninės maisto kvapas, prie kurio ji buvo pripratusi.

Sugirgždėjo durys, ir ji krūptelėjo, kai saulė pakilo į dangų. Gusas įlipo į furgoną, pasukiojo radijo imtuvą, užsidėjo akinius nuo saulės ir nuvažiavo.

Rozmarija dar kelias akimirkas liko pasislėpusi. *Geriau būti saugiai, nei gailėtis.* Kai furgonas aiškiai dingo iš akių, Rozmarija pirštu persibraukė plaukus. Ji nuėjo į užkandinę, kur užsisakė puodelį kavos ir jį išgėrė. Šviežiai paruoštos pakelės užkandinės kavos skonis buvo ne ką mažiau nei dangiškas. Padavėja tuoj pat priėjo ir pripildė kavos. Antrąjį puodelį ji išgėrė su pasimėgavimu.

Kai buvo pasiruošusi eiti, Rozmarija numetė ant stalo kelias monetas. Ji žinojo, kad neturi pakankamai, bet tikėjosi, kad padavėja jai leis. Rozmarija apsipylė ašaromis, nesuvaldomai verkdama įsisiurbė į ranką.

Padavėja grįžo: „Ar viskas gerai, brangioji?"

Rozmarija melavo. „Mano vyras mane muša. Aš pabėgau. Šis pokylis - viskas, ką turiu. Man reikia dingti. Jei jis mane suras, ištrauks atgal".

Padavėja padavėja padavė jai servetėlę. „Ar turite saugią vietą, kur galėtumėte nueiti? O gal man paskambinti į policiją?"

„Taip, turiu sūnų Stiveną. Viskas, ką man reikia padaryti, tai nuvykti pas jį. Jei galėtumėte iškviesti taksi ir paaiškinti situaciją, būčiau dėkinga. Man reikia pagalbos, kad galėčiau pabėgti."

„Gal duosiu jums savo telefoną ir galėsite paskambinti pati?"

„Nes mano vyras paskambins į visas provincijos taksi firmas. Jei jie turės mano vardą, jis mane suras". Ji vėl verkė į servetėlę.

Padavėja jai pasakė, kad ji išsikvietė taksi ir jis tuoj atvažiuos.

„Ar galiu paprašyti dar vienos paslaugos?" Kai mergina linktelėjo galva, Rozmarija paprašė poros cigarečių ir degtukų pakelio. Šypsodamasi mergina sutiko.

Kai taksi atvažiavo, Rosemary padėkojo padavėjai. „Vieną dieną atvesiu čia savo sūnų, kad jis su jumis susipažintų, brangioji". Jauna moteris nusišypsojo ir pamojavo ranka, o Rosemary atsakė tuo pačiu.

„Kur važiuojate, ponia?" - paklausė vairuotojas.

„Į Teodoro Anglofono valdas."

Jis pažvelgė į ją į galinio vaizdo veidrodėlį ir linktelėjo galva.

„Pakeliui norėčiau sužinoti, ar negalėtumėte nuvežti mane į lombardą. Turiu ką nors, ką norėčiau parduoti. Žinoma, jūs galite laikyti įjungtą skaitiklį, - pasakė Rozmarija.

„Tai jūsų pinigai, ponia. Čia pat, maždaug už dvidešimties minučių kelio, yra lombardas. Aš jus paliksiu, o pats nusipirksiu puodelį ir gabalėlį vyšnių pyrago a la mode".

„Labai ačiū, Džimis, - pasakė ji, žvilgtelėjusi į ant prietaisų skydelio rodomą jo asmens dokumentą su nuotrauka.

Džimis vėl pažvelgė į galinio vaizdo veidrodėlį. Kai ji atmetė plaukus, saulės šviesa atsispindėjo nuo akmenuko ant jos piršto. Jis pasuko, kad išvengtų atvažiuojančio automobilio. „Tai akmuo, ponia."

„Ačiū, - pasakė Rozmarija, žvelgdama į tolį.

„Mes čia, - pasakė jis.

SKYRIUS 67

Netrukus lėktuvas atskrido į Torontą.

„Man reikia pasimatyti su mama“, - pasakė Ribbis.

Vivekė paskambino į įkalinimo įstaigą ir paaiškino, kad su ja yra Martos Balustradės dukra.

Įėjimas buvo uždraustas.

„Nuosprendis skelbiamas rytoj teisme. Užsisakykime viešbutį ir gerai išsimiegokime“, - pasiūlė Vivekė.

„Kodėl jie neleidžia man su ja pasimatyti?“

„Jie man pasakė tik tiek, kad šiąnakt kaliniui neleidžiama lankytis“, - pasakė Viveca. „Koks viešbutis arčiausiai teismo pastato?“ - paklausė ji vairuotojo.

„Hilton„ yra netoli pėsčiomis“.

Viveca paskambino iš anksto ir užsisakė tris kambarius. „Naudosiuosi savo išlaidų sąskaita“, - pasakė ji.

Jie užsiregistravo viešbutyje, susitarę susitikti vestibiulyje. Iš ten jie kartu keliaus į teismą.

Kitą rytą Stephenas ir Viveca bandė įkalbėti Ribbį ką nors valgyti. Jiems pavyko į ją įpilti puodelį arbatos, bet nieko daugiau.

„Džiaugiuosi, kad galėjai atvykti kartu ir moraliai palaikyti, Stivenai, - pasakė Ribbis.

Andžela jam mirktelėjo.

Vivekė sutriko dėl netinkamo Ribbio elgesio. Ji pastebėjo, kad dėl to Stivenas pasijuto nejaukiai. Ji apmokėjo sąskaitą ir jie išėjo iš pastato. Triukšmas gatvėje buvo kurtinantis.

„Eismo chaosas. Džiaugiuosi, kad galime ten nueiti pėsčiomis. Sveiki atvykę į miestą, - pasakė Stivenas.

Jie nuėjo prie teismo pastato.

SKYRIUS 68

Anglofonas patyrė neramią naktį be Tibbleso, kuris jį prižiūrėjo. Jam nesant, Anglofonas paskambino į namus. Anksčiau jis tai buvo daręs daugybę kartų. Tibblesas mielai padėjo įjungdamas muzikinę dėžutę ir laikydamas ją prie telefono. Tačiau šį kartą jis neatsiliepė.

Kai pamatys jį kitą kartą, Tibblesas geriau tegul pasiruošia velniškai gerą paaiškinimą. Jis mėgo šį žmogų, bet kartais jis galėjo būti bjauriai aplaidus.

Sėdėdamas nemiegodamas kelias valandas, jis galvojo apie savo sūnų ir dukrą. Kur jie buvo? Jie turi būti kur nors mieste. Jis prisiminė, kaip jie abu žvelgė vienas į kitą laumių akimis. Nežinojo, kad jie buvo broliai ir seserys. Jį taip pat traukė jo paties dukra, žinoma, dar prieš tai, kai sužinojo, kas ji yra.

Akimirką Anglofonas įsivaizdavo, kaip prisipažįsta savo atžalai tėvystę. Jis žengė dar toliau, įsivaizduodamas vestuves, paskui anūkus, bėgiojančius po jo namus, rėkiančius, persekiojančius jį. Jis nekentė vaikų. Išleisdavo visus savo pinigus. Jis papurtė galvą, pakėlė bjaurią lempą šalia lovos viešbučio kambaryje ir metė ją į sieną. Ji sudužo, lemputė sužibo ir užgeso. Jie niekaip negalėjo jo išgirsti. Šiaip ar taip, ne iš jo lūpų. Jis nebuvo šeimos žmogus. Niekada toks ir nebus. Šeimos ryšiai kėlė tik komplikacijas.

Jis apsvarstė Martos bėdą. Ji paprašė jo pagalbos.

Ryte jis pusryčiavo savo kambaryje. Kava buvo neskani. Jis išsikvietė savo vairuotoją, ir jie nuvyko į teismą.

SKYRIUS 69

Rosemary užstatė žiedą. Po to ji apsilankė kanceliarinių prekių parduotuvėje, kur nusipirko rašiklį, popieriaus ir voką. Pakeliui į anglofono sodybą ji parašė laišką. Baigusi užantspaudavo voką ir užrašė ant jo priekio: „Stivenui Franklinui. Privačiai ir konfidencialiai.“ Atgalinio adreso ji nenurodė.

Anglofono dvare Rosemary paprašė Džimio įmesti voką į pašto dėžutę. Ji nenorėjo rizikuoti susidurti su Tibblesu.

„Kur dabar, ponia?“

„Į biblioteką. Turiu omenyje Anglofono biblioteką. Žinai, kur ji yra?“

Jis pasuko galvą. „Galiu jus ten nuvesti.“

„Ačiū.“

Po kurio laiko jie atvyko į biblioteką. Iš pradžių Rozmarija liko sėdėti ant galinės taksi sėdynės su įjungtu skaitikliu negalėdama pajudėti.

Džimis paklausė: „Ar viskas gerai?“

Rozmarija susikibusi rankomis apsivijo save, bijodama išlipti. Bijojo grįžti. Bijojo to, ką ketino daryti. „Man viskas gerai“, - pasakė ji.

Džimis įjungė radiją. Skambėjo kartu su Elviu.

Rosemary atidarė duris. Ji įdavė jam į rankas kelias kupiūras: „Ačiū, Džimis. Tu buvai nuostabus, be to, turi neblogą balsą.“

„Ačiū, kito Elvio niekada nebus.“ Jis grįžo į taksi ir išvažiavo.

Kai jis dingo iš akių, Rozmarija apžvelgė visą bibliotekos vaizdą. Kadaise tai buvo jos mėgstamiausia vieta. Jos šventovė. O oras lauke vis dar nuostabiai kvepėjo. Pušys, o, pušys. Ji jautėsi, kad pagaliau yra laisva.

Šis jausmas truko neilgai. Netrukus jos galvoje vėl ėmė suktis blogi prisiminimai. Virš jos stovintis anglakalbis. Kankina ją. Juodoji magija. Gyvūnų kraujo liejimas ant jos. Viskas dėl tos rudos knygos.

Jai drebėjo rankos, kai ji griebėsi kišenės ir išsitraukė sulenktą cigaretę. Padavėja buvo tikrai maloni, duodama jai cigaretę. Ji užsidegė ir ilgai traukė. Ji kasėsi, bet vis dar traukė papildomai, kol rankos vėl nurimo.

Iškyla daugiau prisiminimų. Prisiminimai, nuo kurių ji slėpėsi, suveikė kaip vasaros audra. Anglofonas naudojosi ja kaip bandomuoju triušiuku. Jos grasinimas kreiptis į policiją. Jo grasinimas nužudyti jų sūnų. Tai turėjo baigtis, jo kankinimai. Jos grasinimas pasakyti Stefanui, kas jis yra.

Tada buvo sukurtas planas. Kompromisas. Rosemary dingtų, o mirties liudijimas būtų išduotas. Kadangi jie susituokė slapta, niekas nežinojo, kad ji pakeitė vardą. Stephenas turėtų darbą visam gyvenimui, bet niekada nesužinotų, kas yra jo tėvas. Niekada nesužinotų, kad jis yra Anglofono turto paveldėtojas. Mainais Rosemary gautų reikiamą priežiūrą. Jos nudegimai užgytų, o visos išlaidos būtų padengtos. Norėdama apsaugoti sūnų, ji sutiko būti užrakinta visam likusiam gyvenimui. Teoriškai tuo metu tai atrodė įgyvendinama.

Po to, kai ji paprašė anglofono ją paleisti, o jis atsisakė, jai neliko nieko kito, kaip tik pabėgti. Be to, Stivenas nusipelnė sužinoti tiesą. Rozmarija turėjo būti ta, kuri jam ją pasakys. Ji atsisėdo ant laiptelių tarp bibliotekos arkų ir įsivaizdavo, kaip jos sūnus randa laišką ir jį perskaito. Motinos intuicija jai sakė, kad elgiasi teisingai.

Rozmarija atsistojo ir numetė cigaretę ant žemės. Kurį laiką praleido rinkdama medžiagą. Rąstus, lazdas, viską, ką tik galėjo rasti degaus. Viską, ką tik galėjo neštis. Ji padėjo degtukus ant prieangio ir padegė, paskui pridėjo didesnių gabalų. Stovėjo tarp medinių arkų plačiai išskėstomis rankomis ir laukė, kol liepsnos ją apims.

Dūmai būtų buvę matomi už daugybės mylių, bet visi, kurie galėjo būti pakankamai susirūpinę, kad tai pastebėtų, buvo išvykę arba mirę.

Medinės arkos įgriuvo anksčiau, nei ugnis pasiekė Rozmariją. Kol liepsnos šoko jos periferiniame regėjime, griūvančios sunkiosios sijos sudaužė jos kaukolę. Daugiau jokių kančių. Daugiau jokio skausmo.

SKYRIUS 70

Teisme Viveca pasinaudojo savo spaudos leidimu ir leido jiems patekti į priekį, nors teismo salė buvo pilna žmonių. Pakeliui į savo vietas Ribbis pastebėjo keletą pažįstamų veidų, tarp jų ir kaimynus. Jai nepatiko mintis, kad motina bus teisiama, jau nekalbant apie kalėjimą.

Eime į lauką parūkyti.

Ne, motina netrukus ateis.

Didelis reikalas. Ji niekur neis.

Ha. Ha.

Atmosfera teismo salėje buvo nevaldoma. Gandai sklido. Tie, kurie neturėjo ką reikšmingo pasakyti, vis tiek pridėjo savo du centus. Kai Martą atvedė, visi sustojo ir nuščiuvo.

Kalinė buvo netvarkinga. Pilkas kostiumėlis, kurį ji vilkėjo, jai nieko nedarė. Ji buvo numetusi svorio. Ribbiui atrodė, kad jos liepsnojantis randuotas veidas primena vaikščiojantį lavoną.

Jėzau, net man jos savotiškai gaila.

Ribbis krūptelėjo.

Marta pažvelgė į dukrą ir beveik nusišypsojo, bet paskui atsimerkė.

„Visi pakilti, - tarė teismo antstolė. „Dabar vyksta šios provincijos teismo posėdis. Pirmininkauja gerbiamasis teisėjas Delvecchio".

Teisėjas padėkojo visiems susirinkusiems ir atsisėdo. Teismo antstolis nurodė, kad visi esantys teismo salėje padarytų tą patį.

Ribbis pažvelgė į moterį, kurios rankose buvo jos motinos likimas. Jos akys net iš tokio atstumo buvo malonios, ir Ribbis tikėjosi, kad moteris pasigailės.

„Marta Balustrade, pripažįstu jus kalta dėl visų kaltinimų".

Teismo salėje kilo sąmyšis.

Teisėjas Delvecchio atsistojo ir sušuko: „Tyla!" Ji krito atgal į savo vietą. „Dabar esu pasirengusi paskelbti nuosprendį". Ji padarė pauzę. Visi susirinkusieji sulaikė kvėpavimą.

„Marta Balustrade, esate nuteisiama dvidešimčiai metų kalėjimo."

Marta tylėjo.

Ribbis atsistojo ir tarė: „Bet ji to nepadarė".

„Tvarka, tvarka!" Delvekijo pasakė trenkdama plaktuku. „Tvarka, arba aš išvalysiu šią teismo salę!"

Užsičiaupk, Ribbis! Užsičiaupk!

Kai įsivyravo tyla, teisėja kreipėsi į Ribbį. „O kas jūs esate?"

Dėl Dievo meilės, Ribbis užsičiaupė.

„Jūsų gerbiamasis, mano vardas Rebeka Balustrada, bet visi mane vadina Ribbiu. Aš esu Martos duktė."

Pasigirdo balsai. Dar daugiau chaoso. Teisėjas pagrasino dar kartą išvalyti kambarį. Ji paliepė Ribbiui tęsti.

Anglas įėjo į vidų.

„Mano motina nekalta, ir aš žinau, kad tai tiesa".

Ribby, prašau.

„O iš kur jūs tai žinote?" Teisėja Delvečio paklausė.

Akimirką ar dvi tvyrojo tyla, o Ribbis sugniaužė ir atleido kumščius taip, kaip ją išmokė ir Andžela.

Ribbis dingo, o Angela perėmė vadovavimą. Ji pasirausė savo rankinėje, išsitraukė cigaretę ir užsidegė. Užsirūkė, numetė cigaretę ant grindų ir užgesino. Ji pažvelgė teisėjo Delvekio link.

"Ji, Ribby, nieko nežino. Ji tokia nesubrendusi, kad susikūrė mane   savo įsivaizduojamą draugą   ir jai trisdešimt metų. Jai gyvenime teko su daug kuo susidoroti, įskaitant gyvenimą su ta vargše motina". Andžela atsisuko ir parodė į Martą.

Martos skruostais riedėjo ašaros.

Andžela. Ne.

Andžela tęsė: - *Taigi, aš dariau tai, ko ji negalėjo padaryti. Visus juos."*

Visi pasilenkė į priekį. Ji turėjo visą jų dėmesį. Klausytojai kabojo ant kiekvieno jos žodžio. Ji jautėsi įgalinta, tarsi Šekspyro pjesėje, atliekančioje soliloquy. Ji niekada nebuvo Bardo gerbėja, bet Ribbis jį skaitė. Jis nuobodžiavo ją iki ašarų. „Kalbant apie Kelerio žmogų, jis prievartavo tetą Tizzy. Aš neturėjau pasirinkimo. Turėjau jį nuo jos nušalinti. Jis ją žudė."

Andžela nutilo. Ji nukreipė žvilgsnį iš pradžių į Anglofoną, paskui į Martą, o tada vėl atsisuko į teisėją.

Jos auditorija laukė pakankamai ilgai. „*Nusprendžiau atsikratyti kūno. Planas buvo nuvežti jį nuo uolos jo mikroautobusu. Gerai su juo atsikratyti. Jis nebuvo vertas nieko daugiau. Tizzy turėjo iššokti iš furgono prieš jam nuvirstant, bet ji to nepadarė. Ji irgi nuvažiavo.*"

Marta atsistojo. Ji bandė kalbėti, bet advokatas ją nutildė, tada patraukė atgal į sėdynę.

„Įsakymas! Tvarka!" Teisėjas Delvecchio sušuko. „Aš išvalysiu šią teismo salę, jei visi nenusileis."

Andžela priėjo prie Martos stalo. Ji įsipylė sau stiklinę vandens. Išgėrė gurkšnį ir žvilgtelėjo atgal į teisėją, kuris pasakė: „Mes laukiame."

„*Paprastai man tenka kalbėti nedaug, - pasakė Andžela. "Šiaip ar taip, ne garsiai. Tai darbas ištroškus.*"

Teismo salėje pasigirdo juokas. Teisėja Delvecchio tapusi nekantri kelis kartus trenkė plaktuku. Ji atsistojo ir atvėrė burną....

Andžela ją pertraukė. „*Aš taip pat prisipažįstu nužudžiusi išgertuvių vedėją kitoje miesto pusėje. Savigynos tikslais jį nužudžiau, nes jis bandė mane išprievartauti*".

Ką? Angela?

Tu nieko neišmanai, Ribby.

Andžela padarė pauzę. „*Taigi, štai aš stoviu prieš jus. Kalta dėl visko. Nesakau jums jokio melo. Aš padariau šiuos dalykus, bet Rebeka, turiu omenyje Ribį Balustradą, yra nekalta. Matote, nuo pat pradžių galėjau ją užblokuoti. Galėjau ją visiškai užvaldyti. Taigi, jei norite ką nors patraukti baudžiamojon atsakomybėn, tuomet turite patraukti baudžiamojon atsakomybėn mane. Reikalas tas, kad aš net neegzistuoju. Aš nesu Ribbis. Aš esu Andžela."*

Angelofonas atsistojo.

Andžela pasakė: - *Ji net nekaltybę prarado to nežinodama. Ji vis dar nežino".*

Ribbis sušuko.

Anglofonas stumtelėjo palei savo eilę, išėjo ir nuėjo į vidurinę alėją. Pakėlęs į orą lazdą, jis tuoj pat buvo nuginkluotas ir pargriautas ant žemės. Traukiamas iš proceso jis sušuko: „Aš esu Teodoras Anglofonas!".

Niekam tai nerūpėjo.

„Tvarka teisme! Aš pasakiau tvarka!" šaukė teisėja Delvecchio, kelis kartus trenkdama plaktuku. Kai visi nutilo, ji pasakė: „Atsižvelgiant į šią naują informaciją, byla nutraukiama. Marta Balustrade, galite eiti. Naujas teismo procesas prasidės iš karto po psichiatrinės ekspertizės. Pareigūnai, prašom nuvesti ponią Balustradą į areštinę, kol vyks tolesnis tyrimas".

Marta stovėjo, o jos veidu riedėjo ašaros: „Bet aš pripažįstu savo kaltę. Sutinku su nuosprendžiu. Užrakinkite mane, prašau. Išleiskite mano dukrą."

„Per mažai, per vėlu, brangiausioji mamyte".

Vėl nuskambėjo plaktukas, ir teisėjas pasakė: „Tai teismas ir mes čia teisiame žudikus, o ne blogas motinas. Galėčiau jus patraukti už nepagarbą teismui. Galėčiau skirti baudą už teismo laiko švaistymą.

Už melagingus parodymus. Už žudiko slėpimą. Už trukdymą teisingumui. Ar supratote esmę? Patariu jums eiti savo keliu ir leisti teismui daryti, ką reikia. Šis teismo posėdis atidedamas. Atlaisvinkite teismo salę, antstole." Teisėjas Delvecchio atsistojo. Visi kiti sekė paskui ją ir stebėjo, kaip ji dingsta savo kabinetuose.

Marta stebėjo dukrą, kai pareigūnai jai uždėjo antrankius ir išsivedė. Andžela žvilgtelėjo į Martą per petį ir nusišypsojo. Tas žvilgsnis tarsi sustabdė Martos širdį, arba taip jie pasakojo vėliau. Marta nukrito ant grindų ir mirė, kol greitoji pagalba dar nespėjo atvažiuoti.

SKYRIUS 71

Marta Balustrada buvo palaidota dalyvaujant jos dukrai. Ribby saugojo du pareigūnai, ji buvo apsirengusi pilkais kalėjimo drabužiais, surištomis rankomis ir kojomis. Prižiūrėtojai jai į rankas įdėjo gėlių. Atsisveikindama ji jas numetė ant karsto.

Ar tai ne anglofono limuzinas?

Taip. Įdomu, kodėl jis neišlipa.

Po jo pasirodymo teismo salėje keista, kad jis apskritai čia yra.

Jis vargu ar pažinojo mano motiną.

Vis dar neturiu supratimo, ką jis bandė padaryti.

Jam pasisekė, kad jo nenušovė.

Anglas buvo ten, bet nusprendė likti savo limuzine. Jis kelis kartus svarstė galimybę išlipti ir atiduoti pagarbą. Jis taip pat svarstė galimybę viską prisipažinti. Užuot prisipažinęs, jis liepė vairuotojui nuvežti jį namo.

Pakeliui šiek tiek miegojo, o kai automobilis privažiavo prie namo, pastebėjo iš pašto dėžutės kyšantį ryškiai oranžinį voką. Perskaitęs jį suplėšė į gabalus.

Anglakalbis perskambino vairuotojui. „Nuvežkite mane į biblioteką“.

Kol Anglofonas atvyko, ugnis jau buvo užgesusi.

Anglofonas pažvelgė į juodas nuolaužas. Viskas, kas liko iš Rozmarijos. Jis suprato, kad štai kodėl Stefanui nebuvo leista pasimatyti su motina. Kodėl jis buvo priverstas kelti tokį triukšmą ligoninėje. Tie idiotai leido jai pabėgti. Jis beveik pasijuto blogai, kad išskaičiavo jam atlyginimą. Beveik. Jis turėjo paskambinti į ligoninę, iškviesti juos čia, kad surinktų jos daiktus. Jie tai nuslėps, nes jis buvo didžiausias jų donoras. Kad apie tai nepasirodytų laikraščiuose. Niekas niekada nebus išmintingesnis. Juk Rosemary jau buvo mirusi. Nusižudydama ji iš tiesų padarė taip, kad Stivenas niekada nesužinotų, kas buvo jo tėvas.

Anglofonas sukruto, kai šoferis parvežė jį namo. Jis tikėjosi, kad ten bus Tibblesas, kuris jį pasveikins, paguos, bet jo patikimo tarno nebuvo nė ženklo.

„Tibbles!" - sušuko jis.

Jo balsas aidėjo po visus namus, bet atsakymo nesulaukė. Anglofonas buvo per daug išsekęs, kad bandytų jį surasti. Jis nuėjo į savo kambarį, susuko muzikinę dėžutę ir trumpam užmigo.

Kai pabudo, pajuto, kaip per sielą perėjo siaubas, ir ėmė šaukti Tibblesą. Jis tiek kartų traukė ir traukė varpelį, kad šis vėl nukrito nuo lubų. Vis dėlto niekas neatėjo.

Jis jautėsi labai vienišas, ir toks buvo.

Išskyrus Tibblį, kuris buvo miręs savo kambaryje, ir Abėją, kuri buvo palaidota po rožėmis.

SKYRIUS 72

Po išsamaus psichiatrinio įvertinimo Ribby teismas buvo greitas. Ji buvo nuteista dvidešimčiai metų kalėjimo. Po dešimt metų už kiekvieną žmogžudystę, atėmus ištarnautą laiką. Tizzy mirtis buvo pripažinta savižudybe.

Ribby be perstojo verkė kelias dienas, kurios virto savaitėmis. Ji nesugebėjo susidoroti su priešiška aplinka. Ji išgyveno ant ribos.

„Ji vėl kalba pati su savimi", - sakė Ribbio kameros draugė Šona. Šona buvo nuteista už vyro ir dviejų vaikų nužudymą.

Kalėjimo prižiūrėtojas atėjo įvertinti situacijos. Jis pamatė, kad Ribby kaukši ir krūpčioja ant lovos. Jis papriekaištavo Šonai ir liepė liautis rėkavus, antraip uždarys ją į vienutę.

„Oi, nagi, - pasakė Šona. „Aš nieko nepadariau."

„Dar vienas žodis, ir tu keliausi į karcerį", - pasakė prižiūrėtojas.

Šona iššaukiančiai iškišo liežuvį, o sargybinis nusisuko ir nuėjo. Ji kelias sekundes stovėjo ir žiūrėjo į jį, paskui atsisuko ir pažvelgė į Ribbį. „Aš tave stebiu, kalė!"

Ribbis atsuko jos veidą į sieną.

„Neatsuk man nugaros, kalė!" Pasakė Šona, stumtelėdama ją.

Andžela atsistojo, griebė Šoną už gerklės. Ji trenkė ją į tolimąją sieną su tokia jėga, kuri pribloškė kameros draugę. Šonos galva atšoko atgal. Ji suskilo, kai atsitrenkė į šaltas plytas.

Apglėbusi rankomis Šonos kaklą, ji tarė: *-Leiskite man paaiškinti keletą dalykų. Pirma, tu su manimi nekalbėsi. Antra, tu manęs neliesk. Ir trečia, jei padarysi bet kurį iš dviejų ką tik minėtų dalykų, aš tave nužudysiu."*

Šonos akys plaukiojo savo akiduobėse. Ji bandė atsakyti, bet tik gaudydama orą. Moteris kikendama sutiko.

Andžela grįžo į lovą, bet prieš atsiguldama ant plono čiužinio pagriebė vandens ir šliūkštelėjo jo Šonai į veidą. Šis veiksmas privertė kameros draugę ištrūkti iš apsvaigimo.

Šona paskleidė žinią apie Ribbį. Ji buvo blogiukė, su kuria nevalia susipykti. Keletas kitų bandė tai padaryti, bet Andžela juos tuoj pat pribaigė. Jai visam gyvenimui užteko Ribbio verkšlenimo ir aukos vaidmens.

Bėgo metai. Kameros draugai ateidavo ir išeidavo.

Andžela ir toliau viską kontroliavo. Ją gerbė ir jos bijojo. Ilgainiui ši vieta tapo jos nuosavybe. Dabar tai buvo jos kalėjimas ir ji kontroliavo jį bei Ribbį. Gyvenimas buvo tinkamas gyventi.

SKYRIUS 73

Po kelerių metų anglakalbis netikėtai apsilankė įkalinimo įstaigoje. Jis nelankė Ribbio. Vietoj to jis susitiko su naujai paskirtu kalėjimo viršininku J. B. Bedfordu. Bedfordas buvo seno pažįstamo anūkas, kuris buvo skolingas jam paslaugą.

„Norėčiau čia įkurti biblioteką", - pasakė anglas. Anglofonas dabar buvo be plaukų. Jo kūnas nuolat drebėjo, jis negalėjo ilgai stovėti.

„Tai labai dosnu iš jūsų pusės", - atsakė Bedfordas. „Nors, tiesą sakant, kaliniams praverstų paaukoti daugybę daiktų. Turiu omenyje, prieš knygas."

Anglofonas pasilenkė arčiau Bedfordo. „Sudarykite sąrašą ir perduokite man. Pinigai - ne problema, bet biblioteką būtina ir greitai. Aš esu senas žmogus".

„Žinoma, kad taip", - tarė Bedfordas. „Jei turi pinigų, net pavadinsime ją tavo vardu".

„Ne, - tarė anglakalbis. „Aš nenoriu pripažinimo. Tačiau norėčiau, kad įtrauktumėte vieną iš kalinių. Ji gali padėti kurti ir prižiūrėti pačią biblioteką. Jos vardas Ribbis Balustrada. Ji yra kvalifikuota bibliotekininkė. Žinoma, aš padovanosiu dėžes, pilnas knygų".

Bedfordas žinojo apie Ribby Balustradą. Ji buvo baltarankė, kuri per savo ligšiolinį buvimą iškilo į viršų kaip naujoji kalinių būrio karalienė. Bedfordas neapsimetė nustebęs, kai pasakė: „Ji tikrai neatrodo kaip bibliotekininkė.“

„Ribbis Balustrada iš tiesų yra bibliotekininkė. Ar sutarėme?“

„Žinoma, - atsakė Bedfordas.

„O ir dar vienas dalykas, - pasakė anglakalbis. „Ji niekada neturi sužinoti apie mano dalyvavimą. Tiksliau, niekada.“

„Supratau, - tarė Bedfordas.

Išgirdusi naujieną apie naująją biblioteką, Andžela nenustebo. Bibliotekos ir knygos jai buvo bergždžios. Ji sunkiai dirbo dėl savo reputacijos. Ji norėjo išlaikyti savo statusą kalėjime. Ji turėjo išlaikyti savo profilį. Išlaikyti baimę. Be baimės ji prarastų viską, dėl ko taip sunkiai dirbo. Ji nesugebėtų apsaugoti Ribbio, jei nuolat slankiotų po biblioteką.

Skaitymas yra teigiamai nuobodus, o jei nori, kad tave saugočiau, turiu čia vadovauti aš.

Kai kaliniai turės biblioteką, jie turės ką veikti. Bus geriau.

Dieve mano, Ribby, ar gali būti toks kvailas? Ar tikrai?

Prieš bibliotekos idėją Ribbio asmenybė mielai užleisdavo vietą antrame plane. Dabar ji vėl iškilo į paviršių. Ribbis jautėsi beveik laimingas.

Galėsiu padėti kitiems. Supažindinti juos su knygomis. Be to, kaip premiją galėsiu skaityti, ką tik norėsiu.

Viso pasaulio laiko nuobodžiauti ir užsidėti sau ant nugaros taikinį.

Viskas bus gerai. Aš žinau, kad bus.

Pabuskite, kai viskas baigsis.

Ribbis stovėjo nenaudojamo kambario centre. Netrukus jis bus paverstas biblioteka. Jis buvo pakankamai erdvus, bet nuogos medinės lubų gegnės buvo bjaurios. Taip pat ir šaltos mūrinės sienos bei šiferio grindys. Sienas ji galėjo sutvarkyti išklijuodama knygų lentynomis, o grindis - kilimine danga. Tačiau lubos buvo visai kita problema.

Kasdien atkeliaudavo dėžės su senomis ir naujomis knygomis. Keletą dėžių reikėjo atidaryti laužtuvu. Dėžių viduje knygos buvo surištos virvėmis ir suskirstytos į kategorijas. Ribbis užpildė lentynas ir viską sutvarkė.

Kai naujoji biblioteka buvo baigta, Ribbis stovėjo šalia viršininko Bedfordo. Kaliniai susirinko į iškilmingą atidarymą. Įvyko juostelės perkirpimo ceremonija.

Jos bičiuliai kaliniai įėjo mažomis grupelėmis. Ribby aprodė šią vietą. Ji didžiavosi stalais ir kėdėmis, kilimais. Ir knygomis, tiek daug knygų! Jau nekalbant apie slankiojančias kopėčias, kad būtų lengviau prieiti. Tačiau vieno dalyko jie negalėjo pakeisti - medinių sijų ant lubų. Jos vis dar buvo negražios, bet apšvietimas padėjo tai paslėpti.

Dauguma kalinių į biblioteką reagavo teigiamai. Išskyrus Andželą.

Ribby, tos moterys labai pavojingos. Tik laiko klausimas, kada jos vėl mus persekios.

Nebūk juokingas. Ši biblioteka keičia žaidimo taisykles.

Ribbio manija dėl naujosios bibliotekos suteikė Andželai visas priežastis vis labiau laikytis atokiau.

Vieną popietę Ribbis pasikalbėjo su viršininku apie knygų klubo įkūrimą. Jis manė, kad tai gera idėja, bet kadangi jie turėjo tik po vieną kiekvienos knygos egzempliorių, tradicinį knygų klubą būtų sunku organizuoti. Ribby paklausė, ar galėtų susisiekti su vietos knygynais ir paprašyti papildomų egzempliorių. Bedfordas metė jai kelias monetas taksofonui. Prireikė poros dienų, kad ji sulauktų teigiamo atsakymo, tada atėjo dvidešimt penkių knygų dovana. Pati pirmoji kalėjimo knygų klubo knyga turėjo būti Fiodoro Dostojevskio „ *Nusikaltimas ir bausmė*" .

Kai tik buvo gauti pirmieji dvidešimt penki egzemplioriai, kaliniai prakalbo apie šią knygą. Jie taip pat norėjo ją perskaityti. Kasmėnesinio knygų klubo idėja virto savaitiniu knygų klubu. Kaliniai rikiavosi į eilę, norėdami prisijungti.

Kada gi mes kada nors pasilinksminsime?

Tai yra smagu ir mes keičiame padėtį. Pažvelkite į kitus kalinius. Mes čia darome kažką gero.

Tu esi toks gerutis.

Ačiū.

Tu į žodį „nuobodus" įdėjai žodį „nuobodus".

Taigi, eikite šalin. Man tavęs nebereikia.

Kalėjimo viršininkas pastebėjo didžiulį kalinių elgesio skirtumą. Jis pasikvietė Ribbį į savo kabinetą. Jis padėkojo jai už pasiūlymus. Būdamas naujuoju viršininku, jis norėjo pasižymėti, o Ribbis padėjo jam išsiskirti.

Jis paklausė, ar ji turi kitų idėjų, kaip pagerinti kalinių padėtį. Ribby pasiūlė autorinius skaitymus. Viršininkas pasakė, kad pažįsta žmogų, kuris žino populiarų Meino autorių. Ribby per viršininko draugą nusiuntė laišką, kuriame paminėjo, kad Knygų klubas netrukus skaitys „ *Stand By Me"*. Netrukus autoriai iš viso pasaulio dovanojo knygas ir prašė atvykti į kalėjimą aptarti jų knygų.

Viršininkas vėl pasikvietė Ribby ir paklausė, ar ji neturi kitų idėjų. Ji užsiminė apie Šeimos dieną, kai kaliniai galėtų skaityti savo vaikams. Ji dažnai stebėdavo šeimas, susirinkusias į susitikimų kambarį, apsuptas kalėjimo prižiūrėtojų. Vaikai atrodė per daug išsigandę, kad kalbėtų. Tai buvo neveiksminga visai šeimai. Ji pasiūlė aptverti tam tikrą bibliotekos dalį, kur po vieną šeimą galėtų skaityti kartu. Viršininkas manė, kad tai puiki idėja, ir pasiūlė ją išbandyti. Iš lūpų į lūpas pasklido daugiau dovanų iš knygynų. Buvo įkurtas Vaikų skyrius.

Kitas Ribbio pasiūlymas: išmokyti kalinius, kurie nemokėjo skaityti, skaityti.

Toliau ji paprašė paaukoti lėšų darbo kampeliui įrengti. Atsirado kompiuteriai, kurie buvo prijungti prie WI-FI, kad kaliniai prieš išeidami į laisvę galėtų dirbti su savo gyvenimo aprašymais.

Žinia pasklido po visą kalėjimų sistemą. Viršininkė Bedford sulaukė pagyrimų ir apdovanojimų. Jis niekada nepamiršdavo paminėti Ribbio indėlio.

D ar reikėjo išpakuoti dėžę su knygomis. Ribbis ją atplėšė. Ant galinio viršelio buvo pavaizduotas vyro siluetas.

Anglakalbis.

Kaip manote, ar jis visa tai padarė? Ir kodėl anksčiau nepastebėjome, kad tai jis?

Nesu tikras, dabar tai atrodo akivaizdu. Tačiau man įdomu, kodėl jis tai padarė?

Kaltės jausmas? Gailestis?

Meilė?

Ribbis buvo kopėčių viršuje, kai Andžela įtempė virvę aplink medinę gegnę. Ji padarė kilpą ir į ją įkišo galvą. Kai buvo pasiruošusi, ji ėmė skanduoti:

Geri du batukai, geri du batukai!

Ribbis stovėjo tvirtai. Ji nuėmė virvę nuo kaklo.

Ne.

Andžela įtempė jėgas, kad įgytų kontrolę, griebė virvę ir dar kartą įkišo į ją galvą. Stumdamasi nuo kopėčių, Ribbiui pavyko viena ranka išlaikyti viršutinę pakopą. Vis dar laikydamasi ant kaklo užveržtos virvės, Ribbė kabojo ant jos dėl gyvybės.

Andžela vėl bandė atsispirti, vis dar niūniuodama melodiją. Dėl didžiulės jėgos Ribbio ranka išsilaisvino.

Ribbis ir Andžela akimirką pakibo, paskui, atrodė, skriejo šviesos link. Tačiau virvė buvo nepakankamai ilga. Jie švytuoklėmis svyravo, paskui susidūrė su kopėčiomis. Ji nuskriejo į šoną ir atsimušė į tolimąją sieną, kur su trenksmu nusileido.

Greitoji pagalba atvyko per vėlai.

EPILOGAS

Po kelerių metų iš Anglofono advokato atėjo laiškas, adresuotas Stephenui.

Jame buvo atskleista tiesa: Stephenas buvo Anglofono sūnus ir vienintelis paveldėtojas.

„Kas nors įdomaus?" - paklausė jo žmona Viveca.

„Visai nieko", - atsakė Stivenas, įmesdamas laišką į ugnį.

Laiminga pora kartu sėdėjo ant sofos, o jų dukra Rebeka skaitė knygą.

Citata

"Ponia burmistrė skundėsi, kad košė buvo šalta;
„Ir visi ilgėjosi tavo smuklės", - tarė ji.
"Kodėl gi, Gudruti, kas iš to?
Jei gali, sulaikyk savo tinginystę, - tarė jis."
CHARLES COTTON

Iš autoriaus

Mieli skaitytojai,

Dėkojame, kad skaitote „Ribbio paslaptį". Tikiuosi, kad jums patiko ją skaityti taip pat, kaip man patiko ją rašyti!

Ribbio paslaptis pirmą kartą buvo pradėta rašyti 2011 m. kaip trumpas apsakymas. Istorija baigėsi, kai Ribbis spjaudė į Martos gėrimą.

Neilgai trukus Andžela pradėjo mane kalbinti. Aš ją ignoravau, sakydamas, kad projektas baigtas, bet ji užsispyrė.

Tada atsirado Teodoras Anglofonas.

Tai 2025-ieji ir štai mes čia!

Norėčiau padėkoti savo korektoriams ir beta skaitytojams - per tuos metus jų buvo daugybė. Galiausiai ačiū mano galutinėms redaktorėms LF ir MC - jūs, dvi ponios, ROCK!

Taip pat ačiū savo vyrui ir sūnui, kad visada mane palaiko.

Kaip visada - laimingo skaitymo!
Cathy

Apie autorių

Daugybę apdovanojimų pelniusi autorė Cathy McGough gyvena ir rašo Ontarijuje, Kanadoje, su vyru, sūnumi, kate ir šunimi.

Taip pat pagal:

FICTION
VISŲ VAIKAS
**13 TRUMPŲ ISTORIJŲ (ĮSKAITANT: SKĖTIS IR VĖJAS;
MARGARET APREIŠKIMAS;
DANDELION VYNAS (SKAITYTOJŲ
MĖGSTAMIAUSIOS KNYGOS APDOVANOJIMO
FINALININKAS))**
VAIKŲ IR JAUNIMO KNYGOS (E-Z DICKENS
SUPERHEROJŲ KNYGOS NUO PIRMOS IKI KETVIRTOS)

www.ingramcontent.com/pod-product-compliance
Lightning Source LLC
Chambersburg PA
CBHW061337310726
48974CB00001B/78